Kreuzfahrt inklusive Liebe
(Susan Murphy)

Für meine Mama (und meinen Papa), die mir meine erste Kreuzfahrt vorgeschlagen hat und auch dabei war. ☺ Ich danke dir für dieses tolle Erlebnis!

Susan Murphy

Kreuzfahrt inklusive
Liebe

(Roman)

Impressum

*Bibliografische Information der Deutschen Na-
tionalbibliothek:*
*Die Deutsche Nationalbibliothek verzeichnet
diese Publikation in der Deutschen Nationalbib-
liografie; detaillierte bibliografische Daten sind
im Internet über http://dnb.dnb.de abrufbar.*

*TWENTYSIX – Der Self-Publishing-Verlag
Eine Kooperation zwischen der Verlagsgruppe
Random House und BoD – Books on Demand*

*Erste Auflage als Print-Buch und E-Book 2018
Copyright © 2018 Susan Murphy
Altdorfer Str. 16B
84030 Landshut*

*Herstellung und Verlag:
BoD – Books on Demand, Norderstedt*

ISBN: 978-3-740-73135-9

Cover*: Sophia Silver Coverdesign*
Lektorat & Korrektorat*: KoLibri Lektorat*

Prolog

Freitagabend. Ich war heute spät dran. Wahrscheinlich wartete Angus schon eine gefühlte Ewigkeit mit dem Abendessen und war wieder stinksauer, weil inzwischen alles kalt war.

„Ich bin da! Tut mir leid, Schatz! Es wurde noch kurzfristig eine Besprechung angesetzt. Ich konnte dir nicht mehr Bescheid geben. Ich zieh mich schnell um, und dann können wir essen", rief ich ihm bereits im Flur entgegen.

Ich ging ins Wohnzimmer, wo ich Angus vermutete und wollte ihn erst noch begrüßen, bevor ich mir etwas Bequemes anzog. Ich bog um die Ecke und sah ihn auf dem Sofa sitzen. Ich lächelte, doch als ich sein ernstes Gesicht sah, erstarb es sofort.

„Angus? Was ist los? Wieso schaust du so ernst?"

„Gwenny – wir müssen reden. Bitte setz dich zu mir, du brauchst dir nichts anderes anzuziehen." *Kriege ich jetzt etwa meinen langersehnten Antrag?*, schoss es mir durch den Kopf. *O Mann, o Mann.* Ich bekam feuchte Hände und mein Herz fing vor Freude an, schneller zu schlagen.

„Gwenny, du weißt, ich liebe dich!", fing Angus an, schaute mir aber nicht in die Augen. *Oh, jetzt kommt es*, dachte ich und wappnete mich innerlich für die Frage, auf die ich schon seit circa zwei Jahren wartete.

„Aber … das ist nicht das Leben, das ich mir wünsche." Angus seufzte laut auf und fuhr sich erschöpft durch die Haare. „Ich möchte gern neue Erfahrungen machen … neue Leute kennenlernen … eventuell in eine andere Stadt ziehen oder ein anderes Land, wenn es der Job zulässt …"

„Okay, gut." Ich schaute ihn immer noch lächelnd an, denn mein Verstand hatte noch nicht ganz begriffen, was hier vor sich ging und wartete daher auf die eine Frage.

„Gwenny, versprich mir, keine Szene anzufangen. Ich … trenne mich von dir!" Jetzt sah mir Angus in die Augen und ich erkannte meinen fatalen Fehler.

„Wie bitte? Moment, hast du gerade gesagt, du machst Schluss mit mir? Bin ich im falschen Film?" Ungläubig sprang ich von meiner Couch auf und starrte Angus fassungslos an. Das war das Letzte, mit dem ich gerechnet hatte.

„Gwendolyn, ich brauche etwas Neues in meinem Leben. Es kann so nicht weitergehen. Wir sind jetzt seit fünf Jahren zusammen, wir sind noch jung. Ich fühle mich eingeengt, ja, geradezu eingesperrt. Ich möchte mehr Erfahrung sammeln, mir die sprichwörtlichen Hörner abstoßen."

Ich fing hysterisch an, zu lachen.

„Und was ist mit meinem Leben? Ich habe mir seit zwei Jahren gewünscht, dass du mit mir zusammenziehst und wir heiraten. Ich wollte Kinder mit dir und … und …"

„Ja, ich weiß, und genau das engt mich gerade so ein. Du hattest bereits alles durchgeplant, aber auf mich nicht wirklich Rücksicht genommen. Wir hatten eine tolle Zeit und bitte glaube mir, es fällt mir nicht leicht, dich loszulassen, aber ich kann nicht mehr. Das wird mir alles zu viel. Ich möchte ein anderes Leben, mein Leben."

Mein Herz zerbarst vor meinem inneren Auge in tausend Einzelteile und Tränen begannen, meine Wangen hinabzulaufen. Ich schlang meine Arme um meinen Körper, da ich Angst hatte, er würde genauso zerspringen wie mein Herz.

„Aber ... was soll ich denn jetzt machen? Wie kannst du uns nur aufgeben? Gibt es denn keine Möglichkeit, dass wir das anders regeln können?", versuchte ich es leise, aber ich wusste, wenn sich Angus für etwas entschieden hatte, dann änderte er seine Meinung nicht mehr. Er kam zu mir, gab mir einen letzten Kuss auf die Stirn, ging dann ins Schlafzimmer, um seine wenigen Klamotten, die er in meiner Wohnung gebunkert hatte, einzupacken und verließ die Wohnung – genauso wie mein Leben.

Ich stand, die Arme immer noch fest um mich geschlungen, am Fenster im zweiten Stock und sah ihm zu, wie er seine Sachen ins Auto warf. Tränen rannen wie Bäche über mein Gesicht. Dann fuhr er los. Ich wohnte in einer verkehrsberuhigten Straße, so konnte er nicht wirklich schnell fahren.

Ein unbändiger Zwang bewog mich plötzlich dazu, aus der Wohnung zu rennen, das Treppenhaus hinunterzustürzen und auf die Straße zu hasten. Ich sah seine Rücklichter, die sich fast an der Kreuzung zur Hauptstraße befanden und fing an, zu laufen. Ich rannte hinter Angus' Auto her und rief:

„Angus! Komm zurück! Bitte!" Doch da bog er bereits ab und war verschwunden.

Ich sprintete, so schnell ich konnte, zur Kreuzung, aber er war schon weg. Ich sank auf meine Knie, mein Gesicht tränenüberströmt und wimmerte:

„Komm zurück! Komm zurück! Bitte, komm zurück!"

Doch Angus kam nicht mehr zurück. Ich hatte keine Ahnung, wie lange ich in der Dunkelheit dort auf dem Gehweg kniete und heulte, bis ich endlich dazu fähig war, zurück in meine Wohnung zu gehen.

Sie kam mir mit einem Schlag ganz anders vor. Leer und verlassen, ja, schon fast unbewohnbar. Auch wenn Angus nicht wirklich hier mit mir zusammen gewohnt hatte, so war es doch zu unserer kleinen Höhle geworden, denn er war öfters bei mir gewesen als ich bei ihm.

Ich ließ mich wieder aufs Sofa fallen, heulte und schrie mir die Seele aus dem Leib. Alles in ein Kissen hinein, denn ich wollte die Nachbarn nicht beunruhigen. Außerdem brauchten sie von dem Drama nichts mitbekommen. Angus hatte mich verlassen, er war meine große Liebe gewesen und ich hatte seit zwei Jahren gehofft, dass er sich endlich aus seinem bequemen Schneckenhaus heraustraute und mit mir zusammenzog, wir sogar heiraten würden.

Aus der Traum. Mein Leben, wie ich es kannte, war vorbei. Ich konnte es nicht fassen. Wie sollte mein Herz jemals heilen, wo es doch achtlos aus meiner Brust gerissen worden und es in lauter kleine Teile zersprungen war?

Ich verbrachte das Wochenende in meiner Wohnung, weinend, fluchend, am Boden zerstört. Ich kam mir vor wie in meiner eigenen Version von *Bridget Jones* – nur dass es nicht um meinen Geburtstag ging – und schmetterte *All by Myself* von Céline Dion rauf und runter.

Kapitel 1

Ein paar Monate später ging es mir, rein körperlich, wieder gut, nur mein Herz und meine Seele waren immer noch ein Trümmerhaufen.

„Komm schon, Gwen. Du hast so lange dafür gespart, wieso machst du diese Kreuzfahrt nicht einfach allein? Du könntest richtig entspannen, würdest endlich die Karibik sehen und vielleicht auch etwas unter der Sonne flirten", versuchte Ava, mich zu überzeugen und tat dabei ganz unschuldig.

„Allein? Eine Kreuzfahrt? Hast du eine Ahnung, wie langweilig das werden würde? Außerdem wollte ich die Tour als Hochzeitsreise machen. Mit Angus!" Sein Name kam mir nur als Flüstern über die Lippen, denn im gleichen Moment, als ich ihn ausgesprochen hatte, musste ich mir heftig auf die Zunge und die Lippe beißen, um nicht wieder zu heulen. Ich saß hier im Reisebüro, in dem Ava, eine meiner zwei besten Freundinnen, arbeitete. Es kam sicherlich nicht gut, wenn eine vermeintliche Kundin plötzlich einen Wasserfall im Gesicht hatte.

„Gwen, wir kennen uns seit wir Kinder sind und ich weiß, was du brauchst! Du benötigst eine Auszeit! Du musst das alles hinter dir lassen und was wäre dafür besser geeignet als ein Urlaub? Außerdem ist jetzt Sommer, du hast also noch ein paar Monate, bis die Kreuzfahrt losgeht und dann freust du dich sicher drauf!"

Seufzend blickte ich sie mit glasigen und wahrscheinlich auch leicht rötlichen Augen an.

„Meinst du wirklich? Wieso kommst du denn dann nicht mit? Für dich kostet es doch nicht viel! Ich möchte nicht alleine fliegen und Freya hat doch kein Geld für eine Kreuzfahrt." Ich versuchte, einen Schmollmund zu ziehen, aber das hatte bei Ava noch nie funktioniert.

„Ich würde ja gern, aber ich bekomme Ende des Jahres keinen Urlaub, weil die meisten dann schon anfangen, den Sommerurlaub für nächstes Jahr zu planen und zu buchen und da ist bei uns immer die Hölle los." Sie tätschelte entschuldigend meine Hand.

„Und was ist mit deinen Eltern?", fragte sie vorsichtig.

„Meine Eltern? Ist das dein Ernst?. Aus dem Alter bin ich mittlerweile raus. Da würde ich mir wie eine alte Jungfer vorkommen." Ich lehnte mich in meinem Stuhl zurück und verschränkte die Arme vor meiner Brust.

„Das war nicht böse gemeint, ich dachte nur, wenn du überhaupt nicht alleine fliegen willst, dann wäre das die letzte Möglichkeit?!"

„Wie teuer ist denn ein Einzelzimmer? Oder habe ich noch eine andere Wahl?", seufzend gab ich mich geschlagen. Vermutlich hatte Ava recht und ich brauchte dringend Urlaub, um Angus endlich vergessen zu können. Aber konnte man seine große Liebe jemals vergessen? Ich war mir da nicht so sicher.

Ava klatschte leise in die Hände. Jetzt war sie voll in ihrem Element als Tourismuskauffrau. Ihre Finger flogen über die Tastatur und sie suchte mögliche Touren und Kreuzfahrtangebote durch, um die passende für mich zu finden. Sie murmelte leise vor sich hin und plötzlich schien sie ein perfektes Angebot gefunden zu haben, denn ihr Gesicht fing an, zu leuchten und sie drehte den Monitor zu mir, damit ich mit schauen konnte, während sie mir alles erklärte.

„Das wird dir gefallen. Ich habe hier ein supertolles Angebot von *Starfish Kreuzfahrten*! Das ist eine relativ junge Kreuzfahrtflotte, die an das Modell der Cluburlaube anbinden möchte, nur eben auf dem Meer.
Das Klientel ist recht jung, deshalb auch super für einen Single-Urlaub geeignet." Sie grinste mich an und ich konnte nur die Augen verdrehen.

„Das Schiff selbst, die Starfish-Asteroidea, ist ein mittelgroßes Exemplar mit 203 m Länge und einer Passagieranzahl von ca. 1.500."

„1.500 Menschen an Bord? Und das nennst du mittelgroß?" Ich riss die Augen auf, für mich waren das sehr viele Leute!

„Das sind ja nur die Passagiere. Es kommen noch etwa 390 Besatzungsmitglieder dazu. Und ja, es ist mittelgroß, denn es gibt Schiffe, die umfassen 5.000 Passagiere! Da hat eine verdammte Kleinstadt drinnen Platz!
Aber zurück zu deiner Tour. Du fliegst von Dublin aus nach New York, dort musst du noch mal eine Nacht schlafen und kannst dann am nächsten Morgen in den Flieger nach Jamaika, Montego Bay einsteigen. Dort beginnt die Reise durch die Karibik. Erster Tag ist Anreise. Das Schiff legt um 20:00 Uhr Ortszeit ab und dann kannst du

dich erstmal auf einen Seetag freuen, um dir das Schiff anzusehen, die Übungen mitzumachen, die übrigens Pflicht für jeden an Bord sind, und deine Zimmerkollegin kennenzulernen."

„Moment, warte! Hast du Zimmerkollegin gesagt? Was ist aus meinem Einzelzimmer geworden?" Ich wollte mir kein Zimmer mit einer fremden Person teilen, das ging ja gar nicht, nachher war das noch ein Flittchen wie aus dem Buche, die jede Nacht einen anderen Kerl in unser Zimmer schleppen würde. Nein danke, darauf hatte ich keine Lust.

„Nun ja, die Einzelzimmer sind schon alle vergeben. Die sind immer sehr schnell weg. Es gäbe nur noch eine Suite mit Balkon, die kostet aber ungefähr dreimal so viel. Ich habe dir hier die *Vario*-Variante rausgesucht."

„Vario?", fragte ich unsicher.

„Ja, das ist toll und super für dich. Du teilst dir mit einer anderen Person ein Doppelzimmer. Also halbe Kosten für beide und da man auf einer Kreuzfahrt eh nur selten im Zimmer ist, ideal. Man kann ankreuzen, ob man einen Mann oder eine Frau als Zimmerpartner möchte und in welchem Alter der- oder diejenige in etwa sein sollte, damit man auch relativ gut zusammenpasst."

Meine Zweifel standen mir sicherlich ins Gesicht geschrieben.

„Ich weiß nicht. Ich habe eigentlich keine Lust, mein Zimmer im Urlaub mit einer fremden Person teilen zu müssen. Jetzt fliege ich schon alleine und dann willst du mir so etwas auch noch antun?"

Ava lachte auf. Sie war ein aufgeschlossener, lebensfroher Mensch und hätte mit dieser Variante zu keiner Zeit ein Problem, das wusste ich. Ich hatte als Bankkauffrau zwar auch jeden Tag mit fremden, zum Teil recht unhöflichen Leuten zu tun, aber das musste doch nicht auch noch im Urlaub sein, oder?!

„Alles halb so wild!", tat sie meine Einwände mit einer Handbewegung ab. „Wie gesagt, du bist doch eigentlich nur zum Schlafen in der Kabine. Den Rest des Tages hast du entweder Ausflüge oder Freizeit und die wirst du doch, um Himmels willen, nicht in der Kabine verbringen, oder?!"

Ich seufzte laut. „Nein, hatte ich eigentlich nicht vor, wenn ich schon eine Kreuzfahrt mache."

„Na siehst du. Ich wette, sogar Freya würde dir zu dieser Variante raten!"

Ava und Freya waren meine besten Freundinnen und auch wenn sie sehr verschieden waren, fanden beide meist eine Lösung, die zu uns allen dreien passte. In diesem Fall musste ich mich nun ein für alle Mal geschlagen geben und Ava, wie so oft, zustimmen.

Ava und ich kannten uns schon seit unserer Kindheit und waren immer unzertrennlich gewesen. Sie war eine aufgeschlossene Schönheit mit strahlendem Lächeln, langen, blonden Haaren und hellblauen Augen. Sie war immer braun gebrannt, was ihrer schlanken 1,78 m großen Silhouette den besonderen Kick an Ausstrahlung gab. Sie liebte es, zu reisen und sich die Welt anzusehen, von daher war es nur verständlich, dass sie die Ausbildung zur Tourismuskauffrau absolviert hatte.

Freya hingegen hatte ich erst in der Berufsschule kennengelernt. Sie war im Gegensatz zu Ava recht schüchtern, aber dennoch immer freundlich und nett zu allen. Sie arbeitete in einer anderen Bank als ich und hatte trotzdem nie Geld für irgendetwas. Sie war mit 1,60 m viel kleiner als Ava und hatte rot-braune Haare und blaue Augen. Sie hatte Rundungen an den richtigen Stellen.
Anfangs gab es zwischen ihr und Ava etliche Zickerreien, denn Ava war neidisch, dass sie nicht mehr meine einzige beste Freundin war, aber mit der Zeit gewöhnten wir uns alle an die neue Situation und wuchsen zusammen.
Freya und Ava unternahmen mittlerweile auch ohne mich etwas zusammen. Wir verstanden uns wirklich gut, meistens jedenfalls.

Ich war mit so ziemlich allem genau in der Mitte der beiden. Ich war 1,69 m groß, hatte auberginefarbene Haare, meine Naturfarbe war eigentlich dunkelblond, aber ich färbte sie bereits seit ich fünfzehn war. Ich war zwar aufgeschlossen wie Ava, brauchte aber immer eine gewisse Anlaufzeit wie Freya. Auch figurtechnisch war ich in der Mitte der beiden. Ich hatte nicht so eine Topfigur wie Ava, war aber auch nicht ganz so gut gebaut wie Freya. Ich hatte eine relativ normale Figur mit einem etwas größeren Vorbau und war trotzdem immer neidisch auf Ava, denn Diäten hielt ich nie lange durch, daher versuchte ich erst gar nicht mehr, abzunehmen. Ich hielt mich mit schwimmen fit, aber war die totale Naschkatze. Bei mir drehte sich immer irgendwie alles um Süßigkeiten.

Endlich verließ ich das Reisebüro, in dem Ava arbeitete.
In sechs Monaten hieß es dann „Leinen los". Ich konnte es noch gar nicht richtig fassen und rief auf dem Heimweg bei Freya an, um ihr die Neu-igkeiten zu erzählen.

Drei Wochen später erhielt ich die Unterlagen zu meiner Kreuzfahrt. Es handelte sich um viele Informationen, wie man sich an Bord zu verhal-ten hatte, auf welche Kleidung in den Restau-rants geachtet wurde und auch ein Heft, in wel-chem die gesamten Ausflüge für meine Reise standen. Ich konnte mir bereits aussuchen, wel-che Angebote ich wahrnehmen wollte, wie viel mich diese kosten würden und mein Gott, es wa-ren eine Menge Angebote! Ich konnte mich gar nicht entscheiden und so langsam, aber sicher kam doch etwas Vorfreude auf. Die nächsten Wo-chen las ich mir immer wieder alles durch und kreuzte dann endlich ein paar Ausflüge an, die ich unbedingt machen wollte. Meine Freude wuchs und wuchs und bald waren Angus und der ganze Schmerz vergessen, na ja, beinahe.
Leider vergaß ich in der Zwischenzeit auch, dass ich mir ja eine Kabine mit jemand Fremdem teil-te ...!

Zwei Wochen vorher fing ich an, zu packen. Dann packte ich wieder alles aus, suchte neue Klamotten, packte wieder ein und packte wieder aus. Ich konnte mich nicht entscheiden, was ich alles mitnehmen wollte oder sollte und bekam die Krise. Daher lud ich für das Wochenende die Mädels ein, damit sie mir mit Rat und Tat zur Seite stehen konnten.

Es wurde ein lustiger Abend, an dem auch das ein oder andere Glas Sekt vernichtet wurde.

„Und übrigens, meine Liebe, sollte sich an Bord ein netter, attraktiver junger Mann befinden, der vielleicht zufällig auch alleine unterwegs ist, dann möchte ich, dass du die Gelegenheit nicht verstreichen lässt!" Ava prostete mir mit dem Sektglas zu und nahm grinsend einen Schluck.

Freya musste lachen, als sie meinen schockierten Gesichtsausdruck sah.

„Also wirklich, Ava. Du weißt ganz genau, dass ich nichts von One-Night-Stands halte. Das ist nicht mein Ding." Ich wackelte theatralisch mit dem Zeigefinger. Ich hatte eindeutig bereits ein Glas zu viel intus.

„Wer sagt denn, dass es bei einer Nacht bleiben muss?", fragte Freya amüsiert und kicherte. „Du bist ja schließlich vierzehn Tage auf dem Schiff!" Sie zwinkerte mir zu und ich war baff.

„Also, Freya, von dir hätte ich das jetzt echt nicht erwartet!" Ich schlug ihr spielerisch auf die Schulter und sie glückste laut.

„Wahrscheinlich färbt Ava langsam, aber sicher auf mich ab." Sie kicherte weiter und stieß Ava mit ihrer Schulter an. Auch sie hatte sicher schon ein oder zwei Gläser zu viel getrunken.

Und so verging das Wochenende und mein Koffer war endlich gepackt. Mittlerweile saß ich wie auf glühenden Kohlen und konnte es kaum mehr erwarten. Ich wollte endlich starten und mir die Welt ansehen, auch ohne Angus.

Am Tag vor meiner Abreise verabschiedete ich mich noch von meinen Eltern und meinen Freundinnen und versprach, ihnen ein Andenken mitzubringen und mich auch mal über das schiffseigene WLAN zu melden, damit alle wussten, dass ich nicht über Bord gegangen war. Die Nacht davor konnte ich absolut nicht schlafen, aber dafür hätte ich ja auch noch im Flieger Zeit. Es waren acht Stunden bis nach New York, und dann konnte ich bereits im Flughafenhotel weiterschlafen, bis es dann am nächsten Tag weiter nach Jamaika ging.

Kapitel 2

Mein Koffer wog gefühlte fünfzig Kilogramm, aber zum Glück hatte er gute Rollen, so konnte ich ihn super über das Flughafengelände zum Check-in-Schalter schieben. Die Dame dort war, wie zu erwarten, äußerst freundlich und gab mir einen Platz am Fenster.

„Hier ist Ihr Flugticket. Das Boarding beginnt um 12:40 Uhr im Terminal 2. Das Gate sehen Sie dann an der Infotafel. Ich wünsche Ihnen einen guten Flug."

Sie kringelte das Terminal ein, damit ich es leichter finden konnte, lächelte mir zu und ich verabschiedete mich. Ich war supernervös, freute mich aber auch richtig auf den Urlaub meines Lebens. Ich kam zügig durch die Sicherheitskontrolle und da ich noch genügend Zeit zur Verfügung hatte, bis das Boarding begann, schlenderte ich durch den Flughafen und seine Shops.

Plötzlich hörte ich hinter mir ein Gejohle und Geschreie und schon im nächsten Moment wurde ich hart angerempelt, sodass ich fast meinen Rucksack verlor, den ich locker über die rechte Schulter hängen hatte.

„Echt jetzt? Geht's eigentlich noch?!", schrie ich wütend. Ich dachte, eine Gruppe Halbstarker wäre an mir vorbeigelaufen, aber bei näherem Hinsehen fiel mir auf, dass es eine Gruppe von vier Männern, circa Mitte zwanzig, war.

Der Letzte drehte sich zu mir um, schaute, ob alles in Ordnung war, zuckte dann mit den Schultern und lächelte mir entschuldigend zu.

„Tut mir leid. Meine Kumpels meinten es nicht so." Doch bevor ich etwas sagen konnte, schaute er sich nach den anderen um und rannte hinter ihnen her. Er schien ein kleines bisschen älter zu sein als seine Freunde. Vielleicht zwei oder drei Jahre. Doch das war in dem Moment nicht wichtig, ich war zu wütend über dieses unmögliche Verhalten der vier. So wütend, dass ich mit dem Fuß aufstampfte und ein genervtes *grrr* von mir gab.

Als ich mich endlich beruhigt hatte, schlenderte ich weiter. Letztendlich kam ich bei meinem Gate an, suchte mir einen Sitzplatz und wartete, bis das Boarding begann. Ich hatte noch eine gute halbe Stunde und holte mein Handy heraus, um Ava und Freya noch eine letzte WhatsApp zu schicken. Ich schrieb es in unseren Gruppenchat, damit ich nicht alles doppelt schicken musste.

Ich:
Hey Mädels, ich wollte mich noch mal melden, bevor es ins Flugzeug geht. Das Boarding beginnt in circa dreißig Minuten. Ich schicke euch gleich noch ein letztes Foto aus Irland. ;-)

Und übrigens werdet ihr es nicht glauben, aber so 'ne Gruppe von vier Typen hätte mich im Terminal fast umgerannt. Einer stieß voll gegen meine Schulter. Mir hätte es fast den Rucksack runtergerissen. Aber glaubt ihr, da wäre eine Entschuldigung oder etwas der Art gekommen? NEIN! Nichts!! Ist das zu fassen? Bin immer noch stocksauer darüber. ☹

Ava:
Hey Süße, ja, ich freu mich schon auf das letzte Foto. *grins*
Noch nicht mal aus dem Land und schon vier Typen am Start?? *zwinker*
Nein, im Ernst. Das kann passieren, vielleicht hatten die es ja schon eilig wegen ihres Flugs. Nimm es dir nicht so zu Herzen, jetzt beginnt der Urlaub deines Lebens! Freu dich und genieß ihn. Guten Flug und melde dich, wenn du auf dem Schiff bist. ☺
Bussi, hab dich lieb! ♥ ♥ ♥

Ich:
Ja, du hast ja recht ... Ich bin voll relaxt.
Das geht mir doch am A... vorbei. ☺
Wuuuzzzaaaa. ;-)

Zum Beweis knipste ich ein Selfie, auf dem ich entspannt und freudig lächelte und schickte es im Chat. Es war ein kleines Ritual von uns geworden, mit dem Ava zufällig begonnen hatte, als sie einem ihrer Ex-Freunde ein Selfie vom Flughafen geschickt hatte – mit den Worten: das letzte Foto aus Irland –, es aber leider in unserem Chat landete. Wir zogen sie eine Weile damit auf und fanden es dann aber ganz witzig, solche „letzten Fotos" vor dem Abflug zu verschicken.

Freya:
Awww, was für ein süßes Foto! Ich denk ganz fest an dich, während ich hier einen Brummbären nach dem anderen bedienen darf. Wieso müssen alte Leute nur so viel Geld haben? Egal, ich wünsch dir super viel Spaß und Erholung und Abenteuer und iss ein paar Köstlichkeiten für mich mit. Mach gaaaanz viele Fotos, denn ich will alles sehen, was du auch gesehen hast!
Und was die Typen angeht: Also 'ne Frechheit ist das ja schon! Und dann noch nicht mal entschuldigen!! Boah, ich wäre, glaub ich, ausgerastet. *grrrr* Aber jetzt sind sie weg und alles wird gut. Wünsch dir einen guten Flug und wie Ava schon schrieb, meld dich!

Ava:
Also jetzt übertreibt mal nicht so. Es kann doch jedem Mal passieren, dass er in Eile ist, und dann versehentlich jemanden anrempelt. Klar, 'ne Entschuldigung wäre schön gewesen, aber heutzutage ist das doch sowieso Mangelware. *mit den Augen roll*

Ich:

Na ja, also der Letzte hat sich ja umgedreht und sich mehr oder weniger für die Kumpels entschuldigt, aber das war nur so halbherzig. Das hätte mal lieber der Rempler selbst machen sollen!

Klar, melde ich mich, wenn ich auf dem Schiff und in meiner Kabine bin. Muss euch ja berichten und die ersten Eindrücke schicken. Hab schon gelesen, dass es kostenloses WLAN gibt.

So, Mädels, der Flug wurde aufgerufen. Streitet euch nicht ohne mich, ich komme in zwei Wochen wieder und will keinen Zickenzoff haben! *Finger heb*

Ava:

Als hätte es bei uns jemals Zickenzoff gegeben! *lol*

Ich muss auch weiterarbeiten, der nächste Kunde wartet schon.

Alles Gute, Süße. Und denk dran, das Abenteuer muss sich nicht nur auf Schiff und Umgebung beschränken ... *zwinker zwinker*

Freya:
Ava O'Leary, ich bitte dich! Es ist nicht immer jeder auf einen One-Night-Stand aus! Und das passt auch nicht hierher, wenn Gwenny sich nur auf den Urlaub konzentrieren will, ist das ihr gutes Recht!

Ava:
Ach ja, hatte vergessen, dass wir im Gruppenchat sind und wir Frau Moralapostel auch hier haben … *Augen verdreh*
Hab einfach Spaß, Gwenny. Egal, wie und mit wem!

Ich:
Mädels! Ich sagte, KEINEN Zickenkrieg!
Ava, du weißt genau, dass du Freya damit ärgerst, wenn du sie Moralapostel nennst! Also hör auf damit.
Freya, es ist mein Urlaub. Und, ja, ich steh nicht auf One-Night-Stands. Hab es auch nicht darauf abgesehen. Aber sollte ein netter Mann dabei sein, darf ich ruhig mal etwas flirten. Bin ja schließlich Single. ;-)
Also, macht es gut, ihr zwei!! ♥ ♥ ♥

Freya:
Bye, bye, Gwenny und viel Spaß.
:-D
Und ich bin kein Moralapostel!

Ava:
Bis die Tage, Gwen. Und wir erwarten deinen Statusbericht. *grins*

Ist ja gut, Freya! War doch nur ein Scherz! *Augenroll*

Ich steckte lächelnd, und noch in meine Gedanken versunken, das Handy in die Tasche und machte mich bereit, mich in der Warteschlange anzustellen. Da erst bemerkte ich den zunehmenden Lärm direkt vor mir.

„Was in Gottes Namen ...", murmelte ich und erkannte gleichzeitig die vier Randalierer, die mich schon vorhin fast umgerannt hätten. Sie standen in meiner Warteschlange vor dem Gate und grölten und feixten um die Wette. *Ist ja mal wieder klar, dass die in meinem Flugzeug sitzen müssen*, dachte ich mir und seufzte auf. *Aber davon lasse ich mich nicht aus der Ruhe bringen.* Ich stellte mich also an und stöhnte nochmals, als die Stewardess die Passagiere der ersten Klasse aufrief. Natürlich bewegten sich die vier Kerle nach vorne.

Echt jetzt?! Oh, ihr Götter! Jetzt verdrehte ich die Augen und legte meine Stirn in meine hohle Hand. Es mussten auch noch reiche Randalierer sein. Das Leben war einfach unfair.

Kopf hoch, Gwenny. Was macht es schon, wenn sie im gleichen Flieger sitzen? Das heißt noch lange nicht, dass sie auch auf der Kreuzfahrt sind und schau mal, sie sitzen in der ersten Klasse, das heißt, dass du schon mal keinen von denen als Sitznachbarn hast! Das ist doch super! Meine Gedanken kreisten noch eine Weile um die Pros und Kontras und schon war ich an der Reihe, mein Flugticket zu zeigen. Die Dame vom Bodenpersonal zog das Ticket über den Scanner und ich durfte zum Flugzeug gehen. Meine Nervosität und Vorfreude verstärkten sich gleichermaßen. Ich war kein sonderlich großer Fan vom Fliegen, wusste aber, dass es ein notwendiges Übel war. Im Flieger war ich dann recht schnell an meinem Platz, denn ich hatte einen relativ weit vorne erhalten. Leider war dieser Platz auch ziemlich nah an der ersten Klasse, was mir den Flug zusätzlich vermiesen sollte, wie sich später noch herausstellen würde.

Ich packte meinen Rucksack zwischen meine Füße, halb unter den Sitz meines Vordermannes. Ich hatte meine Sachen lieber bei mir, denn ich wollte nicht ständig meine Sitznachbarn aufscheuchen, nur weil ich etwas aus meinem Rucksack benötigte. Außerdem würde ich sowieso die meiste Zeit schlafen, dafür hatte ich extra leichte Schlaftabletten eingepackt. Zufrieden lehnte ich mich erst einmal zurück und schaute aus dem Fenster. Dort konnte ich sehen, wie das Gepäck gebracht und verfrachtet wurde. Das Flugzeug füllte sich langsam und es gesellte sich eine weitere Dame in meine Sitzreihe. Es handelte sich um drei Sitze. Der Platz zwischen uns war noch leer und ich hoffte, dass er das auch bleiben würde, damit wir etwas mehr Platz hatten.

Die Tür wurde geschlossen, die letzten Vorbereitungen der Stewardessen folgten, es wurde noch einmal kontrolliert, ob auch jeder angeschnallt war und dann setzte sich das Flugzeug langsam in Bewegung. Es ging raus aus der Parkstellung und Richtung Startbahn.
Die Flugbegleiterinnen zeigten die Sicherheitsanweisungen und wie jedes Mal, wenn ich flog, suchte ich mit der Hand unter meinem Sitz die Schwimmweste. Als ich sie gefunden hatte, konnte ich mich wieder zurücklehnen und etwas entspannter dem Ganzen entgegensehen.

Das Flugzeug war nicht komplett ausgebucht, und meine Sitznachbarin und ich hatten Glück, der Platz in der Mitte blieb frei. Nachdem ich den Start endlich überstanden hatte, wurden die Bildschirme über den Sitzen heruntergeklappt und es lief erstmal Werbung. Die Stewardessen fingen an, Getränke auszuteilen und ich suchte nach meinen Schlaftabletten. Ich wollte so wenig wie möglich von alledem mitbekommen. Ich kramte eine Weile in meinem Rucksack, ohne Erfolg.

„Oh nein! Nein, nein, nein, nein, nein! Verdammter Mist! Fuck!", rutschte es mir heraus.

„Entschuldigen Sie, ist alles in Ordnung?", fragte meine Sitznachbarin beunruhigt

„Nein! Ich meine, ja. Alles okay. Na ja, zumindest fast. Ich habe wohl meine Schlaftabletten vergessen, einzupacken. Wissen Sie, ich fliege nicht sonderlich gerne und vor allem nicht so lange, daher wollte ich den Großteil verschlafen, aber so, wie es aussieht, wird daraus wohl nichts." Ich seufzte lange und lauter als beabsichtigt.

„Oh, ach so. Da kann ich Ihnen leider auch nicht helfen. Ich könnte Ihnen höchstens ein Buch anbieten? Oder schauen Sie sich doch einfach den Film an, der nachher gezeigt wird. Würde das nicht helfen?"

„Vielen Dank für das nette Angebot, aber ich habe ein Buch dabei. Ich werde mich schon ablenken, und wer weiß, vielleicht kann ich ja doch ein bisschen schlafen. Sie müssen sich keine Sorgen um mich machen. Das wird schon werden." Ich lächelte sie besänftigend an.

„Dann ist ja gut, ich bin nämlich sehr schlecht darin, Leute zu unterhalten." Sie lachte auf. „Dann lese ich mal weiter und wünsche uns einen guten Flug." Mit einem Zwinkern und Lächeln im Gesicht wandte sie sich wieder ihrem Buch zu und ich seufze nochmals und schaute dabei aus dem Fenster. Gut, der Flug hatte erst begonnen und ich war nicht müde. Etwas Koffeinhaltiges zu bestellen, wäre daher nur noch kontraproduktiver gewesen. Ich orderte daher einen Tee und bekam noch ein Wasser dazu. Den Film kannte ich leider schon und da er nicht so toll war, holte ich mein Buch aus dem Rucksack und vernahm plötzlich einen Tumult vor uns. Man hörte Stimmengemurmel und lautes Lachen aus der ersten

Klasse. Ich blickte kurz nach vorne, wo gerade eine Stewardess den Vorhang zur ersten Klasse schloss. Das dämpfte zwar die Stimmen für einen kurzen Moment, aber nicht lange. Leicht genervt versuchte ich, mich wieder auf mein Buch zu konzentrieren.

Nachdem das Gelächter und das Stimmengewirr immer mehr anschwollen, wurden auch die ersten Gäste in meiner Klasse unruhig und fragten an, was da in der ersten Klasse los sei. Die Stewardessen versuchten, alle zu beruhigen und sie auf den Film oder das Radio zu lenken. Ein paar gingen nach vorne und versuchten, die Leute dort zu besänftigen. Auch ich steckte mir inzwischen meine Ohrstöpsel in die Ohren und versuchte, Musik zu hören. Dann wurde ein Snack serviert und die ersten Menschen standen auf und vertraten sich die Beine oder gingen zu den Toiletten. Das wollte ich so lange, wie es ging, hinauszögern, ich hasste diese kleinen, engen Toiletten noch mehr als das Fliegen selbst. Ich hatte immer Angst, dass die Tür nicht mehr aufging und ich in der Falle saß. Natürlich war das Blödsinn, aber unsere Einbildungskraft war eine starke Waffe.

Nachdem die ersten Stunden vergangen waren, wurde auch die Stimmung in der ersten Klasse immer ausgelassener, sehr zu meinem Leidwesen und das anderer Reisender. Mir war tödlich langweilig, aber dieser Lärm ging mir noch mehr auf die Nerven als meine Vergesslichkeit bezüglich meiner Schlaftabletten. Als die nächste Flugbegleiterin vorbeikam, konnte ich mich nicht mehr am Riemen reißen.

„Oh, verzeihen Sie bitte. Darf ich fragen, was da in der ersten Klasse los ist? Mittlerweile ist der ‚Lärm' ja doch schon sehr laut und störend."

Die Stewardess zuckte leicht mit den Schultern und schenkte mir ein entschuldigendes Lächeln.

„Meine Kolleginnen und ich versuchen schon alles, um die Männer zu beruhigen, aber leider ist das nicht so einfach und wir können sie ja nicht vor die Tür setzen. Ich entschuldige mich vielmals, dass Sie sich gestört fühlen, darf ich Ihnen vielleicht etwas zu trinken auf Kosten der Fluggesellschaft anbieten?"

„Das ist aber nett, darauf wollte ich zwar nicht hinaus, aber ich nehme sehr gerne eine Fanta, danke. Sagen Sie, kann es sein, dass es sich um vier Männer so Mitte zwanzig handelt?", fragte ich frei heraus.

„Ja, woher wissen Sie das?" Die Flugbegleiterin sah mich überrascht an.

„War nur eine Vermutung!" Ich seufzte auf. War ja klar, mir blieb auch wirklich nichts erspart! „Könnten Sie bitte trotzdem noch mal versuchen, die Herrschaften etwas zur Ruhe zu bringen? Das wäre wirklich super, denn wir sind ja noch ein paar Stunden in dieser Maschine und die Leute sind, auch wenn in der ersten Klasse, nicht alleine an Bord."

„Natürlich, ich gebe mein Bestes, aber erwarten Sie keine Wunder! Das muss ich leider so direkt sagen."

Damit ging sie erst nach hinten zum Ende des Fliegers und holte meine Fanta, bevor sie sich wieder der „Höhle des Löwen" zuwandte.

Nach weiteren Stunden der Langeweile, des Genervtseins und des Nichtschlafens begannen wir endlich mit dem Landeanflug. Die Machos der ersten Klasse hatten sich endlich etwas beruhigt, aber waren trotzdem nicht leise. Ich wollte nur noch raus aus dem Flugzeug und in mein Hotel für diese Nacht. Noch hoffte ich sehnlichst, dass die vier morgen nicht wiederauftauchten und vor allem nicht mit an Bord der Starfish-Asteroidea sein würden, sonst wäre mein Urlaub gelaufen. An der Gepäckausgabe sah ich die vier Ruhestörer wieder und leichter Hass keimte in mir auf. Da ich aber gut erzogen war, ging ich nicht zu ihnen herüber und las ihnen die Leviten. Nein, ich wartete brav auf meinen Koffer und hoffte, sie nie wieder sehen zu müssen.

Die Passagiere der Airline wurden in verschiedenen Hotels am Flughafen untergebracht. Ich durfte in ein kleines Hotel am westlichen Ausgang, das nur zehn Minuten zu Fuß entfernt lag. Als ich mein Zimmer betrat, wollte ich nur noch in mein Bett. Es war jetzt 21:00 Uhr Ortszeit, eigentlich zu früh für mich, denn ich ging nie vor 23:00 Uhr ins Bett, aber jetzt war ich restlos müde und kaputt. Ich ging nicht mal mehr duschen, obwohl ich das dringend nötig gehabt hätte. Ich zog mich lediglich um, putzte meine Zähne, wusch mich kurz mit dem Waschlappen und kroch förmlich ins Bett. Es dauerte keine fünf Minuten und ich war eingeschlafen.

Am nächsten Morgen fühlte ich mich wie gerädert, alles tat mir weh. Ich schleppte mich in die Dusche und stand erstmal gefühlte dreißig Minuten unter dem warmen Wasser, bis meine Muskeln endlich das machten, was ich wollte. Nach einem eher schlechten Frühstück, aber mit viel Kaffee, ging es dann zurück zum Flughafen und meinem neuen Gate. Da weit und breit kein Mensch Lärm machte, fühlte ich mich sehr erleichtert. Die Vierer-Gruppe schien nicht nach Jamaika und auf mein Schiff zu wollen. Jetzt hieß es für mich, nur die nächsten vier Stunden im Flieger zu überstehen und dann konnte ich endlich an Bord einchecken.

Der Flug war genauso langweilig wie der gestrige, aber wesentlich ruhiger. Und obwohl es erst früher Nachmittag war, als wir in Jamaika landeten, war ich schon wieder schrecklich müde und genauso sah ich auch aus.

Nachdem ich meinen Koffer endlich vom Gepäckband holen konnte, suchte ich die Dame, die mir meinen Bus zuwies, mit dem ich zum Hafen gefahren wurde. Meine Freude und meine Aufregung wuchsen und ich war schon gespannt, wie der restliche Tag verlaufen würde und ob ich seekrank werden würde. Jeder erzählte mir immer, dass man auf einem so großen Schiff den Wellengang nicht mitbekam, aber ob das stimmte? Ich war da sehr skeptisch.

Kapitel 3

Die Fahrt zum Hafen dauerte nicht lange, dafür war die Schlange der Menschen, die jetzt an Bord einchecken wollten, umso länger. Ich erkannte, dass von jedem erstmal ein Foto geschossen wurde, dann gab es eine Plastikkarte und erst dann wurde man durchgelassen und es ging auf die Starfish-Asteroidea. Als Nächstes war, nach endloser Wartezeit, endlich ich an der Reihe.

„Guten Tag, Miss Glamour. Wir benötigen erst ein Foto von Ihnen für die Bordkarte. Mit dieser werden Sie beim aus- und einchecken jeweils kontrolliert. Also bitte verlassen Sie das Schiff nie ohne Karte oder ungesehen, da es sonst sehr schwer wird, dass sie wieder hinaufkommen. Bitte einmal auf die Markierung stellen und dann noch zu den beiden Empfangsdamen." Der Mitarbeiter deutete auf einen großen Seestern auf dem Boden, auf den ich mich für das Foto stellen sollte. Da jeder hier von den Passagieren einen längeren Anflug hatte, sahen alle gleich dümmlich auf dem Foto aus und ich genierte mich etwas weniger. Die Damen vom Empfang hängten mir eine Blumenkette um den Hals und posierten nett lächelnd neben mir für das erste Touristenfoto. Danach wurde mir meine Bordkarte ausgehändigt und ich durfte aufs Schiff gehen und mir dort am nächsten Empfangstresen meine Schlüsselkarte für meine Kabine abholen und alle weiteren Infos, die ich im ersten Moment benötigte.

Ich war noch nicht mal richtig am Tresen bei der nächsten netten Dame, da spürte ich schon, wie mir flau im Magen wurde. *Von wegen, man spürt nichts auf so einem großen Schiff. Alles Lügen!*, dachte ich und versuchte, tief durchzuatmen. Ich wollte auf gar keinen Fall seekrank werden.

„Guten Tag, Miss ...", begrüßte mich die nette Dame hinter dem Tresen.

„Glamour. Gwendolyn Glamour."

„Miss Glamour, richtig. Hier habe ich Sie auch schon. Ich darf Sie beglückwünschen! Sie haben ein kostenloses Upgrade erhalten. Statt einer Innenkabine dürfen Sie sich auf zwei Wochen in einer Kabine mit eingeschränktem Meerblick freuen!" Die Dame sah mich freudestrahlend an.

„Ein was? Meerblick? Ich? Aber ... sagten Sie kostenlos? Ich muss nichts dafür bezahlen?" Ich konnte nur vor mich hin stammeln. So viel Glück konnte ich doch nicht tatsächlich haben.

„Ja, Miss. Sie müssen nichts weiter dafür bezahlen. Ihre Kabine befindet sich auf Deck 7, Zimmernummer 7133.
Der Blick ist durch die Rettungsboote, die sich auch auf diesem Deck befinden, eingeschränkt, aber man kann trotzdem super nach draußen sehen. Und keine Sorge, von außen kann man nicht in die Kabinen schauen! Hier sind alle weiteren Infos, die Sie für den ersten Seetag benötigen. Auf welchem Deck Sie was finden, wann am Seetag die Rettungsübung stattfindet, an der Sie teilnehmen müssen, da diese Pflicht ist und noch viele weitere Informationen. Aufzüge befinden sich hinter mir, ich empfehle Ihnen, den rechten

zu nehmen, da sind Sie schneller bei Ihrer Kabine. Ich wünsche Ihnen einen angenehmen Aufenthalt an Bord."

„Wahnsinn! Ich hab eine Kabine mit Fenster! Vielen Dank, das muss erst einmal alles verdaut werden! Also den rechten Aufzug, sagten Sie. Und zu dieser Pflichtübung steht auch alles in den Broschüren?" Ich strahlte sie immer noch an wie ein Honigkuchenpferd.

„Ja, es steht alles dort drin, auch, wo und wie Sie Ihre Ausflüge buchen können. Und sollten Sie doch Fragen oder Anregungen haben, sind wir auf Deck sechs am Empfang jederzeit für Sie da."

„Ach, auf Deck sechs?"

„Ja, hier ist der Ein- und Ausstieg und für die neuen Gäste die Begrüßung, damit jeder weiß, wo er hinmuss. Auf Deck sechs ist der normale Empfang wie in einem Hotel auch."

„Okay, gut zu wissen. Dann werde ich jetzt mal gehen. Vielen Dank und einen schönen Tag noch."

„Danke, Ihnen auch, Miss Glamour."

Ich schnappte mir die Schlüsselkarte für die Kabine, meinen Koffer und die Broschüren und ging zum Fahrstuhl. Es gab drei Fahrstühle auf der rechten Seite und drei auf der linken Seite. Der mittlere ging als Erstes auf und ich konnte mit ein paar anderen Passagieren einsteigen. Bei den Aufzügen war die Hölle los. Das wurde auch beim Aussteigen auf Deck sieben nicht besser. Was allerdings auch nicht besser wurde, war mein flaues Gefühl im Magen. Ich hatte das Gefühl, regelrecht zu schwanken, und das, obwohl sich die Starfish kaum bewegte, da sie ja im Hafen lag. Das konnte also noch heiter werden.

Ich fand den Gang, in dem meine Kabine lag, recht schnell. Am Anfang des Flures sah ich gleich einen Wasserspender in der Wand eingebaut, so konnte man sich zu jeder Tages- und Nachtzeit frisches, kostenloses Wasser holen. Als ich vor meiner Tür stand, wurde mir wieder mulmig zumute. Diesmal lag es aber nicht an dem Schiff, sondern es war die Aufregung davor, ob meine Zimmergenossin schon da war, oder ob ich mir die Kabine in Ruhe alleine ansehen und mir ein Bett aussuchen konnte. Natürlich würde ich das Bett am Fenster nehmen. Ich steckte die Schlüsselkarte in den dafür vorgesehenen Schlitz und mit einem Klicken ließ sich die Tür öffnen. Die Kabine war leer und ich überwältigt. Es sah aus wie ein normales Hotelzimmer. Zwei getrennte Betten, ein kleiner Schreibtisch mit Stuhl, ein Fernseher und dann sah ich das Fenster. Darunter stand eine kleine Couch. Ich durchquerte das Zimmer, warf meinen Koffer auf das rechte Bett und schaute hinaus. Ich sah einen Teil des Rettungsbootes und darunter das Meer sowie ein bisschen Strand. Es war einfach super. Ich freute mich riesig. Als ich mich umdrehte, sah ich die Tür zum Badezimmer. Auch hier wurde gleich alles inspiziert. Die Dusche kam mir etwas klein vor, aber es würde ausreichen. Die Einrichtung war generell top, ich konnte nicht meckern und grinste wieder wie ein Honigkuchenpferd.

Leider konnte ich meine Freude nicht mehr länger alleine genießen, denn ich hörte, wie jemand vor der Tür stand und diese sich im nächsten Moment öffnete. Ich sah jemanden rückwärts in die Kabine kommen, mit schulterlangen, braunen, leicht lockigen Haaren. Die Statur sah eigentlich nicht sehr weiblich aus, denn das Kreuz schien etwas breiter zu sein, die Taille war schmal, der Hintern klein ...

Dann drehte sie sich um, und es war – ein Mann!
Ich schaute etwas verdutzt drein, ich hatte doch schließlich angegeben, dass ich eine Frau als Mitbewohnerin wollte.

„Oh, hallo. Ähm, was machen Sie in meiner Kabine?", wollte der nicht schlecht aussehende Typ wissen.

„Ich wohne hier die nächsten zwei Wochen. So wie es aussieht, bin ich Ihre Zimmergenossin. Ich habe die Va-
rio-Variante gebucht und eigentlich angegeben, dass ich die Kabine mit einer Frau teilen möchte ..." Dann fielen mir meine guten Manieren wieder ein, ich machte einen Schritt auf den Herrn zu und streckte ihm meine Hand entgegen.

„Ich bin Gwendolyn Glamour." Ich lächelte ihn an und wartete darauf, dass er meine Hand zum Gruß ergreifen würde und sich ebenfalls vorstellte, aber es kam etwas anders.

Der immer noch namenlose Mann starrte mich erst etwas seltsam an, dann prustete er los und blickte sich um.

„Okay, okay. Ist das euer Ernst? Ihr habt mir eine Drag Queen aufs Zimmer geschleust?! Wobei ..." Er schaute mich immer noch lachend an, während ich in eine Art Schockstarre verfiel. „Ich dachte immer, ihr Drag Queens seid total overdressed und müsstest du nicht etwas größer sein? Ich hätte dir tatsächlich fast abgekauft, dass du eine Frau bist, aber Mädel, den Namen hättest du echt ändern müssen! Der hat dich verraten! Jungs? Ihr könnt endlich rauskommen. Der Gag ist euch wirklich gut gelungen!", Er klopfte sich mit den Händen auf die Oberschenkel und schaute sich suchend um.

Erst jetzt bemerkte ich, dass der Mann, der vor mir stand, der Typ vom Flughafen war und mit einem Schlag loderte meine Wut wieder auf.

„Entschuldigen Sie mal! Ich bin KEINE Drag Queen! Wie können Sie es wagen?! Sie haben es richtig bemerkt, dass ich nicht so aussehe und trotzdem denken Sie, ich wäre eine? Was für eine Unverschämtheit! Und höchst beleidigend! Ich werde keine weitere Minute mit Ihnen in diesem Zimmer verbringen! Ich gehe jetzt zur Rezeption und verlange ein anderes Zimmer, oder eine andere Mitbewohnerin! Das ist echt die Höhe! So etwas hab ich in meinem ganzen Leben noch nie gehört!" Ich keifte wütend vor mich hin, bis ich schließlich an dem jetzt sehr verdutzten Mann vorbeistürmte und zu den Aufzügen wollte. Weit kam ich allerdings nicht, denn da waren auch schon seine Freunde an unserer Kabine angekommen und schauten neugierig in die offene Tür.

„Hey, hey, Finn! Du hast also unsere kleine Überraschung schon gesehen!" Einer grinste ihn an.

„Ja, Mann, sorry, dass du keine Einzelkabine von uns bekommen hast. Wir dachten, etwas

Gesellschaft würde dir guttun!" Ein anderer zwinkerte ihm zu.

„Gesellschaft? Gesellschaft?!", blaffte ich. „Das wird ja immer besser! Lasst mich durch, ich muss zur Rezeption!", fauchte ich die drei an, schob sie unsanft zur Seite und schon war ich weg.

„Was war das denn eben?", hörte ich noch einen fragen, aber dann war ich auch schon im Treppenhaus bei den Aufzügen. Da ich nur ein Deck nach unten musste, entschied ich mich doch, die Treppe zu nehmen, um schneller zu sein. Ich wollte keine kostbare Zeit verlieren und diesen Idioten nicht länger als nötig ertragen müssen. Es war ja wieder so klar, dass ausgerechnet diese schrecklich nervigen Typen, die mich in Dublin am Flughafen schon fast umgerannt hatten, auch hier auf dem Schiff waren, und einer noch dazu in meiner Kabine.

An der Rezeption angekommen, war ich vor lauter Ärger etwas aus der Puste. Zum Glück ging ein Pärchen gerade weg und so schnappte ich mir die Dame gleich.

„Entschuldigen Sie, hi! Ich bin Gwendolyn Glamour und habe gerade meinen Zimmerkollegen auf 7133 kennengelernt. Und das geht gar nicht! Ich wollte eine weibliche Mitbewohnerin und stattdessen bekomme ich einen Mann, der mich als Drag Queen bezeichnet. Es tut mir leid, aber ich brauche entweder eine andere Kabine oder eine andere Person als Mitbewohner! Und zwar zügig!"

„Miss Glamour, bitte beruhigen Sie sich erstmal. Ich schaue sehr gern im Computer für Sie nach, ob eine andere Kabine frei wäre, aber ich muss Ihnen gleich sagen, dass die Chancen dafür sehr gering stehen." Die Rezeptionistin redete mit einer Engelsstimme auf mich ein, wandte sich ihrem PC zu und tippte lange auf der Tastatur herum. Als sie sich schließlich wieder zu mir drehte, verhieß ihr Gesichtsausdruck nichts Gutes.

„Es tut mir leid, aber ich kann leider nichts für Sie machen. Die Kabinen sind ausgebucht und der nächste Wechsel findet erst in einer Woche statt, wenn alte Gäste gehen und neue Gäste an Bord kommen. Ich denke, es war ein Missverständnis Ihres Mitbewohners. Sicher hat er es nicht so gemeint, vielleicht können Sie ja nochmals mit ihm reden?!"

Ich wollte mich gerade aufplustern, als just in dem Moment mein Herr Zimmergenosse an die Rezeption kam.

„Hallo, ich wollte nur ... Das gerade eben war ein Missverständnis! Ich dachte, meine Freunde würden mir wieder einen ihrer Streiche zu meinem Geburtstag spielen. Ich konnte ja nicht ahnen, dass es nur darum ging, dass ich keine Einzelkabine bekomme! Es tut mir wirklich sehr leid!! Das müssen Sie mir glauben." Er fasste sich mit der Hand an die Brust und es sah tatsächlich so aus, als würde er das ganze Szenario gerade bedauern.

„Mister O'Donnell, richtig? Ich sagte zu Miss Glamour schon, dass es wohl ein Versehen war. Wir haben ohnehin keine Möglichkeit, einen Kabinenwechsel zu vollziehen. Sie müssen mindestens eine Woche zusammen in der Kabine bleiben, erst dann gibt es vielleicht eine Chance, dass jemand in eine andere Kabine umziehen kann. Wäre das ein Problem für Sie?" Dieses höfliche Getue der Angestellten ging mir ziemlich auf die Nerven und so platzte es aus mir heraus: „Ähm, hallo?! ICH wurde beleidigt, nicht er! Und ja, es macht mir sehr viel aus!" Mein Gesicht war mittlerweile sicherlich schon dunkelrot, aber das war mir jetzt auch egal.

„Miss Glamour ...", versuchte die Dame es wieder.

„Ach, sparen Sie sich Ihre weiteren Kommentare. Ich werde nur zum Schlafen in der Kabine sein, und Gnade Ihnen Gott, wenn ich mich nur einmal über Sie beschweren muss!" Ich pikste Mister O'Donnell – wie ich ja jetzt wusste – mit dem Finger auf die Brust und stapfte aufgebracht zurück zu unserer Kabine.

Ich sah noch, wie Mister O'Donnell mit den Schultern zuckte, sich an der Rezeption verabschiedete und mir hinterherkam. Mittlerweile hatte er sein welliges Haar zu einem Pferdeschwanz zusammengebunden, was ihm sehr gut stand.

„Hören Sie, es tut mir wirklich leid. Können wir nicht so tun, als wäre das nie passiert und noch mal von vorne beginnen? Ich presste meine Lippen aufeinander, sah ihm in die Augen und ging weiter. Neben mir hörte ich ein Seufzen.

„Okay, das wird also ein toller Urlaub ..."

„Mir gehört das Bett am Fenster!", sagte ich mit Nachdruck. Normalerweise war ich ja nicht so aufbrausend und auch nicht gleich so eingeschnappt, aber diese Typen hatten mir meinen Urlaub bereits zu Hause versaut und jetzt musste ich mich noch weitere vierzehn Tage mit ihnen rumschlagen. Innerlich stöhnte ich auf.

„Ist gut, alles, was Sie wollen."

Zurück im Zimmer herrschte Totenstille. Seine Freunde hatten sich für den Moment aus dem Staub gemacht und wir packten wortlos unsere Koffer aus. Ein paarmal standen wir uns in dem kleinen Raum im Weg, aber das Meiste schafften wir, ohne uns ansehen zu müssen.

„Ich heiße übrigens Finnigan. Meine Freunde nennen mich Finn", versuchte er es ein weiteres Mal. „Und Sie sind Gwendolyn, wenn ich mich recht erinnern kann? Sie können mich gerne duzen. Bei ‚Sie' komme ich mir immer unheimlich alt vor. Das habe ich schon ausreichend bei meinen Schülern." Er begann, versonnen zu schmunzeln.

„Für Sie immer noch Miss Glamour! Und ich gehöre ganz sicher nicht zu Ihren Freunden, Mister O'Donnell!", giftete ich immer noch.

„Oh, oh. Hat da jemand PMS?!" Er sagte es so leise, als würde er mit sich selbst reden, aber ich hörte es trotzdem, was meiner Wut neuen Schwung gab.

„Wie können Sie es wagen!" Ich stemmte meine Hände in die Seiten und musterte ihn aus zusammengekniffenen Augen. Er zuckte nur mit den Schultern.

„Mir ist noch nie eine Frau untergekommen, die so wenig Humor hat! Ich dachte, das wäre eine gute Erklärung dafür. Ich wusste ja nicht, dass du, ich meine Sie, tatsächlich einen Stock im Arsch haben." Sein Tonfall war gleichgültig, aber doch ein bisschen herausfordernd.

„Argh!", knurrte ich fast. „Auf dieses Gesprächsniveau lasse ich mich nicht herab! Und mein Arsch geht Sie überhaupt nichts an!" Da ich mittlerweile soweit fertig mit auspacken und noch etwas Zeit übrig war, bis das Schiff ablegte, schnappte ich mir meine Kabinenkarte und wollte mir den Koloss etwas genauer ansehen. Vor allem wollte ich weg von Mister Finnigan O'Donnell, der zu meiner Überraschung leider ziemlich gut aussah.

„Er geht mich vielleicht nichts an, aber süß ist er allemal!", raunte er mir zu, als ich an ihm vorbei zur Tür ging. Ich hielt einen Moment inne, um etwas zu erwidern, ging dann aber doch wortlos hinaus und hörte ein verkniffenes Glucksen hinter mir.

Kapitel 4

Als Erstes ging ich zum Oberdeck. Ich wollte die tolle Aussicht genießen und freute mich, den Pool zu sehen und generell das ganze Schiff.

Beim Pool tummelten sich ein paar Passagiere, die entweder keinen Ausflug gebucht hatten, oder nur einen Halbtagesausflug. Er war für meinen Geschmack etwas zu klein, ich fragte mich schon, wie das hier am Seetag aussehen sollte, denn auch Sonnenliegen waren nicht so viele vorhanden, wie ich dachte. Zumal noch weniger einen Schattenplatz hatten. Ich würde also binnen kürzester Zeit rot wie ein Krebs sein.

Ich ging eine Treppe zum nächsten Deck hinauf. Hier waren weitere Sonnenliegen und so eine Art Parcours, sollte jemand auf die hirnrissige Idee kommen, joggen zu wollen. Die Bahn ging um das gesamte Deck und ich brauchte im Gehen schon eine Ewigkeit. Ich sog die Umgebung und den Geruch nach Meerwasser in mich auf und für einen kurzen Augenblick war ich im Einklang mit mir, der Welt und Finnigan O'Donnell war vergessen.

Zumindest so lange, bis ich neben mir ein erleichtertes Aufatmen vernahm. Und da stand er auch schon wieder, Mister O'Donnell. Genervt rollte ich mit den Augen und stöhnte hörbar auf.

„Ist das jetzt Ihr Ernst? Wollen Sie mich jetzt tatsächlich jeden einzelnen verdammten Tag mit

Ihrer Anwesenheit nerven?", fragte ich ihn sarkastisch.

„Hm, ja, hatte ich mir vorgenommen. Ich kann doch nichts dafür, dass ich auch die tolle Aussicht genießen möchte und du hier zufällig stehst."

„Immer noch SIE!", antwortete ich schnippisch.

„Ich bleibe lieber beim Du. Das ist doch so viel angenehmer." Er lachte auf und ging.

„Grrrr!", knurrte ich und ballte meine Hände zu Fäusten. *Was für ein Idiot, was bildet der sich eigentlich ein?! Wieso meint es das Schicksal nur so schlecht mit mir?*

Ich schlenderte weiter auf die Hafenseite und schaute dem Gewusel unten zu. Da bemerkte ich auch das Schwanken des Schiffes wieder und augenblicklich fühlte ich mich unwohl. Ich setzte mich auf eine der Sonnenliegen und hoffte, dass es bald vorbeigehen würde. Ich wollte schließlich an Deck sein, wenn wir in gut einer Stunde ablegten und um nichts auf der Welt wollte ich das Abendessen verpassen. Das Buffet und der Speisesaal mussten riesig sein.

Nach ein paar Minuten ging es wieder, aber sobald ich aufstand, wurde mir erneut übel. *Okay, vielleicht verzichte ich heute aufs Abendessen*, dachte ich mir, denn in Gegenwart von Finnigan wollte ich mich ganz sicher nicht übergeben müssen. *Vielleicht hilft ja auch etwas Wasser?!* Ich ging ganz langsam zurück ins Innere des Schiffes, auf der Suche nach einer kostenlosen Wasserstation. Ich kam bei den Restaurants vorbei, am Vierundzwanzig-Stunden-Pizzaservice und schließlich ging ich zur Kabine, um dort eine Karaffe zu holen. Die Wasserstation war ja gleich am Eingang unseres Ganges.

Bewaffnet mit Wasser ging ich in unsere Kabine und legte mich aufs Bett. In der Waagerechten fühlte ich mich super, doch sobald ich versuchte, aufzustehen, wurde mir wieder schlecht.

Ich holte mein Handy aus meiner Tasche und schrieb erstmal Ava und Freya, dass ich gut angekommen sei.

> Ich:
>
> Hey Mädels, ich hab keine Ahnung, wie spät es gerade bei euch ist, aber ich wollte nur Bescheid geben, dass ich gut auf dem Schiff angekommen bin. Und natürlich werde ich wieder vom Schicksal bestraft und habe einen der Rüpel vom Flughafen in meinem Zimmer. Ava, ich dachte, du hattest eine Frau als Zimmergenossin angegeben?! Auf alle Fälle kann ich nicht wechseln, frühestens in einer Woche, wenn neue Gäste kommen.

Ich schickte die Nachricht ab und wartete kurz, dann schrieb ich weiter.

Und stellt euch vor, der hatte doch glatt die Unverschämtheit, mich eine Drag Queen zu nennen!! Als würde ich so aussehen. Er faselte irgendwas von seinen Freunden und er dachte, sie würden ihm einen Streich spielen ... er heißt Finnigan O'Donnell und weigert sich, mich zu siezen! Der Kerl ist einfach nur unverfroren und ... und ... mir fehlen einfach die Worte. Ich liege gerade auf dem Bett und warte, dass wir auslaufen, dazu möchte ich auf dem Deck stehen, Abendessen wird wohl ausfallen, da mir sofort schlecht wird, sobald ich aufstehe. Aber das wird sich schon geben. Das Restaurant hat ja bis 22:30 Uhr geöffnet und es gibt eine Vierundzwanzig-Stunden-Pizzastation. Das war's erstmal. Bis bald. Eure Gwenny

Ich wartete gar nicht erst auf eine Antwort, denn es war sicher mitten in der Nacht in Dublin oder ganz früh am Morgen und bis jemand antwortete, würde es noch dauern. Es ertönte das Nebelhorn und eine Durchsage kündigte an, dass das Schiff in zehn Minuten ablegen würde. Ich versuchte, wieder aufzustehen und setzte mich sofort hin, da mir schwindlig wurde. Endlich schaffte ich es und begab mich an Deck. Dort standen bereits eine Menge Leute und jubelten und winkten, auch wenn sie keinen kannten.

Dann setzte die Musik in einer ohrenbetäubenden Lautstärke ein. Sie spielten passenderweise *Sail away* von Enya und das Nebelhorn wurde nochmals aktiviert.

Es war berauschend, zuzusehen, wie sich dieses riesige Kreuzfahrtschiff langsam in Bewegung setzte. Ich wusste bereits, dass ich diesen Urlaub sicher niemals in meinem Leben vergessen würde. Die Starfish würde immer etwas ganz Besonderes für mich bleiben.

Neben mir tauchten plötzlich die Freunde von Finnigan auf und schmälerten meine Freude wieder.

„Bei allen Göttern ...", murmelte ich.

„Hallo. Ähm, ich bin Patrick. Ich wollte mich für das ganze Chaos beim Einchecken entschuldigen. Es war wirklich nicht Finns Schuld! Wir hatten ihn zu dieser Kreuzfahrt als Geburtstagsgeschenk eingeladen und ihm gesagt, dass er eine Einzelkabine bekommen würde. Unser Streich sollte sein, dass er eben einen Mitbewohner hat stattdessen. Wir ahnten nicht, dass es eine Frau sein würde, wir hatten allerdings auch nichts angegeben bei der Buchung. Also Entschuldigung nochmals."

Ich schaute ihn leicht missbilligend von oben nach unten an. Er war definitiv jünger als Finn und seine Kumpel hatten nicht mal den Schneid, etwas zu sagen, sie nickten nur zustimmend und brummten etwas vor sich hin. Selbst Patrick musste fast schreien, da die Auslaufmusik dermaßen laut war.

„Dank eurem äußerst dummen, wirklich dummen Streich durfte ich mich als Drag Queen bezeichnen lassen! Das ist mir in meinem ganzen Leben noch nicht passiert! Und ich bin not amused darüber!" Um meine Worte noch zu verstärken, verschränkte ich die Arme vor der Brust.

„Klar, versteh ich vollkommen. Ich wollte nur, dass du eben weißt, dass es unsere Schuld ist und nicht die von Finn. Er ist ein Klassetyp und wenn du ihn näher kennenlernst, wirst du das sicher auch sagen. Ich hab's! Wie wäre es, wenn wir heute Abend gleich damit anfangen? Komm doch mit uns zum Essen. Wir laden dich sehr gern und herzlich zu uns an den Tisch ein. Alleine essen ist doch sowieso viel zu langweilig!" Er strahlte mich an und ich schaffte es nicht, ihm abzusagen.

„Woher willst du wissen, dass ich alleine unterwegs bin?", fragte ich entrüstet, um gleich darauf wieder zu resignieren. „Na, also gut. Von mir aus. Allerdings weiß ich nicht, ob ich etwas essen kann, denn ich fühle mich überhaupt nicht gut. Das Geschaukel des Schiffes macht mich doch seekrank." Ich zuckte leicht mit den Schultern.

„Kein Problem, hol dir einfach Tabletten beim Schiffsarzt, das ist ganz normal und die bekommst du auch ganz schnell, danach geht es dir besser. Die ‚Klinik' befindet sich auf Deck 6."

Ich musterte ihn einen kleinen Augenblick.

„Woher weißt du das? Scheinst dich ja wirklich bestens auszukennen." Ich dachte kurz über seinen Vorschlag nach. Wahrscheinlich war es wirklich das Beste und jetzt, wo fast jeder an Deck war, würde ich sicher schnell drankommen.

„Ist nicht unsere erste Kreuzfahrt! Also, wir sehen uns zum Abendessen, sagen wir in einer guten Stunde? Wir holen euch ab." Er zwinkerte mir zu und dann gingen alle wie auf Kommando weg. Ich bahnte mir ebenfalls einen Weg raus aus der Menge und suchte den Schiffsarzt auf. Tatsächlich war ich nicht die Einzige, die Tabletten gegen Reisebeschwerden benötigte und kam relativ zügig dran. Die Ärztin war sehr nett, allerdings hatte sie nicht erwähnt, dass die Tabletten die Übelkeit im ersten Moment verschlimmern würden und ich sah mich schon über der Toilette hängen. Ich wankte zurück zum Zimmer und legte mich auf mein Bett. Ich wollte weder essen noch trinken, ich wollte einfach nur liegen und mich nicht übergeben müssen. Kurzzeitig musste ich wohl eingenickt sein, denn plötzlich vernahm ich neben mir eine mitfühlende Stimme.

„Hey? Alles okay? Wenn du nicht mit zum Essen kommen willst, versteh ich das voll und ganz. Es wäre zwar schade, aber wenn du seekrank bist, ist das etwas anderes. Ich könnte dir auch etwas vom Zimmerservice bestellen? Wäre dir das lieber?"

„Wie spät ist es?" Mein Mund fühlte sich trocken an und ich versuchte, mich auf meine Arme zu stützen und somit etwas aufzurichten.

„Es ist jetzt fast neun Uhr. Der erste Schwung Gäste ist aus dem Restaurant und hat Platz gemacht für die Neuankömmlinge."

Ich versuchte, mich richtig aufzusetzen, dann wurde mir etwas schwarz vor Augen.

„Langsam, langsam. Ich denke, du brauchst auf jeden Fall etwas zu essen, um deinen Kreislauf etwas in Schwung zu bringen. Außerdem ist das erste Abendessen an Bord immer das aufregendste. Das willst du dir doch nicht entgehen lassen?!"

In diesem Moment klopfte es an der Tür.

„Die drei Musketiere sind hier! Öffnet er die Türe!" johlte es draußen. Die Stimmung schien bereits sehr ausgelassen zu sein.

Finn ging lachend zur Tür und machte auf. Dann wurde es plötzlich sehr voll in unserer kleinen Kabine, als wir nun zu fünft waren.

„Und? Alle fertig?" Patrick sah mich auffordernd an.

„Äh, nun ja. Gwendolyn wird uns wohl nicht begleiten. Sie fühlt sich noch nicht so gut", antwortete Finn statt meiner. Ich schaute ihn erbost an, bevor ich schnippisch
an seine Freunde gewandt antwortete:

„Mir geht es zwar noch nicht zu 100 Prozent gut, aber ich kann durchaus mit euch zum Abendessen gehen! Vielen Dank, Mister O'Donnell, dass Sie sich so um mich sorgen, aber das ist nicht nötig. Ich kann sehr gut auf mich selbst aufpassen! Gebt mir noch fünf Minuten, damit ich mich ein wenig frisch machen kann. Dann komme ich auch." Ich versuchte ein zaghaftes Lächeln und schaute in die verschiedenen Gesichtsausdrücke, die von verblüfft bis freudig und neugierig reichten.

„Klar, wir warten", sagte einer der Männer. „Oh, ich glaube, wir haben uns noch nicht komplett vorgestellt?" Verlegen fuhr er sich durch das für Iren typisch rote Haar. „Also, Patrick kennst du ja schon und Finn natürlich auch. Ich bin Ian und das hier ist Callum." Er klopfte dem Letzten neben sich auf die Schulter.

„Mister O'Donnell?!" Patrick lachte auf und boxte Finn gegen die Schulter. „Hast du dich etwa nicht mit Vornamen vorgestellt? Ist ja gar nicht deine Art."

„Nein, nein. Es liegt an mir", unterbrach ich sie. „Ich wollte nach dem ganzen Chaos vom Anfang nicht von ihm geduzt werden, aber nachdem ich euch jetzt auch kenne, kommt es wohl etwas doof rüber. Ich bin Gwendolyn." Ich streckte meine Hand aus und schüttelte alle weiteren der Reihe nach.

„Hübscher Name. Und wie nennen dich deine Freunde?", wollte Callum sofort wissen.

„Öhm, Gwenny! Außerdem würde ich euch jetzt noch nicht zu meinen Freunden zählen ..." Ich lachte verlegen auf.

„Noch nicht! Bald schon!" Ian zwinkerte mir zu und stieß Finn mit dem Ellbogen in die Seite.

„Okay, Jungs. Könntet ihr mich dann kurz allein lassen, damit ich mich frisch machen kann?" Ich stand auf und schaute sie alle erwartungsvoll an.

„Wie sollen wir dich hier denn alleine lassen? Die Kabine hat nur einen Raum und das Badezimmer?", fragte Callum verwundert und schaute sich zur Sicherheit noch einmal um. Ich räusperte mich und nickte Richtung Tür.

„Idiot! Wir sollen vor der Tür warten!" Finn gab seinem Kumpel einen leichten Schlag gegen den Hinterkopf. Als dieser endlich begriff, lief er rot an. Dann gingen alle ganz brav nach draußen und ich hastete zu meinem Schrank, schnappte mir das erstbeste Teil, das ich fand und verschwand im Bad. Schnell Haare frisiert, Katzenwäsche hinter mich gebracht, neue Wimperntusche aufgetragen und etwas Parfum. Das musste für heute Abend reichen, ich wollte ja niemanden beeindrucken.

Die Jungs nahmen mich in ihre Mitte und machten weiter ihre Scherze. Finn hielt sich etwas im Hintergrund, was mich verwunderte, war er doch bis jetzt relativ – aufdringlich gewesen. Ich fühlte mich tatsächlich etwas besser und die Ablenkung tat mir gut. Das Schiff bewegte sich kaum merklich auf dem Wasser, aber doch genug, dass ich es mitbekam. Auf den Gängen waren viele Leute unterwegs, die in die unterschiedlichsten Richtungen wollten. Zum Shoppen, zum Theater oder zum Bingo. Ich würde mir alles ansehen! Das hatte ich mir schon vorgenommen. Im Restaurant tummelten sich auch viele Gäste, aber wir fanden sehr schnell einen Tisch, an dem für uns alle Platz war. Es standen zwei Karaffen Wein auf dem Tisch. Ein roter und ein weißer. Ich war ja nicht wirklich Weintrinker, daher bestellte ich mir ein Wasser bei der Bedienung. Ian und Patrick waren inzwischen schon zum Buffet gegangen und kamen mit vollgepackten Tellern zurück. Bei dem Anblick wurde mir wieder total schlecht und ich musste tief durchatmen.

„Hey, geht es?", fragte Finn mich und sah mich leicht besorgt an.

„Ja, alles gut. Es war nur der erste Blick auf diese Teller.
Vielleicht sollte ich ein bisschen Brot versuchen, anstatt mir gleich den Bauch vollzuschlagen."

„Uh, eine Lady, die weiß, wie man richtig isst?! Das gefällt mir!" Callum zwinkerte mir zu und ich wurde rot. Ich aß wirklich gern und hatte daher nicht die passende Modelfigur. Nicht so wie Ava. Ich war immer neidisch auf ihr tolles Aussehen und die perfekten Maße. Andererseits war ich auch nicht so sportlich wie sie und von nichts kam bekanntlich nichts. Zugegeben, ich war ein Couchpotato.

„Also, ich geh mal an die Brot-Bar", bemerkte ich knapp und verschwand vom Tisch. Ich ging das gesamte Buffet ab und sah mir an, welche Köstlichkeiten aufgetischt wurden, in der Hoffnung, dass ich doch noch etwas anderes essen könnte, aber mein Magen sagte eindeutig Nein.

Die Brotauswahl war auch nicht von schlechten Eltern. So viele verschiedene Sorten sah ich noch nicht mal bei unserem Bäcker. Ich entschied mich für ein Brot, in dem bereits Käse eingearbeitet war und nahm mir zwei Scheiben mit. Zusammen mit dem Wasser würde es für heute genügen müssen und ich freute mich schon jetzt auf das Frühstück morgen.

Zurück am Tisch lachten mich alle wegen meines spärlich belegten Tellers aus.

„Soll das die Vorspeise sein? Sieht etwas trocken aus!", gluckste Patrick

„Das kann doch unmöglich alles sein, was du heute Abend essen willst, oder etwa doch? Hast du dir das Buffet nicht angesehen?", fragte Ian erstaunt.

„Leute, jetzt lasst sie doch mal. Ihr ging es nicht gut, schon vergessen? Und die Tabletten helfen nur bedingt. Morgen sieht es sicher schon anders aus und dann kann sie sich auch richtig den Bauch vollschlagen. So wie ihr!", ermahnte Finn seine Freunde. Die sahen sich gegenseitig an und lachten lauthals los.

„Okay, okay, Boss! Hast wohl vergessen, dass wir nicht deine Schüler, sondern deine Freunde sind, oder?" Patrick klopfte Finn auf den Rücken.

„Und einen Teil der Kreuzfahrt für dich gezahlt haben!", prostete Callum ihm zu.

„Nein, das habe ich natürlich nicht vergessen. Beides nicht. Ich bin euch auch sehr dankbar dafür und ihr hättet das nicht machen müssen! Auch wenn es ein Geburtstagsgeschenk war! Muss ich euch daran erinnern?"
Alle hoben beschwichtigend die Hände und es wurde fröhlich weitergegessen und getrunken. Die Weinkaraffen waren ziemlich schnell leer und die Jungs wurden immer ausgelassener.

Mein Magen ließ mir den Rest des Abends Ruhe und so hörte ich gespannt der Unterhaltung zwischen den Freunden zu.

„Wir reden hier einfach so vor uns hin, dabei vergessen wir komplett, dass wir ja Gesellschaft haben! Gwendolyn, sag mal, kommst du aus Dublin? Und was machst du beruflich?"

„Oh, Leute. Es ist wirklich schon spät heute. Darüber reden wir ein anderes Mal! In Ordnung? Ich gehe jetzt ins Bett, denn die nächsten zwei Tage verbringen wir hier sowieso auf See, da sehen wir uns sicher noch öfter." Ich stand bereits auf, als Ian noch hinzufügte:

„Öfters sehen? Zumindest immer zum Abendessen, oder etwa nicht? Ich würde mich freuen, wenn wir das schaffen würden. Mehr Gesellschaft ist doch immer lustiger!"

„Ach so, ähm … Klar, wieso nicht. Wenn es meine Ausflüge zulassen. Aber ich denke, die meisten werden vor dem Abendessen beendet sein." Ich winkte in die Runde und ging zurück zur Kabine. Die nächsten zwei Tage hieß es für mich, auszuschlafen, Ausflüge zu buchen, das Schiff zu erkunden und zu relaxen. Alles möglichst ohne die Jungs. Sie waren ja nett, aber ich wollte so wenig Zeit wie nötig mit Finn verbringen.

In der Kabine schaute ich auf mein Handy und hatte gefühlte vierzig Nachrichten von Ava und Freya.

> Ava:
> Hey, Süße! Toll, dass du dich gemeldet hast, da bin ich doch sofort beruhigt. Mit der Kabine … ähm, wie soll ich sagen … könnte mir eventuell ein Fehler unterlaufen sein?! Ich hoffe, du bist mir nicht allzu böse, aber ich wollte nur, dass du etwas Spaß hast (auch auf dem Schiff *zwinker*), allerdings, wenn ich höre, dass du als Drag Queen bezeichnet wurdest, hätte ich doch lieber eine Frau wählen sollen. Das tut mir so leid, Süße!! Tritt dem Arsch kräftig in den Hintern von mir!! So etwas Ungehobeltes. Aber bitte nicht auf „Sie" bestehen!! Wer tut denn noch so etwas?! *Augenroll*

Freya:

Hey Gwenny, freut mich, dass du gut angekommen bist!

Und wie? Du hast einen Mann in deiner Kabine? Ava, was hast du da nur wieder angerichtet? *böse schau und Finger heb*

Geht es dir denn jetzt zumindest besser? Oder bist du immer noch seekrank? Konntest du dir schon etwas vom Schiff ansehen? Und richte dem Typen aus, er soll ja die Finger von dir lassen! Und dich nie, nie, nie, nie, nie wieder so bezeichnen. (Du weißt schon.) Das ist ja wohl die Höhe! Zuerst anrempeln, den ganzen Flug über Lärm machen und dann auch noch so etwas … das gibt's doch nicht. Der kann froh sein, dass ich nicht in der Nähe bin! Der hätte sonst sein blaues Wunder erlebt! Lass dich davon nicht unterkriegen. Genieß deinen Urlaub und scheiß auf den Rest. Dickes Bussi.

Ach, und, Ava, wir unterhalten uns noch!

Ava:

Ach, komm schon, Freya, ich wollte nur etwas Spaß für Gwenny! Mehr nicht! Wer konnte denn ahnen, dass sie es ausgerechnet mit diesen Typen zu tun kriegt?! Komm mal wieder runter! *aufstöhn* Du bist wirklich eine kleine Mimose!

Freya:

Ich bin was??? Spinnst du? Du lässt sie vierzehn Tage mit einem fremden Mann verbringen! Du hast doch einen an der Klatsche! Das hätte auch ein alter Widerling sein können!

Ava:

Schon gut, es war vielleicht nicht ganz durchdacht, aber hey, sie hat doch scheinbar einen jungen Mann bekommen.
Sag mal, Gwenny, wie sieht er aus? Und wie hieß er noch mal? O'Donnell? Hört sich gut an. Oder sehen seine Freunde besser aus? Hast du die überhaupt schon kennengelernt? Wirst du jetzt öfter etwas mit denen unternehmen? Na ja, so, wie ich dich kenne, gehst du wieder komplett auf Abstand …

Freya:

Ava!!! Was soll das? Natürlich wird sie auf Abstand gehen! Sie teilt sich nur ein Zimmer mit dem Typen. Nicht mehr und nicht weniger! Was spielt es da für eine Rolle, wie die alle aussehen? Also echt! Kannst du nur an das Eine denken? Du hast doch einen Partner!! Moment, Gwenny? Der gehört aber nicht zu DEN O'Donnells, oder? Ich meine diese reichen Schnösel! Das wäre allerdings der Hammer!

Ava:
Welche reichen Schnösel? Das sagt mir nichts. Klär mich auf! Dann hätte ich ja doch wieder etwas Gutes getan. :-D

Freya:
Jetzt rede dich nicht raus, du hast absolut nichts Gutes getan! Die O'Donnells besitzen eine große Coffee-House-Kette. Die sind reich ohne Ende!
So, Mädels, sorry, ich muss zur Arbeit! Habt alle einen schönen Tag. Und, Gwenny, ich will Fotos und weitere Infos von dir, wie es so läuft und was es alles Tolles gibt! Drück dich.

Ava:
Uuuh! Eine Coffee-House-Kette?! Das wäre ja superklasse! Na toll, immer wenn es interessant wird, musst du zur Arbeit ... Ich habe heute erst Mittag Schicht, dann muss ich wohl mal kurz googeln ... Also, Gwenny, wir warten auf weitere Informationen. *zwinker* Lass es dir gut gehen! Bye, bye.

Oh, ihr Götter!, dachte ich und fasste mir an die Stirn. Die beiden waren echt anstrengend! Aber ich liebte sie, da jede auf ihre Weise einzigartig war. Ich wusste nicht, wann Finn auftauchen würde, daher schnappte ich mir flink meinen Schlafanzug und verschwand im Bad. Ich hatte zwar etwas Hemmungen, dieses winzige Zimmer abzusperren, da ich mich als Kind einfach zu oft in Bädern und Toiletten versehentlich eingesperrt hatte, aber ich hatte ja keine andere Wahl. Ich wollte schließlich nicht überrascht werden.

Kapitel 5

Nach einer schon fast komatösen Nacht wachte ich am nächsten Morgen auf und musste erstmal einen klaren Kopf bekommen. Ich schaute mich in der Kabine um und stellte fest, dass ich alleine war.

Finn war nicht in seinem Bett und auch nicht auf der kleinen Couch unter dem Fenster. Ich setzte mich auf, und schaute zum Fenster raus. Ich konnte es immer noch nicht glauben, dass ich wirklich auf einem Kreuzfahrtschiff war und sogar ein Fenster in meiner Kabine hatte. Ich grinste dümmlich vor mich hin und erschrak umso mehr, als plötzlich ein Fensterputzer seiner Arbeit nachging. Dieser war aber wirklich in Sekundenschnelle wieder weg und ich erinnerte mich, dass man von außen nicht in die Kabinen sehen konnte.

Ich horchte kurz, ob vielleicht Wasserrauschen aus dem Badezimmer drang, aber es war alles ruhig. War Finn eventuell in der Nacht überhaupt nicht hier gewesen? Das Bett war zwar gemacht, aber man sah deutlich, dass jemand darin gelegen hatte. Okay, dann war er aber sehr früh und sehr leise aufgestanden. Ich drehte mich um und erblickte auf dem Tisch einen Aufsteller, der auf das „Early-Bird-Frühstück" hinwies.

„Pff, *Early Bird*, es ist ein Seetag! Wer steht da schon früh auf?", murmelte ich vor mich hin. Ich stand auf, duschte kurz, holte meinen Bikini, den ich gleich unter meine Klamotten anzog und machte mich für das Frühstück fertig. Ich fand einen Tisch auf der Terrasse und konnte so Sonne und Meer direkt genießen. Es war herrlich warm und die Meeresbrise schmeckte leicht salzig.

Nach einem mehr als ausschweifenden Frühstück wollte ich meine Notizen für die Ausflüge holen und den Buchungsschalter suchen, doch als ich auf dem Weg zur Kabine war, erklang ein schriller Signalton aus den Lautsprechern. Siebenmal kurz und der achte lang, gefolgt von einer Durchsage:

„Generalalarm, Generalalarm, Generalalarm zur Übung. Alle Passagiere begeben sich bitte mit ihrer Rettungsweste zu den Sammelplätzen! Generalalarm zur Übung!"

Na toll, ausgerechnet jetzt. Na dann los. Ich war zum Glück schon fast an der Kabine, als Finn zur Tür rauskam, die Rettungsweste um den Hals. Ich konnte nicht anders, als mir die Hand vor den Mund zu halten und zu kichern.

„Schick! Ist das die neueste Mode?!", zog ich ihn auf. Aber ich musste zugeben, dass er schon etwas heiß darin aussah. Die langen Haare zu einem Pferdeschwanz zusammengebunden, ein großes Lederarmband um das Handgelenk sowie ein weißes T-Shirt und Badeshorts mit Badeschuhen zierten seinen Körper. Es hatte definitiv etwas an sich.

„Hahaha, warte nur, Prinzessin, du hast das Teil in ein paar Sekunden auch an."

„Das ist wahr, aber mir steht sie besser!" Ich streckte ihm die Zunge raus und verschwand in unserem Zimmer, um die Weste zu suchen. Finn hatte sie bereits auf mein Bett gelegt. *Wie zuvorkommend*, dachte ich. Ich legte sie an und schnappte mir meine Kamera, um ein Foto zu machen, doch meine Arme waren wie immer zu kurz und ich bekam keinen guten Schnappschuss hin.

„Ähm, ich will ja nicht stören, aber wir sollten langsam an Deck. Die mögen es nicht, wenn man trödelt und sie jemanden aus der Kabine holen müssen."

„Ja, gleich. Ich will noch ein Foto machen, auf dem ich nicht dämlich aussehe."

„Gib schon her, ich schieße ein Foto von dir."

„Danke." Ich gab ihm die Kamera und suchte die Rettungspfeife, steckte diese halb in den Mund und grinste in die Kamera.

„Das ist ja wohl wieder typisch Frau! Alles gleich in den Mund nehmen", spottete Finn und lächelte anzüglich. „Hast du vielleicht mal dran gedacht, wie viele das vor dir auch schon gemacht haben? Und ich wette, es wird nicht jede einzelne Pfeife hier gereinigt ... nur mal so am Rande." Er schoss ein paar Fotos und mein Grinsen erstarb. Daran hatte ich überhaupt nicht gedacht. Ich hatte nur *Titanic* im Kopf gehabt und wollte auf den Fotos zeigen, dass es wirklich eine Pfeife gab.
Ich nahm sie langsam wieder aus dem Mund und räusperte mich.

„Ich denke schon, dass die gereinigt werden. Und zwar dann, wenn das Zimmermädchen kommt und alles säubert. Die wischt nach solchen Übungen sicher auch über die Weste und die Pfeife!"

„Ja, und das alles mit dem gleichen Lappen, aber ich lass dich mal in dem Glauben." Finn zwinkerte mir amüsiert zu und zog mich dann hinter sich her, hinaus an Deck. Wir suchten uns einen Platz in der Nähe der Crew und warteten gespannt, was als Nächstes kam.

Nach einer gefühlten Ewigkeit fingen die Crewmitglieder an, die Kabinennummern aufzurufen, quasi zur Anwesenheitsbestimmung. Als die Übung beendet war und Finn mit mir zurück in die Kabine ging, schien er etwas verlegen. Ich war eigentlich kein nachtragender Mensch und doch war ich wegen der Sache mit der Drag Queen noch immer etwas sauer auf ihn. Ich wollte eigentlich keinen Small Talk führen, aber es ließ sich wohl kaum vermeiden, außerdem war ich ein höflicher Mensch.

„Was ist los? So schweigsam?"

„Ähm, na ja, heute ist ja Seetag und ich kann mir vorstellen, dass du nicht wirklich gut auf mich zu sprechen bist, aber die Jungs und ich sind nachher beim Pool an Deck. Wenn du möchtest, halten wir dir eine Liege frei. Im Schatten natürlich, die Plätze sind sehr begehrt." Er sagte es, während er die Rettungsweste abnahm und daher war es nur als Nuscheln zu verstehen.

„Nein danke. Das ist sehr nett, aber ich werde mir heute das Schiff ansehen und meine Ausflüge buchen und einfach nur relaxen. Ich brauche keine Unterhaltung, falls du das meinst. Ich kann sehr gut alleine sein." Meine Stimme klang etwas schroff, obwohl ich das gar nicht so gemeint hatte und gegen seine „Jungs" hatte ich ja auch nichts, er sollte nur nicht denken, dass ich auf ihn angewiesen wäre.

„In Ordnung" war alles, was er zu diesem Thema noch sagte, dann waren wir im Zimmer. Er legte die Weste ab, holte seine Badetasche und ging ohne ein weiteres Wort. Er drehte sich an der Tür nochmals um und es sah aus, als wollte er doch noch etwas sagen, aber er tat es nicht. Ich blickte etwas ratlos hinter ihm her, zuckte mit den Schultern und nahm mir dann mein Ausflugsbüchlein und meine Notizen dazu. Route eins, also die erste Woche, ging von Jamaika nach Costa Rica, Panama, Kolumbien, und zurück nach Jamaika, aber auf die andere Seite nach Ocho Rios.

Route zwei, also die zweite Woche, ging dann wieder in Montego Bay los, weiter nach Mexiko, Belize, Honduras, Cayman Islands und wieder zurück nach Jamaika.

Ich war so aufgeregt und gespannt. Ich hatte mir tolle Ausflüge ausgesucht, auf denen ich etwas erleben konnte, aber auch etwas Entspannung finden würde. Eine gesunde Mischung. Leider konnte ich nicht alle tollen Ausflüge buchen, ich musste mich also entscheiden.

Am Buchungsautomaten musste ich dann weiter feststellen, dass ich erst für die erste Woche meine Ausflüge buchen konnte. Man wollte den neuen Passagieren, die erst in einer Woche an Bord kamen, auch die Gelegenheit geben, tolle Unternehmungen buchen zu können und nicht vor bereits ausgebuchten Veranstaltungen zu stehen. Als ich fertig war, nahm ich meine Tickets aus dem Automaten und verstaute sie in meinem Angebotsheft. Ich brachte alles in die Kabine zurück, nahm meine Kamera mit und ging mir das Schiff anschauen. Ich knipste unendlich viele Fotos: von der Rezeption, von den Restaurants, dem Theater, sogar vom Treppenhaus, weil es einfach gigantisch war. Nach einer Zeit kannte ich mich schon etwas aus, und zum Glück stand an jeder Treppe und am Fahrstuhl ein Schild, was es alles auf dem Deck gab. Ich ging weiter zur „Shoppingmeile" und war erstaunt, was es alles für Geschäfte gab. Von Frisören über Drogerien und natürlich die Souvenir- und Klamottenläden war alles dabei. Ich sah ein tolles Basecap mit dem Logo und dem Namen des Schiffes und schwor mir, dass ich es bald kaufen würde, denn jetzt hatte ich kein Geld bei mir. Und dann hörte ich plötzlich meinen Namen:

„Gwendolyn. Hey, Gwendolyn!"

Ich war zuerst etwas verwirrt, ich war ja schließlich alleine unterwegs, doch dann sah ich Callum auf mich zurennen.

„Callum, hallo. Was gibt's? Du hast mich aber nicht gesucht, oder?", fragte ich verunsichert.

„Nein, ich kam zufällig hier lang und hab dich gesehen. Wir treffen uns alle oben am Pool und gehen dann Shuffleboard spielen. Hast du Lust, dich uns anzuschließen? Das macht riesigen Spaß." Er grinste breit.

„Oh, hm, nein, eher nicht. Aber danke fürs Fragen. Ich bin noch nicht ganz mit meiner Tour durch das Schiff fertig. Es ist einfach so gigantisch!"

Callum wirkte enttäuscht.

„Aber du kommst doch sicher nachher noch an den Pool? Wir haben Liegen im Schatten. Auch eine für dich!" Wieder sah er mich erwartungsvoll an.

„An den Pool? Ja, ähm ... wollte ich eigentlich schon noch heute, aber ihr müsst mir nicht extra eine Liege reservieren. Lange kann ich eh nicht draußen bleiben, du weißt ja. Ire und so ... kennst du ja selbst! Ich habe den höchsten Sunblocker dabei, aber der wird auch nicht ewig halten und ich möchte eigentlich keinen Sonnenbrand bekommen."

„Also ist unsere Liege im Schatten perfekt! Ich muss los. Wir sehen uns später!" Er winkte noch kurz, dann sprintete er weiter.

Na toll, ich hatte keine Lust, von den Jungs belagert zu werden. Obwohl man schon sagen musste, dass die vier sehr amüsant waren. Aber nur bedingt, wenn sie einen nicht umrannten oder mich für einen Mann hielten. Jetzt musste ich erst mal etwas essen, denn die Mittagszeit war schon fast vorbei und danach würde ich mich kurz in der Kabine ausruhen. Gesagt, getan.

Nach dem Essen holte ich mein Handtuch, mein Buch sowie meine Sonnenbrille und meinen großen Strohhut und ging zum Pool, um dort etwas zu entspannen. Es dauerte nicht lange, bis ich Finn und die anderen sah. Ich stand noch etwas unschlüssig herum, sollte ich wirklich zu ihnen gehen? Doch da hatte mich Patrick bereits entdeckt und winkte mir zu. Finn drehte sich auch um und musterte mich anerkennend. Ich tat so, als hätte ich seine Blicke nicht bemerkt, obwohl ich innerlich bereits vor Scham verging. Es war mir immer peinlich, wenn ich von anderen Leuten gemustert wurde, da ich wusste, dass ich ein kleines bisschen fülliger war. Aber ich wollte ja Urlaub machen und keinen Schönheitswettbewerb gewinnen!

„Hallo, Gwendolyn. Schön, dass du gekommen bist!", begrüßte mich Patrick. „Du hast aber nicht schon einen Sonnenbrand im Gesicht, oder? Du bist so rot!", sagte er erstaunt und ich lief noch etwas mehr an.

„Nein, nein. Das kommt vom Eincremen!", log ich. Sollte ja keiner wissen, warum ich wirklich so rot war. Finn kicherte verschmitzt, dann deutete er auf meinen Hut und meinte:

„Also mit dem Ding hättest du wirklich keine Liege im Schatten gebraucht. Da passen ja locker noch zwei Leute drunter!" Er lachte auf und auch Callum konnte sich das Lachen nicht verkneifen. Ich ballte meine Hände zu Fäusten und grummelte. Das war doch schon wieder eine bodenlose Frechheit. Ich giftete ihn mit Blicken an und machte es mir auf der Liege bequem.

„Ich geh mich mal abkühlen, nachdem es hier plötzlich noch heißer wurde! Kommt jemand mit?" Er schaute in die Runde und sein Blick blieb an mir haften. Ich verstand seinen kleinen Seitenhieb und war total verwirrt. Was sollte das denn jetzt? War das ein Flirtversuch? Erst einen dummen Scherz vom Stapel lassen und dann einen auf „Ich bin gar nicht so übel" machen? Ich wollte nicht mit Finn flirten, das wäre ja noch schöner, daher schlug ich demonstrativ mein Buch auf und begann, zu lesen. Aus den Augenwinkeln bemerkte ich noch, wie er leicht mit den

Schultern zuckte. Ian sprang auf und ging mit Finn lachend zum Pool.

Ich atmete erleichtert aus, dabei hatte ich überhaupt nicht mitbekommen, dass ich die Luft angehalten hatte. Ich konnte es auch nicht lassen, über den Rand meiner Sonnenbrille einen flüchtigen Blick auf Finns Rückseite zu werfen. Er hatte einen breiten Rücken, starke Oberarme und einen süßen, runden Knackpo, zumindest war dieser unter der langen Boxershorts gut angedeutet. Seine schulterlangen, gewellten Haare hatte er wieder zu einem Pferdeschwanz gebunden und am rechten Handgelenk trug er eine dicke, schwarze Ledermanschette. Er hatte etwas von einem Rocker, aber das konnte ich mir nicht vorstellen, daher fragte ich ganz beiläufig an Patrick gewandt:

„Alsoooo ... haben eure Eltern die Kreuzfahrt gezahlt? Komm, sei ehrlich! Wie verdient ihr euer Geld, oder seid ihr von Beruf nur ‚Sohn‘?"
Patrick sah mich leicht beleidigt an.

„Nur Sohn? Also hör mal! Ja, wir kommen alle aus reichen Familien, aber wir arbeiten auch alle im Familienunternehmen mit und verdienen unser eigenes Geld! Na ja ... alle bis auf Finn. Also, ich meine, er arbeitet nicht im Familienunternehmen! Er hat keinen Sinn für die Arbeit seines Vaters. Er wollte komplett auf eigenen Beinen stehen." Patrick war in Plauderlaune, das merkte ich gleich, daher drehte ich mich mehr zu ihm und hörte intensiv zu. Es interessierte mich ja auch tatsächlich. Ich sah kurz hinüber zum Pool, der randvoll mit Menschen war und konnte Finn und Ian nicht in der Menge ausmachen.

„Dann hat der liebe Papi die Kreuzfahrt für Finn gezahlt? Oder was macht er? Er sieht so ... so ein bisschen wie ein Rocker aus, mit den langen Haaren und der Ledermanschette am Handgelenk." Patrick prustete los und hielt sich den Bauch vor Lachen.

„Finn ein Rocker? Oh Gott, das muss ich ihm erzählen! Das ist der Witz des Tages, ehrlich!"

Ich machte ein finsteres Gesicht.

„Schon gut, schon gut!", brachte Patrick gerade so heraus und holte tief Luft. „Finn ist Musiklehrer. Er unterrichtet Kinder bis hin zum Teenageralter. Er kann die verschiedensten Instrumente spielen und es macht ihm super viel Spaß, mit den Kids zu arbeiten. Er könnte sich eine Kreuzfahrt nie komplett leisten, und da wir ihn zum Geburtstag überraschen wollten, haben wir ihm einen Großteil gezahlt. Den Rest hat er selbst draufgelegt, denn ganz zahlen lassen wollte und konnte er uns auch nicht. Das hätte seinen Stolz verletzt. Bis vor rund fünf Jahren versuchte er, im Unternehmen seines Vaters Fuß zu fassen und sich einzuarbeiten. Da konnten wir noch alles zusammen unternehmen, was wir wollten, da bekam er noch richtig viel Kohle von seinem alten Herrn. Aber seit er die Firma verlassen hat, pfeift er auf das Geld seines Vaters und ist lieber sein eigener Chef. Seine Musikschule ist klein und übersichtlich, aber er ist sehr beliebt bei seinen Schülern und es wird sicher nicht mehr lange dauern, bis er den kompletten Durchbruch geschafft hat und sich vor Schülern nicht mehr retten kann!" Er sah hinüber zum Pool und ein Hauch von Stolz lag auf seinem Gesicht.

„Ein Lehrer?", stammelte ich und erinnerte mich, dass er in der Kabine etwas von Schülern erwähnt hatte. Ich sah Finn ein kleines bisschen mit anderen Augen, aber wirklich leiden konnte ich ihn trotzdem nicht. Es machte ihn zwar etwas sympathischer, dass er mit Kindern arbeitete, aber das war's dann auch schon. Ich redete noch ein Weilchen mit Patrick, aber um welche Familienunternehmen es sich handelte, wollte er nicht preisgeben..

Ich nahm mir mein Buch und vertiefte mich in die Liebesgeschichte um Amber und Luca. Ich liebte Liebesromane und konnte nicht genug davon bekommen. Ob jetzt mit oder ohne Erotik war mir dabei egal. Hauptsache, ein Buch, das das Herz berührte. Ich war total fasziniert von meiner Geschichte, sodass ich nicht mitbekam, wie Finn und Ian wieder zur Liege kamen und plötzlich wurde ich durch viele kleine Tropfen total nass gespritzt. So als würde sich ein Hund direkt neben mir schütteln, was unmöglich war, denn Hunde waren an Bord nicht gestattet. Ich quietschte und sprang im selben Moment von meiner Liege. Mein kostbares Buch flog in hohem Bogen gegen den Kopf eines Mannes, der zwei Liegen weiter lag und mich verärgert anschnauzte, ob ich nicht besser aufpassen könnte.

Hinter mir hörte ich Glucksen und unterdrücktes Lachen. Es war wohl doch besser, auf die Gesellschaft der Jungs zu verzichten. Genervt holte ich mein Buch, fuchtelte wie wild mit dem Finger rum und brachte kein Wort heraus. Die vier sahen mich mit Unschuldsmienen an und jeder deutete auf den anderen.

„Ich weiß genau, dass du das warst, Finnigan O'Donnell! Das ist nicht witzig! Was soll das? Warum hast du es auf mich abgesehen?! Was in drei Teufels Namen hab ich dir getan?" Ich starrte ihn schon fast hasserfüllt an.

Verblüfft schaute er zurück. Nein, er glotzte zurück! Seine Gesichtszüge wirkten verwundert über meine starke negative Reaktion, doch dann war der Moment auch schon vorbei und er prustete wieder los.

„Argh! Kindergarten!" Ich packte meine Sachen und stapfte angepisst davon. Hinter mir hörte ich ein entschuldigendes: „Gwendolyn, komm schon! Das sollte lustig sein! Verstehst du keinen Spaß?!" Doch ich reagierte nicht darauf. Sollten sie mit sich selbst Scherze treiben, aber nicht mit mir!

Ich suchte mir ein anderes Plätzchen, wo ich ungestört lesen konnte. Es standen an Deck viele Stühle und Liegen rum und eine davon war tatsächlich frei. Endlich hatte ich meine wohlverdiente Ruhe. Ich holte meine Kopfhörer und mein Handy aus meiner kleinen Tasche, stellte die Musik an und versank voll und ganz in meinem Roman, bis es Zeit war, mich für das Abendessen frisch zu machen.

Zurück in der Kabine, stieß ich wohl oder übel wieder auf Finn. Meine Laune verschlechterte sich von einer Sekunde auf die andere. Mit finsterem Blick ging ich hinein und ... sah im ersten Moment niemanden. Doch ich hörte die Dusche. Finn war also hier. Ich hatte gerade genügend Zeit, meine Klamotten für das Dinner herauszulegen, dann kam er auch schon aus dem Badezimmer. Ich hatte erwartet, dass er lässig mit Handtuch um die Hüften durch die Tür treten würde, doch das Gegenteil war der Fall. Er hatte bereits ein blau-schwarzes Poloshirt an und eine lange, schwarze Stoffhose. Seine Haare waren noch nass und kringelten sich noch mehr als im trockenen Zustand. Ich bemerkte, dass ich doch etwas enttäuscht war, da er bereits angezogen war, denn sein Anblick am Pool war echt anspre-chend gewesen.

Was soll das? Mag sein, dass er sexy aussieht, aber ich mag ihn nicht! Also hör auf, seinen nackten Körper sehen zu wollen!, schalt ich mich selbst.

„Hör mal. Es tut mir leid, wenn ich am Pool zu weit gegangen bin. Ich konnte ja nicht ahnen, dass du so eine Spaßbremse bist. Von jetzt an werde ich mich still verhalten und nur noch mit meinen Kumpels Späße treiben. Ich hab schon versucht, auf dem Sofa von einem der anderen unterzukommen, aber da ist leider nichts zu ma-chen. Wir müssen uns also die Kabine teilen und versuchen, miteinander auszukommen. Zumin-dest so lange wir hier sind." Er streckte mir als Friedenszeichen die Hand hin, doch in meinem Kopf hallte nur das Wort *Spaßbremse*.

„Spaßbremse? ICH soll eine Spaßbremse sein?!"

Finn rollte mit den Augen, er ahnte schon, was jetzt kommen würde.

„Du kannst vielleicht mit deinen Schülern so umspringen, aber nicht mit mir! Ich bin eine er-wachsene Frau!"

„Na, so führst du dich aber irgendwie nicht auf", sagte er lässig und entfachte meine Wut damit noch mehr.

„OH!!! Jetzt reicht es aber, Mister! Du kennst mich nicht! Du weißt nicht, was für ein Leben ich führe, oder wie mein Charakter ist! Du erlaubst dir Späße mit einer Wildfremden und erwartest, dass ich darauf anspringe?! Tja, nicht mit mir! Ich wurde vor einem halben Jahr von meinem Freund verlassen und die Kreuzfahrt sollte unsere Hochzeitsreise werden. Da daraus ja nun nichts geworden ist, wollte ich sie eben alleine durchziehen. Ich hatte auf nette, freundliche Menschen gehofft, die das Abenteuer Kreuzfahrt mit mir teilen wollen, aber stattdessen treffe ich auf eine Gruppe rücksichtsloser Rowdys, die von Mama und Papa total verwöhnt werden und keine Manieren haben! Ich bin ein lieber, netter Mensch und ich fahre nicht oft aus der Haut, aber was ich bisher hier in meinem Urlaub erlebt habe, ist alles andere als schön! Und ich will einen schönen Urlaub! Das habe ich mir verdient!" Meine Stimme wurde etwas zu schrill und ich sah, wie Finn seine Augen aufgrund der zu hohen Oktaven zusammenkniff. Ich war über mich selbst nur erstaunt. So einen Gefühlsausbruch kannte ich nicht von mir. Das war mir bei Angus nie passiert. Das war eine völlig neue Seite, die Finn in mir zum Vorschein brachte.

Ich war völlig außer Atem und musste ein paarmal tief Luft holen. Finn sah mich total entgeistert an.

„Du hast recht. Ich kenne dich nicht. Und du kennst mich nicht! Du weißt genauso wenig, was ich durchgemacht habe, wie ich weiß, was du alles durchgemacht hast. Ich wollte eine lustige Kreuzfahrt mit meinen Freunden haben. Ich konnte nicht ahnen, dass sie mich in eine Kabine mit einer fremden Person stecken würden. Ich bin Fremden gegenüber ... na ja, wie soll ich sagen?"

„Rücksichtslos?", schleuderte ich ihm entgegen.

„Nicht ich selbst. Ich versuche, der Witzbold zu sein, weil es bei den meisten besser ankommt, als den verletzlichen, ruhigen und nachdenklichen Typen zu geben. Und ja, meine Schüler haben mir schon das eine oder andere in Sachen Scherze beigebracht."

Ich verschränkte die Arme vor der Brust und sah ihn missbilligend an. Worauf wollte er hinaus?

„Hör zu. Ich wollte keinen Ärger machen oder dich in irgendeiner Weise beschämen oder sonst irgendetwas. Ich möchte auch einen tollen Urlaub haben! Wie wäre es, wenn wir Frieden schließen und uns von nun an auf unseren Urlaub konzentrieren?" Wieder streckte er mir seine Hand hin, die ich nur anschaute.

„Es gibt keine Scherze mehr, oder Späße oder auch nur annähernd etwas in der Art!"

„Nope. Nichts dergleichen. Nur reden und Kabine teilen. Ich wollte wirklich kein Arsch sein."

„Und ich wollte wirklich keinen Arsch als Mitbewohner!", konterte ich. Finn verzog das Gesicht. Das hatte gesessen. Ich nahm seine Hand und wir schüttelten sie einmal als Zeichen der Abmachung.

„Abgemacht."

„Abgemacht. Jeder kümmert sich um seinen Mist!", fügte ich hinzu.

„Okay." Zögernd schob er seine Hände in die Hosentaschen. „Dann geh ich jetzt mal essen mit den Jungs."

„Lasst es euch schmecken!" Ich würdigte ihn bereits keines Blickes mehr und wandte mich erneut meiner Abendgarderobe zu.

„Ooooder, willst du vielleicht mitkommen?" Er zeigte mit dem Daumen zur Tür und stand etwas unschlüssig rum.

„Nein danke. Jeder kümmert sich um seine Angelegenheiten!", erinnerte ich ihn.

„War nur eine Frage. Ich wollte nicht, dass du alleine essen musst. Das ist ziemlich langweilig zwischen all den Leuten, die sich unterhalten."

„Nein danke!", sagte ich in etwas schärferem Ton und brachte Finn damit dazu, dass er ohne mich ging. Jetzt hatte ich endlich Zeit, eine ausgiebige Dusche zu nehmen und mich in aller Ruhe meinem Abendessen zu widmen.

Im Restaurant war die Hölle los. Einen Einzelplatz gab es leider auch nicht, und so musste ich mich an einen Tisch setzen, an dem bereits ein Ehepaar mittleren Alters saß. Ich dachte mir, dass ich mich sicher gut mit ihnen unterhalten konnte, allerdings lag ich da ziemlich falsch. Die beiden redeten nur mit sich und ließen mich komplett außen vor. Finn hatte leider recht, alleine essen war extrem langweilig. *Oh, ihr Götter!*, dachte ich. *Jetzt muss ich ihm auch noch zustimmen.* Ich stützte meine Stirn mit der Hand ab, wollte aber nicht weiter drüber nachdenken. Ich war zu erledigt von dem ersten Tag, den vielen Fotos und der Schiffsbesichtigung, ich wollte nur noch ins Bett. Morgen ging es um 08:30 Uhr bereits los zu meinem ersten Ausflug auf Costa Rica und ich freute mich schon sehr darauf. Ich hatte mir eine Bootsfahrt durch die Mangroven mit kleinem Snack ausgesucht. Es konnte also nur gut sein, wenn ich heute zeitig schlafen ging. Ich verabschiedete mich von dem Ehepaar, das mich nicht weiter beachtete und ging zurück ins Zimmer.

Viele Leute kamen mir entgegen, die sich auf den Weg zum Theater machten, oder zum Bingo spielen und auch Ian lief mir über den Weg.

„Gwendolyn? Wo warst du denn? Wir haben dich beim Abendessen vermisst. Finn wollte nichts sagen. Geht's dir gut?"

„Ja, danke der Nachfrage. Ich wollte etwas für mich sein, schließlich kenne ich euch ja nicht wirklich und Finn und ich hatten eine kleine Differenz zu klären. Alles in Ordnung. Morgen werde ich wieder mit euch essen."

„Und was machst du jetzt? Wir gehen zum Theater und nachher noch einen Cocktail trinken und zur Disko."

„Wow, so viel Energie habt ihr noch? Ich bin völlig platt! Ich geh ins Bett und werde schlafen. Ich will fit für den ersten Ausflug morgen sein."

Ian sah mich etwas entgeistert an, nickte aber und ging weiter. Ich war froh, etwas Zeit für mich in der Kabine zu haben, so konnte ich vorm Schlafen noch etwas lesen und mich auf den morgigen Tag freuen.

Kapitel 6

Als der Wecker am nächsten Morgen läutete, lag das Schiff bereits im Hafen und ich musste erstmal herzhaft gähnen. Ich erinnerte mich wieder, dass ich ja keine Einzelkabine hatte und wollte mich gerade bei Finn entschuldigen, doch sein Bett war wieder leer. Diesmal sah es aber tatsächlich nicht benutzt aus. Hatte er nach unserer Aussprache gestern etwa woanders geschlafen? Ich dachte, es wäre keine Couch bei den Jungs frei?! Ich zuckte mit den Schultern und machte mich fürs Frühstück fertig. Mein erster Ausflug begann bereits in anderthalb Stunden und ich wollte nicht zu spät kommen, denn hier wurde nicht wirklich auf Leute, die sich verspäteten, gewartet.

Beim Essen war ich wieder für mich, keine Spur von Finn oder den Jungs, was mir nur recht war, schließlich war ich nicht mit ihnen befreundet und wollte auch mal meine Ruhe haben.

Äußerst pünktlich war ich am Treffpunkt und wartete, bis alle anderen da waren. Ich hatte mein Buch dabei und las ein bisschen. Das verkürzte die Wartezeit immens.

„Also eine kleine Leseratte. Hast du dein Buch immer und überall dabei?", erklang seitlich von mir eine Stimme, die ich inzwischen schon sehr gut kannte.

„Oh, ihr Götter!", stöhnte ich. „Sag nicht, dass ihr auch die Bootstour durch die Mangroven macht?!"

„Nein!", sagte er belustigt und ich atmete innerlich erleichtert auf.

„Nur ich. Die anderen haben sich für Canopy entschieden, aber das ist nichts für mich."

„Canopy? Du meinst, mit dem Seil durch den Wald schwingen?" Ich schüttelte mich.

„Genau. Aber ich habe leichte Höhenangst und bin auch kein Adrenalin-Junkie. Wir müssen ja nicht die kompletten vierzehn Tage aufeinander sitzen! Warum sollte dann nicht jeder das machen, worauf er Lust hat?!" Er zwinkerte mir zu.

„Und stattdessen gehst du lieber mir auf die Nerven?"

„Hey, Moment mal. Ich habe zu einer anderen Zeit als du gebucht, woher sollte ich wissen, dass du den gleichen Ausflug machen möchtest wie ich?" Finn hob entschuldigend die Hände. Wo er recht hatte ... er konnte nicht wissen, für welche Ausflüge ich mich angemeldet hatte, daher war das hier tatsächlich Zufall. Hoffentlich der letzte.

„Schon gut, entschuldige", nuschelte ich.

„Wenn ich dir so auf die Nerven gehe, dann halte ich mich eben während des Ausfluges fern von dir. Aber wäre es nicht netter, sich mit jemandem unterhalten zu können?" Wir beäugten beide die restlichen Teilnehmer. Zu meinem Leidwesen musste ich gestehen, dass nicht wirklich eine Person dabei war, mit der ich mich auf Anhieb hätte unterhalten wollen.

„Nein, so war das jetzt auch nicht gemeint ... Ach, übrigens, wo warst du letzte Nacht? Dein Bett sah aus, als ob du nicht darin geschlafen hättest." Jetzt wurde es spannend. Ich war neugierig und wollte wissen, ob ich meine Kabine vielleicht doch für mich bekäme oder mit einer anderen Person tauschen könnte.

„Ich war tatsächlich nicht da. Ich habe ... woanders geschlafen!" Verlegen druckste Finn rum.

„Woanders geschlafen? Du meinst, bei einem deiner Freunde?", hakte ich nach. „Ich dachte, da wäre kein Sofa für dich frei?!"

„Ist es auch nicht, und bei ihnen war ich auch nicht." Ich meinte, einen Hauch von Röte in seinem Gesicht zu sehen. Dann schnappte ich nach Luft.

„Echt jetzt? Wir sind gerade mal zwei Tage auf dem Schiff und du hast schon eine Tussi abgeschleppt? Mann, du lässt wohl echt nichts anbrennen, oder?!" Ich verschränkte die Arme vor der Brust und sah ihn etwas angewidert von oben bis unten an. Entsetzt riss Finn die Augen auf.

„Bitte? Nein! Ich hab noch keine Frau aufgerissen! Das wäre ja noch schöner. Wenn du es unbedingt wissen willst, ich habe – an Deck auf einer Liege geschlafen." Jetzt schaute er verlegen auf seine Schuhe und mir fiel das Kinn bis in den Maschinenraum.

„An Deck? Aber wieso? Hast du dich volllaufen lassen und bist einfach eingeschlafen?" Finn lachte kurz auf.

„Deine Meinung von mir wird ja immer besser! Oh Mann, womit hab ich das verdient? Ich habe dort geschlafen, weil du mich sowieso nicht in der Kabine haben möchtest. Das hast du mir ja mehr als deutlich zu verstehen gegeben."

„Ich dachte, wir hätten gestern alles geklärt?! Es war nicht meine Absicht, dich aus der Kabine zu werfen. Du hast genauso dafür bezahlt wie ich.

Na ja, oder deine Freunde ... Es ist dein Bett und natürlich darfst du darin schlafen! Was wolltest du denn die nächsten Nächte machen? Du kannst doch nicht immer an Deck schlafen ..."

„Da wäre mir sicher etwas eingefallen, aber wenn ich mein Bett benutzen darf, wäre mir das natürlich sehr viel lieber." Er kratzte sich verlegen am Kopf, seine Haare, die gerade noch offen gewesen waren, band er jetzt zu einem Pferdschwanz zusammen, dann setzte er ein Basecap auf und zeigte in die Richtung, in der unsere Reisebegleitung stand.

„Deine Kabine, dein Bett!", sagte ich noch. „Und wehe, du quatscht mich jetzt auf dem Ausflug voll! Ich will etwas von der Geschichte und der Natur mitbekommen!" Ich hob warnend den Finger und zwinkerte ihm lächelnd zu. Er hob die Hände, als würde ich ihn überfallen wollen.

„Aye, aye, Ma'am! Hatte ich sowieso nicht vor, denn ob du es glaubst oder nicht, mich interessiert der Ausflug auch, sonst hätte ich ihn mir kaum ausgesucht!", sagte er in einem leicht beleidigten Ton und ließ mich stehen. Ich sah ihm verblüfft hinterher und schüttelte leicht den Kopf.

„Oh, ihr Götter", murmelte ich vor mich hin und begab mich ebenfalls mit der restlichen Gruppe in Richtung Ausgang. Sobald wir vom Schiff waren, schlug uns eine unerträgliche Hitze entgegen und das bereits um diese Uhrzeit. Das krasse Gegenteil dazu war der klimatisierte Bus, in dem man eigentlich schon fast eine leichte Jacke benötigt hätte. Hoffentlich würde ich nicht krank werden, jetzt nachdem ich mich endlich an das Schiffschaukeln gewöhnt hatte.

Die Fahrt im Bus dauerte nicht allzu lange und wir waren am Steg mit den Booten angekommen. Sie hatten kein Dach, damit man einen guten Überblick über die Mangroven hatte.

Natürlich kam Finn mit in mein Boot und setzte sich neben mich. Wie versprochen hielt er den Mund.

Die Fahrt mit dem Boot war fantastisch. Überall wuchsen Bäume aus dem Wasser oder hatten Äste, die direkt in das Wasser hingen. Es gab viele Tiere, vor allem verschiedene Vögel, zu sehen. Ich schoss Unmengen von Fotos von allem Möglichen und ab und zu fotografierte ich auch mal in Finns Richtung. Ups, auf ein paar Fotos wäre er wohl auch mit drauf. Ich musste leicht verlegen kichern und da stupste mich Finn an.

„Sieh mal da nach oben, am Stamm der Bäume." Er deutete auf etwas Schwarzes, das da am Stamm zu hängen schien.

„Was ist das? Ich kann es nicht genau erkennen."

„Das sind ...", doch bevor er es aussprechen konnte, kam ihm die Reiseleitung zuvor.

„Meine Damen und Herren, bitte blicken Sie doch jetzt mal nach oben. Auf dem Stamm der Bäume können Sie schön in einer Reihe Fledermäuse sehen, die sich hier ausruhen."

„Fledermäuse?" Ich sah begeistert von den Bäumen zu Finn und meine Augen blitzten. „Das ist ja wundervoll! Woher wusstest du das?" Ich schoss noch ein paar Fotos.

„Hab ich nicht. Ich bin nur ein aufmerksamer Beobachter. Soll ich mal ein Foto von dir machen? Ich meine, du willst doch sicher auch mal auf einem drauf sein, wenn es schon deine ...", er machte eine kleine Pause, so als würde er nicht wissen, wie er weiterreden sollte. „Deine Kreuzfahrt ist?!" Er blickte mich direkt an und sein Blick war irgendwie nicht richtig definierbar. Es lag Mitleid darin, aber auch Freude und Neugier.

„Würdest du? Das wäre super, darauf bin ich noch gar nicht gekommen." Ich gab ihm meine Kamera und posierte mit den Fledermäusen im Hintergrund.

„Jetzt noch hier rüber." Er zeigte auf die andere Seite und wir veranstalteten ein kleines Fotoshooting mitten auf dem Fluss zwischen den Mangroven und nervten damit etwas die anderen Gäste. Finn gab exakte Anweisungen, die ich, so gut ich konnte, versuchte, auszuführen. Er wirkte hinter der Kamera wie ein richtiger Profi, wie man es aus dem Fernsehen kannte, wenn wieder ein Topmodel gesucht wurde. Am Ende mussten wir beide herzhaft lachen. Als er mir meine Kamera zurückgab, nahm ich sie verlegen entgegen.

„Danke. Das hat wirklich Spaß gemacht."

„Sehr gerne! Wenn du wieder Fotos benötigst, bin ich gern zu Stelle."

„Mein persönlicher Fotograf? Hört sich nicht schlecht an, aber wir hatten ja eine Abmachung!", erinnerte ich ihn, doch sobald ich die Worte ausgesprochen hatte, schlug ich mir innerlich mit der Hand gegen die Stirn.

Was ist nur los mit mir? Er ist doch eigentlich ganz nett und ich bin ja auch nicht wirklich

nachtragend. Wieso dann noch weiter auf Ab-
stand gehen? Angus ist weg und er kommt auch
nicht mehr zurück! Doch ich musste mir eingestehen, dass ich immer noch an Angus hing und
diese Kreuzfahrt ja eigentlich für uns beide gedacht gewesen war. Ich wollte und konnte Finn
daher nicht gleich grünes Licht geben, dazu war
inzwischen zu viel zwischen uns vorgefallen, und
wer weiß, welche Dummheiten er als Nächstes
anstellte.

„Stimmt. Jeder kümmert sich um seine Angelegenheiten …" Nachdenklich blickte er mich an.
Dann war die Bootsfahrt und der Augenblick
vorbei und wir gingen wieder an Land. Auf einem
kleinen, schattigen Platz war ein Früchtebuffet
aufgebaut und daneben standen Wasserflaschen
als Verpflegung. Ein paar Schritte weiter konnte
man noch Souvenirs kaufen und ich stöberte etwas herum, bevor ich mich zum Buffet begab,
denn dort stürmten alle Teilnehmer als Erstes
hin.

Nach circa vier Stunden ging es wieder zurück
zum Schiff und erneut war die Klimaanlage Bus
voll aufgedreht. Ich fröstelte etwas. Finn saß natürlich wieder neben mir. Er bemerkte, dass mir
kalt war. Ich sah aus dem Augenwinkel heraus,
dass er wohl gerne etwas dagegen unternommen
hätte, sich aber nach meiner Ansprache nicht
traute und so rieb er nur seine Hände aneinander
und spannte die Kaumuskulatur an, so als würde
er die Zähne aufeinanderpressen.

Den Rest des Tages hatten wir frei und ich freute mich schon auf einen entspannten Nachmittag

am Pool mit meinem Buch. Die meisten anderen Gäste würden erst am Abend zurückkehren.

„Also, ich gehe dann etwas Sport machen. Kommst du zum Abendessen mit uns mit?", fragte Finn und sah mich erwartungsvoll an.

„Klar, wieso nicht. Ich muss zugeben, dass alleine essen nicht sonderlich viel Spaß macht." Ich zwinkerte ihm zu.

„Super, dann bis später."

„Ich bin dann am Pool, falls du mich suchen solltest ...", warf ich ihm noch beiläufig hinterher, denn Finn hatte sich bereits umgedreht und wollte gehen. Er blickte noch mal zurück und schenkte mir ein schiefes Grinsen, sagte aber nichts mehr und ging.

Ich hingegen hörte meinen Magen laut und deutlich knurren und freute mich auf ein Mittagessen, das wahrscheinlich wieder mal viel zu üppig ausfallen würde. Nachdem ich mir den Bauch vollgeschlagen hatte, suchte ich meine Kabine auf und packte meine Sachen für das Pool-Deck zusammen. Dort angekommen, freute ich mich über die wenigen Passagiere, die sich dort aufhielten. Insgeheim schaute ich mich um, ob ich Finn nicht doch sehen würde, aber er war nicht da. Ich suchte mir also einen Platz im Schatten in der letzten Reihe, denn auf der anderen Seite des Schiffes sah ich die Animateure, die gerade Gäste aufforderten, bei einem Spiel mitzumachen. Dafür war ich nun wirklich nicht gemacht! Ich wollte so weit wie möglich weg von denen, doch ich entkam ihnen nicht. Auch ich wurde gefragt, ob ich nicht mitspielen wolle, und ich musste mehrmals verneinen.

Nach einiger Zeit, die ich mit lesen verbrachte und immer mal wieder etwas zu trinken holte oder mich kurz im Pool abkühlte, hörte ich lautes Gejohle und gleich darauf stürmten drei Iren den Gang entlang zum Pool und sprangen ohne Rücksicht auf Verluste hinein. Es gab ein großes Platschen und Aufschreien und natürlich einige verärgerte Stimmen. Ich verdrehte die Augen, denn es war sonnenklar, wer hier gerade entlanggelaufen war: Callum, Patrick und Ian! Rücksichtslos wie eh und je, dabei war es so schön ruhig gewesen.

Es musste inzwischen gegen fünf Uhr sein und ich gestand mir doch ein, dass ein bisschen Abwechslung nicht schaden konnte, denn Finn hatte sich tatsächlich die ganze Zeit über nicht blicken lassen.

Ich legte mein Buch weg, ging zum Pool und sprach mit ermahnender Stimme:

„Jungs! Hat man euch nicht beigebracht, auf andere Leute Rücksicht zu nehmen?" Dazu stemmte ich die Hände in die Hüften und sah sie gekonnt finster an. Die drei erstarrten im ersten Augenblick, bis sie erkannten, wer vor ihnen stand und fingen dann prustend an, zu lachen. Im nächsten Augenblick packten mich sechs Hände und schon war ich ebenfalls im Wasser. Nach Luft schnappend, war ich jetzt wirklich sauer und griff nach meinem Strohhut, der gerade wegschwimmen wollte.

„Geht's noch?! Ihr seid wirklich solche Idioten!", schimpfte ich wie ein Rohrspatz und versuchte, aus dem Pool zu kommen.

„Komm schon, Gwendolyn! Die Abkühlung tut gut, dass musst du zugeben!" Patrick feixte.

„Ich gebe hier überhaupt nichts zu! Ihr Rowdys!"

Mein Geschimpfe brachte die Jungs nur dazu, noch mehr zu lachen und ich stapfte zurück zu meiner Liege. *Und so was kommt aus privilegiertem Hause.* Aber war ja klar, dass man, sobald Mummy und Daddy nicht da waren, die Sau rauslassen musste und die Erziehung dabei komplett vergaß. Ich trocknete mich ab und erschrak erneut, als hinter mir eine Stimme meinte:

„Du solltest dich unbedingt besser eincremen, sonst hast du morgen einen Sonnenbrand."

Finn stand hinter mir und streckte eine Hand nach der Flasche mit der Sonnencreme aus.

„Was machst du da? Was wird das?" Ich sah ihn entgeistert an.

„Ich wollte dir den Rücken eincremen. Da kommst du doch sowieso nicht hin." Er zuckte wieder mal mit den Schultern, dann sah er meinen finsteren Gesichtsausdruck.

„Was ist los? Was ist passiert?"

„Deine Freunde sind passiert!", äußerte ich erbost. „Die haben mich einfach ins Wasser gezogen, als ich sie ermahnen wollte, doch etwas mehr Rücksicht auf die anderen Gäste zu nehmen!" Ich warf mein Handtuch auf die Liege und sah zum Pool, wo sich Ian, Patrick und Callum noch immer eine wilde Wasserschlacht lieferten.

Finn schien endlich zu kapieren, was hier los war, denn er schaute auf das Handtuch, dann auf seine Freunde und dann auf mich. Dann brach er in schallendes Gelächter aus!

„Argh!", grummelte ich. „Ist das dein Ernst? Du lachst auch noch darüber?!"
Er wischte sich eine kleine Lachträne aus dem Auge und hielt sich weiterhin den Bauch, den sexy Bauch, der durch das Training angespannt war.

„Entschuldige, sie meinten es sicher nicht böse. Ich stell mir nur gerade dein Gesicht vor, als sie dich ins Wasser geworfen haben!" Wieder fing er an, zu prusten und diese Heiterkeit war einfach nur ansteckend. Ich hielt mir den Mund zu, denn ich wollte nicht lachen oder kichern, aber es gelang mir nicht, denn Finn war einfach ansteckend.

„Ja, das hättest du sehen müssen, ich war total perplex. Obwohl ich zugeben muss, die Erfrischung tat gut. Allerdings ziehe ich es doch vor, selbst ins Wasser zu gehen."

„Was ist denn hier los? Warum lacht ihr so?" Hinter uns standen plötzlich die anderen und sahen uns mit gespannten und fragenden Mienen an.

„Wir lachen über Gwendolyns Gesicht, als ihr sie ins Wasser geholt habt ... was im Übrigen sehr unhöflich war! Verhält man sich so gegenüber einer Dame? Wo sind eure Manieren geblieben?" Streng sah Finn sie jetzt an.

„Entschuldige, Gwen. Es sollte ein Spaß sein! Sei uns nicht böse." Versöhnlich sahen sie mich an und ich nickte kurz.

„Das kommt nicht noch einmal vor! Ist das klar?!" Ich zeigte auf jeden einzelnen von ihnen und alle drei versprachen es im Chor:

„Ja, Ma'am!" Dann lachten wir weiter.

Beim Abendessen erzählte jeder von seinem Ausflug und es war eine gemütliche und lustige Runde. Ich sah kurz auf meine Uhr, denn ich wollte heute in das Theater und mir dort die Show ansehen.

„Hast du etwas vor?", fragte mich Callum, der meinen Blick bemerkt hatte.

„Ja, ich will mir die Show im Theater ansehen und werde mich daher gleich verabschieden."

„Da wünsche ich dir viel Spaß dabei. Übrigens ist heute Poolparty an Deck mit Lasershow, du kommst doch sicherlich, oder?!"

„Ähm, also, na ja. Eigentlich wollte ich nach dem Theater ...", doch weiter kam ich nicht.

„Jetzt sag nicht, ins Bett gehen?", warf Patrick schockiert ein. „Du MUSST kommen! Die Lasershow ist der Hammer! So etwas wirst du so schnell nicht wieder sehen oder erleben!"

„Ich wollte sagen, ich gehe an die Bar und einen Cocktail trinken." Betreten blickte ich drein, sie mussten ja nicht wissen, dass ich tatsächlich ins Bett gehen wollte.

„Das kannst du auch an Deck!"

„Ich bin nicht so der Fan von irgendwelchen Partys, war ich noch nie", versuchte ich, mich rauszureden, aber die Jungs ließen keinen Widerspruch zu.

„Bis später, wir sehen uns auf der Poolparty!" Ian grinste mich an und ich verabschiedete mich.

Als ich das Restaurant verlassen hatte, kam Finn hinter mir her.

„Darf ich dich zum Theater begleiten?" Er hatte seine Hände hinter dem Rücken verschränkt und blickte mich mit Hundeaugen an.

„Du gibst wohl nie auf, was?" Gespielt rollte ich mit den Augen. „Aber es wäre sicher schön, eine Begleitung zu haben." Ich lächelte ihn schüchtern an und so gingen wir zum Treppenhaus.

Im Gang vor dem Theater waren lauter Stände mit Fotos aufgebaut, welche man die letzten Tage an Bord von den Passagieren geschossen hatte und die man sich hier holen konnte. Natürlich mussten sie bezahlt werden. Während wir uns über einige Fotos unterhielten und lachten, kam auch schon der Fotograf und sprach uns an.

„Ihr zwei seht aus, als würdet ihr super gern unser ‚*Titanic*-Foto' für Pärchen machen wollen." Hoffnungsvoll blickte er uns an, während Finn und ich nur verdutzt aus der Wäsche schauten.

„Oh, nein! Wir sind kein Paar! Wir sind nur Kabinengenossen!", stellte ich klar.

„Ja, stimmt, wir kennen uns eigentlich kaum", fügte Finn noch hinzu.

Der Fotograf schielte uns an, zuckte mit den Schultern und meinte: „Was nicht ist, kann ja noch werden. Und dann hättet ihr schon ein Superfoto von euch, das ihr herzeigen könnt." Er hob die Kamera und zeigte auf eine aufgebaute Leinwand, die die Spitze eines Schiffes zeigte und dahinter in tollen Farben einen Sonnenuntergang.

„Also, ich weiß nicht. Ich bin nicht wirklich fotogen." Mein Magen verkrampfte sich. Ich sollte mich mit Finn fotografieren lassen?

„Na, komm schon, gib dir einen Ruck. Der Hintergrund sieht doch fantastisch aus, und wir müssen das Foto ja nicht kaufen. Aber ausprobieren können wir es doch trotzdem. Wir haben auch noch etwas Zeit, bis die Show im Theater losgeht. Lass uns etwas Spaß haben." Aufmunternd hielt Finn mir die Hand hin. Ich seufzte nur.

„Also gut. Aber wehe, du begrapscht mich!"

„Und wieder kann ich nur fragen, woher hast du diese tolle Meinung von mir?!" Das wusste ich selbst nicht, bei Finn sah ich irgendwie immer das Schlechteste, obwohl ich es gar nicht wollte.

Wir gingen hinüber zur der Fotokulisse und posierten vor der Leinwand wie Kate Winslet und Leonardo DiCaprio in ihrer größten Szene, dann alberten wir noch etwas herum und schließlich hatte der Fotograf genug von uns.

„Da sind sicher ein paar Superfotos dabei. Ein tolles Andenken. Die Bilder werden in circa zwei Tagen dann hier ausgestellt", teilte uns der Fotograf mit, bevor er sich bereits auf ein anders Pärchen stürzte. Ich musste immer noch etwas kichern.

„Das hat wirklich Spaß gemacht. Danke." Ich stieß Finn leicht mit der Schulter an.

„Ja, das hat es und ich bin gespannt, wie sie aussehen!" Auch Finn musste schmunzeln. Wir gingen ins Theater,
suchten uns einen guten Platz und Minuten später fing die Show an.

Als es zu Ende war, schaute Finn mich mit großen Augen an.

„So begeistert von der Show?"

„Das war fantastisch! Ich muss unbedingt bald wieder her!" Ich war Feuer und Flamme.

„Na dann, lass uns rauf an Deck gehen. Die Poolparty fängt bald an und ich glaube, du wolltest noch einen Cocktail trinken. Richtig?"

„Na ja, wenn ich schon mal hier auf einem Kreuzfahrtschiff bin ... Das sollte ich doch wohl genießen, oder?!" Ich zwinkerte ihm zu.

„Dann los. Lass uns gehen." Er hielt mir tatsächlich seinen Arm hin und ich zögerte zuerst, mich einzuhaken, denn mir fiel wieder ein, dass ich ihn ja eigentlich nicht mochte. Schließlich tat ich es doch, aus reiner Höflichkeit versteht sich. Sein Arm fühlte sich fest und stark an. Ich konnte spüren, wie er die Muskeln anspannte und musste mir eingestehen, dass es sich gut anfühlte!

Oben warteten bereits Callum, Ian und Patrick auf uns. Sie hatten Bingo gespielt und waren schon total aufgedreht.

„Gwenny! Schön, dass ihr endlich hier seid. Wir waren beim Bingo und ich hätte fast gewonnen, mir haben nur noch drei Zahlen gefehlt!" Patrick lallte bereits etwas.

„Und dann habt ihr schon mal begonnen, zu feiern?!" Ich nickte in die kichernde und lachende Runde. „Ihr hättet wenigstens auf uns warten können!" Ich schlug Patrick spielerisch mit der Faust auf die Schulter.

„Soll ich dir einen Cocktail mitbringen, wenn ich zur Bar gehe?" Finn trat hinter mich und sprach mir direkt ins Ohr. Ich bekam eine Gänsehaut.

„Gern. Bitte etwas mit Kokosnuss."

„Wie Madam wünschen!" Finn deutete eine Verbeugung an und verschwand. Kurze Zeit später tauchte er mit unseren Drinks in der Hand wieder auf. Er hielt mir eine echte Kokosnuss mit Schirmchen und Strohhalm hin.

„Was, was ist das? Was soll ich denn mit einer Kokosnuss? Ich wollte einen Cocktail!"

„Das ist dein Cocktail. Eine Piña Colada serviert in einer Kokosnuss. Solche tollen Gefäße gibt es nicht bei allen Drinks. Siehst du, ich hab ein normales Glas." Finn hielt mir wieder die Kokosnuss unter die Nase und lachte. *Na gut, dann eben aus einer Kokosnuss*, dachte ich erfreut und nahm einen großen Schluck.

„Hey, macht mal einer ein Foto von mir und meinem Drink?" Ich holte meine Kamera aus meiner Handtasche und hielt sie den Jungs hin. Ian schnappte sie sich und ich grinste dümmlich mit meiner „Trophäe" in die Linse.

„Super! Das ist ein Klassefoto. Finn? Willst du auch mit auf das Foto?" Ian lachte laut auf.

„Nein danke, Kumpel. Wir hatten unsere Fotosession heute schon!" Finn prostete mir zu und trank von seinem Cocktail. Dann fing die Poolparty und somit auch die Lasershow an. Die Lichter flackerten im Takt der Musik. Es wurde eine Mischung aus House und Techno gespielt und das Deck leuchtete in allen Farben. Ich machte einen Selfie-Schnappschuss von mir und den Jungs. Ich wollte festhalten, mit wem ich mich an Bord amüsierte und Ava und Freya würden sicher auch Fotos sehen wollen.

Die Stimmung war ausgelassen. Wir tranken, tanzten und hatten einfach nur Spaß. Die grünen und roten Laser tanzten mit uns und ich wusste nicht, wohin ich zuerst schauen sollte. Ich konnte ja nicht die ganze Zeit den Kopf nach oben recken und die Laser anstarren.

Die Jungs waren ausgelassen wie eh und je und unser Alkoholpegel stieg stetig an.

Nach meinem dritten Cocktail konnte ich nicht mehr. Ich war Alkohol nicht gewohnt und langsam fing das Deck an, sich zu drehen.

„Jungs!", schrie ich gegen die Musik an. „Jungs! Ich werde mich jetzt verabschieden, es wird langsam kühl hier und ich muss dringend ins Bett!" Ich streifte mir über die Arme, auf denen sich Gänsehaut ausbreitete.

Finn spielte tatsächlich den Gentleman und reichte mir sein langärmliges Hemd.

„Danke, aber es geht schon. Ich bin ja gleich in der Kabine." Ich winkte ab und schenkte ihm dafür ein nettes Lächeln.

„Na, komm schon. Da sind weder Läuse noch Flöhe dran! Und übrigens, Leute, ich werde gleich mitgehen. Ich bin hundemüde. Wir sehen uns zum Frühstück." Er legte mir sein Hemd um die Schultern, hob die Hand und folgte mir in Richtung Treppenhaus.

„Danke. Die langen Ärmel tun wirklich gut! Ich hab gar nicht bemerkt, wie kalt mir eigentlich schon war." Ich zog Finns Hemd enger um meinen Körper und bemerkte sein Deodorant daran. Es roch männlich, leicht würzig, dennoch süßlich und verdammt gut. Es erinnerte mich an eines der Deos von Axe. Finn beobachtete mein Schnuppern und fragte amüsiert: „Gefällt dir, was du da riechst?"

Prompt lief ich rot an.

„Nein! Ich meine, ja. Irgendwie schon. Wie heißt der Duft?"

„Das ist Axe Dark Temptation mit dem Duft von heißer Schokolade, Amber und roten Pfefferkörnern." Er grinste mich frech und verführerisch zugleich an.

„Dann weiß ich ja jetzt auch, welches Deo ich zukünftig benutze." Er stieß mich leicht in die Seite und lachte schelmisch auf.

„Du bist betrunken! Und bilde dir nur nichts drauf ein, dass ich dein Deo mag!"

„Ich bin nicht betrunken, nur angeheitert, genauso wie du, kleines Fräulein! Und bald ist es nicht mehr nur mein Deo, das du magst, sondern auch mich! Warte nur ab. Ich bin nämlich ein toller Typ!" Triumphierend sah er mich an. Er blickte mir direkt in die Augen und für eine Sekunde hörte die Welt auf, sich zu drehen.

„Betrunken und überheblich! Das wird ja immer besser! Tut mir leid, aber wirklich *mögen* werde ich dich nie! Du hattest bei unserer ersten Begegnung bereits verschissen!" Ich verschränkte die Arme vor der Brust und blickte ihn herausfordernd an. Bei der Kabine angekommen, wartete er, bis ich die Schlüsselkarte aus meiner Tasche holte und lehnte sich locker lässig gegen die Wand.

„Ich mag dich bereits! Du hast Biss, Humor und einen geilen Arsch!"

Verdutzt fiel mir die Karte aus der Hand und ich musste mich bücken, um sie wieder aufzuheben.

„Das ist doch nicht dein Ernst. Da spricht der Alkohol aus dir!"

„Betrunkene und Kinder sprechen immer die Wahrheit, wusstest du das nicht?"

„Ich dachte, du bist nur angeheitert?" Ich hob prüfend eine Augenbraue und öffnete endlich die Tür.

„Vielleicht doch mehr, als ich dachte!" Er folgte mir ins Zimmer und ließ sich auf sein Bett fallen.

„Ladys first", tönte er noch mit einer ausschweifenden Handbewegung und als ich im Bad verschwand und die Tür abschloss, hörte ich bereits ein leises Schnarchen. Das würde tatsächlich unsere erste gemeinsame Nacht im gleichen Zimmer sein und irgendwie war ich nervös. Warum, konnte ich nicht wirklich sagen. Wir hatten jeder unser eigenes Bett und ich würde ganz sicher nicht zu ihm unter die Decke kriechen.

Aber was, wenn er unter deine Decke schlüpft?, schoss es mir durch den Kopf. Ich schüttelte ihn. *Ach, das wird schon nicht passieren, und wenn doch, dann kriegt er einen kräftigen Tritt in seine Weichteile!*

Als ich das Bad wieder verließ, schlief Finn bereits tief und fest und schnarchte leise vor sich hin. Ich hoffte nur, es würde nicht noch lauter werden. Ich wollte mich schon in mein Bett legen, als mein Blick wieder zu ihm hinüberglitt. Wie er so auf dem Bett lag, auf dem Rücken und alle viere von sich gestreckt, das gab schon einen niedlichen Anblick.

Ich konnte ihn nicht so komplett angezogen dort liegen lassen. Auf Dauer würde das sehr unbequem werden. Ich tapste auf Zehenspitzen leise zu ihm, ich wollte ihn ja nicht wecken, und zog ihm behutsam die Schuhe aus. Finn rührte sich nicht. Sein Shirt konnte er ruhig anlassen, aber die Jeans würde wohl früher oder später auch stören. Unentschlossen machte ich einen Schritt nach vorn zu seiner Leibesmitte. Dann starrte ich auf seine Jeans, die natürlich nicht nur einen Knopf hatte und einen Reißverschluss, nein, sie hatte fünf Knöpfe und keinen Reißverschluss. Genervt stöhnte ich auf und schlug mir sofort die Hand vor den Mund. Ich musste leise sein!

Ich konzentrierte mich also auf den ersten Knopf und versuchte, ihn mit den Fingerspitzen zu öffnen.

Finn grunzte kurz auf und drehte den Kopf auf die andere Seite, also zu mir.

Vor Schreck hielt ich die Luft an. Da nichts weiter passierte, versuchte ich mich am nächsten Knopf. Endlich waren alle offen und ich überlegte, wie ich Finn jetzt am besten von der Hose befreite. Mir fiel allerdings nichts Passendes ein, und so zerrte ich so sanft wie möglich daran. Gerade als ich sie über die Knie ziehen wollte, hörte ich ein leises:

„Du hast mich wohl schon so gern, dass du mir an die Wäsche willst, was? Wusste ich es doch!" Seine Mundwinkel gingen nach oben, aber seine Augen blieben geschlossen. Augenblicklich ließ ich von ihm ab und ballte meine Hände zu Fäusten.

„Oh, ihr Götter! Du kannst wohl nie aufhören, was? Ich wollte es dir nur bequem machen, da ich ein mitfühlendes Herz habe. Aber den Rest wirst du wohl alleine schaffen." Ich schaute Finn

an, aber scheinbar hatte er davon nichts mitbekommen. Er hatte den Mund leicht geöffnet und
da sein Kopf auf der Seite lag, glitzerte in seinem
Mundwinkel etwas Spucke. Das kam mir gerade
recht, jetzt hatte ich zumindest eine kleine, peinliche Geschichte für ihn auf Lager!

Ich ging zurück in mein Bett, löschte das Licht
und schlief binnen Sekunden ein.

Kapitel 7

Am nächsten Morgen kam es mir so vor, als hätte ich den gestrigen Abend nur geträumt. Hatte Finn tatsächlich gesagt, dass er mich mochte? Und hatte ich ihm tatsächlich die Hose ausgezogen? Ich fasste mir kurz an den Kopf, setzte mich auf und stöhnte. Ich hatte leichte Kopfschmerzen und schwor mir, heute Abend nur einen Cocktail zu trinken, wenn überhaupt.

„Guten Morgen, Schönheit! Gut geschlafen? Hier, ich habe bereits Schmerztabletten hergerichtet und frisches Wasser geholt." Ich blickte Finn erstaunt an.

„Danke, das ist wirklich ..."

„Nett von mir? Ich weiß! Wenn mir schon jemand an die Wäsche geht, dann sollte ich wenigstens so höflich sein und Schmerztabletten bereithalten." Er grinste mich frech und schelmisch an und hielt mir die Tabletten hin.

Ich schlug seine Hand weg.

„Oh, ihr Götter! Nein danke! Und nur zu deiner Info, ich wollte dir NICHT an die Wäsche! Ich wollte es dir lediglich bequemer machen, da es den Anschein hatte, als würdest du dich selbst nicht mehr ausziehen können oder erst sehr spät, wenn die Klamotten bereits unangenehm wären. Verlass dich drauf, dass ich es kein zweites Mal machen werde!" Ich funkelte ihn böse an, doch Finn prustete nur vor Lachen.

„Schon gut, das war ein Witz! Hatte ich gestern nicht gesagt, du hättest Humor? Hm ... da hab ich mich wohl getäuscht." Er rieb sich gespielt nachdenklich über das Kinn und den bereits länger werdenden Dreitagebart, doch dann gluckste er wieder. „Ich muss los. Die Jungs und ich sind heute beim Golf spielen. Darf mich nicht verspäten! Also ciao, bis später!" Und schon war er durch die Tür und fast verschwunden, als er den Kopf noch einmal kurz hereinsteckte und ernst meinte: „Den Rest, den ich gesagt habe, meinte ich aber so." Es folgte ein Zwinkern und eine obszöne, kleine Geste, die meinen Allerwertesten betraf. Ich warf ein Kissen gegen die Tür und hörte außerhalb nur noch schallendes Gelächter. Dieser Kerl war wirklich unmöglich! Er brachte mich stets zum Kochen und auf die Palme, dabei war er eigentlich wirklich nett, witzig und er roch verdammt gut! Im Badezimmer ertappte ich mich dabei, dass ich mir sein Deo schnappte, das ich dort stehen sah und daran schnupperte. Ich sog die Luft tief ein und eine wohlige Wärme breitete sich in meinem Inneren aus. Dann kam mir wieder in den Sinn, was die Jungs heute vorhatten.

Zum Golfen? Echt jetzt? Die fliegen um die halbe Welt, um hier in Panama zum Golfen zu gehen? Verrückt!

Ich schüttelte leicht den Kopf und bereitete alles für meinen Ausflug in den Regenwald vor.

Nach dem Frühstück, pünktlich um 09:00 Uhr, fand ich mich im Theater ein, wo sich meine kleine Gruppe traf. Ich sah kein bekanntes Gesicht und hatte gemischte Gefühle dabei. Einerseits konnte ich mich ganz auf den Ausflug und die Umgebung konzentrieren, andererseits würde keiner dabei sein, mit dem ich reden konnte oder der meine Erfahrung mit mir teilen würde.

Beim Verlassen des Schiffes war der Himmel bewölkt und es war drückend schwül-warm. Zuerst ging es wieder eine gute halbe Stunde mit dem Bus in Richtung Panama-Kanal, der riesig war. Am Ziel angekommen, trafen wir unseren Guide, der uns den Regenwald und seine Bewohner erklärte und uns eine Stunde darin herumführte. Natürlich gingen wir auf bereits vorgefertigten Pfaden, aber wir sahen allerhand, überwiegend kleine Tiere. So kreuzten Blattschneiderameisen unseren Weg, die alle hintereinander in einer langen Schlange mit einem Stück Blatt marschierten. Viele Vögel versteckten sich in den Bäumen. Dort hingen ebenfalls riesige Termitennester. Auf dem Rückweg hatten wir das Glück, ein Kapuzineräffchen mit einem Jungen zu sehen. Alle knipsten wie wild Fotos. Auch ich freute mich über diese tolle Chance, die süßen Äffchen in ihrer natürlichen Umgebung zu sehen. Ich wollte meine Freude teilen, aber als ich mich umdrehte, redeten bereits alle miteinander und keiner beachtete mich. Ich schaute etwas traurig zu Boden, beschloss dann aber, mich davon nicht runterziehen zu lassen. Ich wusste ja, dass ich alleine auf dieser Kreuzfahrt war und so versuchte ich, noch ein paar Selfies zu schießen. Ich musste zugeben, dass mir die Gesellschaft von Finn und seiner Clique doch etwas fehlte. Auch wenn ich sie noch nicht lange kannte, aber ich hatte jemanden zum Reden …

Nach der Wanderung im Regenwald ging es auf einem Boot den Río Chagres hinunter. Ich hatte meinen Sonnenhut als Schutz auf, nur leider ging auf dem Fluss so viel Wind, dass mein Hut plötzlich davonflog. Ich stieß einen kleinen Schrei aus. Zum Glück war der Fahrer des Bootes so geistesgegenwärtig, dass er meinen Hut tatsächlich auffangen konnte und ihn mir wiedergab. Ich bedankte mich herzlich bei ihm. Da ich ihn nicht noch einmal verlieren wollte, klemmte ich mir den Strohhut zwischen die Beine.

Auch hier am Rande des Flusses gab es Vögel über Vögel zu sehen, als eine Frau wild gestikulierend auf das Wasser vor uns zeigte und uns heranwinkte.

„Seht doch! Da läuft eine Echse über das Wasser! Wahnsinn, habt ihr so etwas schon mal gesehen?! Der Knaller!"

„Das ist richtig", bemerkte unsere Reiseleitung. „Das ist eine sogenannte *Jesus Christus Echse*. Und wie sie vielleicht schon ahnen, hat sie ihren Namen daher, weil sie über das Wasser laufen kann. Ihre Spitzengeschwindigkeit beträgt 10 km/h. So kann sie zum Beispiel vor Schlangen flüchten."

Ein anerkennendes Raunen ging durch die Menge und ich war ebenso verblüfft und fasziniert wie alle anderen auch.

Auf der Rückfahrt wurden wir von der Reiseleitung auf den Catun Damm aufmerksam gemacht. Sie erzählte uns ein bisschen darüber und auch über die Stadt Colon, durch die wir fuhren und in deren Hafen unser Schiff ankerte. Panama war ein beeindruckendes und buntes Land, daher schlenderte ich im Anschluss an unseren Ausflug durch die Geschäfte und kaufte ein paar Postkarten, die ich an meine Eltern sowie Ava und Freya schicken wollte.

Der Nachmittag war angebrochen und ich wollte mich etwas sonnen. Daher ging ich beim Pool auf das nächste Deck und suchte mir dort eine Liege, die auf der Seite des Schiffes war, die in das Landesinnere zeigte. Mit Hut und bereits drei Mal mit Sunblocker eingecremt, legte ich mich mit meinem Buch auf die Liege und genoss es einfach, hier zu sein.

Ab und zu blickte ich verstohlen hinunter zum Pool, ob ich nicht die Jungs sehen würde, aber sie ließen sich ganz schön Zeit beim Golfen.

Als es mir zu heiß wurde, beschloss ich, die Bibliothek aufzusuchen und mich dort etwas umzusehen. Man konnte kostenlos Bücher ausleihen, jedoch war das Angebot nicht allzu üppig, aber ausreichend. Es gab sogar ein paar Brettspiele für Kinder. Ich fand einen Werbeflyer des Spa-Bereiches auf einem Tisch und beschloss sofort, mich dorthin auf den Weg zu machen. Ich vereinbarte für den nächsten Seetag eine Ganzkörpermassage. Ich wollte mich mal so richtig verwöhnen lassen und relaxen. Da passte auch gleich noch eine Gesichtsbehandlung sehr gut dazu. Die Dame an der Anmeldung war überaus freundlich, eine gebürtige Dänin wie sich herausstellte. Überhaupt schien die Crew sehr bunt gemischt zu sein, auch was die Animateure anging, die bisher wirklich ein tolles Programm boten, auch wenn ich mich für diese Art der Unterhaltung nicht erwärmen konnte.

Ich beschloss, mich noch etwas in der Kabine auszuruhen, bevor es Abendessen gab und legte mich aufs Bett.

Es dauerte nicht lange und ich schlief tatsächlich ein, dabei wollte ich nur ein kleines bisschen ruhen.

Irgendwann spürte ich warmen Atem an meinem Ohr und roch Finns tolles Deo. Ich atmete tief ein, konnte aber meine Augen noch nicht öffnen. Dann nahm ich ein Wispern wahr, direkt neben meinem Ohr.

„Prinzessin, aufwachen. Du willst doch nicht tatsächlich jetzt schon schlafen und das tolle Abendessen verpassen, oder? Und morgen solltest du vielleicht dein Gesicht noch etwas besser eincremen, es ist nämlich ... ähm ... leicht rötlich!"

Ich schlug meine Augen auf und schaute direkt in Finns grünbraune Augen. Er hatte seinen Bart abrasiert bis auf den Teil um den Mund und Kinn.

„Wie lange bist du schon da?", fragte ich verschlafen und betastete mein Gesicht.

„Ein Weilchen. Ich konnte mich bereits im Bad fertig machen und es kam eine Durchsage, dass wir eine Stunde später ablegen, da das Tankschiff zu spät kam."

„Es kam eine Durchsage? Wow, das hab ich überhaupt nicht mitbekommen! Und wieso flüsterst du mir überhaupt ins Ohr?" Skeptisch zog ich eine Augenbraue hoch. „Wenn du mich wecken wolltest, hättest du das wohl anders gemacht, oder?" Sein Gesicht war immer noch kurz vor meinem und ich schaute weiterhin in diese atemberaubenden Augen.

„Ich wollte dich nicht unbedingt wecken, du sahst so niedlich aus ... mit dem Daumen im Mund!"

„Was?? Ich hatte ganz sicher nicht den Daumen im Mund!" Und wieder hatte er mich reingelegt, ich erkannte es an seinem breiten Grinsen und schon schleuderte ich ihm das Kissen entgegen.

„Langsam, langsam Prinzessin. Hättest du lieber jetzt schon geschlafen, und wärst dann dafür mitten in der Nacht aufgewacht, wahrscheinlich wegen Hunger und hättest dann nicht mehr weiterschlafen können?" Er stemmte frauentypisch die Hände in die Hüften und blickte mich von oben herab an.

„Es gibt einen Vierundzwanzig-Stunden-Pizzastand oben! Oder war es unten? Na, egal, ich kann mir zu jeder Tages- und Nachtzeit eine Pizza holen! So meinte ich das!" Inzwischen war ich aufgestanden und suchte Klamotten für das Abendessen aus meinem Schrank.

„Und dafür dieses tolle Buffet opfern? Wohl kaum! Na, komm schon, ich bin am Verhungern. Mach dich fertig!" Er streckte mir die Hand hin, um mir am Bett vorbei zu helfen.

„Kam tatsächlich eine Durchsage?", fragte ich etwas kleinlaut.

„Ob du es glaubst oder nicht, aber es stimmt. Wir fahren eine Stunde später aus dem Hafen."

Ich machte mich, so schnell ich konnte, für das Abendessen fertig und als wir es uns gerade alle schmecken ließen, kam erneut die Durchsage, dass wir uns wegen des Tankschiffes um eine ganze Stunde verspätet hätten. Der Kapitän erklärte, dass er die verlorene Zeit wieder aufholen wolle und etwas schneller als sonst fahren würde, uns das aber nicht beeinträchtigen würde. Er wollte pünktlich um 10:00 Uhr am nächsten Morgen im Hafen von Cartagena/Kolumbien ankommen. Ich hörte aufmerksam zu und blickte kurz zu Finn, der mir ein triumphierendes „Ich-hab-es-dir-doch-gesagt-Lächeln" zuwarf. Ich rollte kurz mit den Augen und widmete mich wieder meiner Nachspeise. An diesem Abend hatte ich nichts weiter vor. Auch die vier konnten mich nicht überreden, mit ihnen zu feiern, sodass ich nach dem Essen ein bisschen auf dem Schiff umherschlenderte, noch einmal durch die Shoppingpassage spazierte und schließlich auf mein Zimmer ging. Ich machte mich bettfertig und las noch etwas in meinem Buch, bis ich dabei einschlief.

Mitten in der Nacht wachte ich durch ein seltsames Geräusch auf. Es hörte sich wie ein mächtiges Rumpeln an. Ich öffnete die Augen und starrte in die Finsternis. Ich lauschte und da – da war es wieder! Ich zog die Decke bis zu meinem Kinn und fragte mich, was das sein konnte. Es hörte sich nicht so an, als wäre es in unserem Zimmer, sondern als würde es von dem Schiff kommen. Und weil dieses furchteinflößende Geräusch nicht ausgereicht hätte, bemerkte ich, wie sich das Schiff auf und nieder bewegte. Ich fühlte mich wie auf einer äußerst schweren Luftmatratze, die, Kopf voran, über eine Welle glitt. Vor

Angst gelähmt, drehte ich den Kopf zu Finn. Der schlief tief und fest.

Na super! Was mach ich denn jetzt bloß? Das ist etwas beängstigend. Was, wenn wir untergehen? Ich will nicht auf einer zweiten Titanic sein! Na ja, einer Titanic in der Karibik, ohne Eisberge ... aber trotzdem!

„Finn? Finn, bist du wach? Finn? Das ganze Schiff schaukelt wie wild. Das macht mir Angst! FINN?!" Mehr als ein heiseres Krächzen bekam ich nicht zustande und so tat ich das einzig Logische für mich in dieser Situation: Ich sprang förmlich aus meinem Bett und bei Finn wieder hinein!

Er schien im Schlaf bemerkt zu haben, dass sein Bett „kleiner" geworden war, denn er gähnte laut und tastete dann herum. Als Nächstes ließ er einen kleinen Schrei los und sprang seinerseits aus seinem Bett.

„Wer? Was? Haben wir ... ?", stotterte er und fuhr sich nervös und verschlafen über das Gesicht und seinen Bart.

„NEIN! Tut mir leid, ich wollte dich nicht erschrecken. Ich habe Angst bekommen, weil das Schiff wie wild schaukelt und seltsame Geräusche von sich gibt!" Demonstrativ zog ich die Decke bis unter mein Kinn. Dann schien auch Finn die Bewegungen zu registrieren. Es folgte wieder dieses Geräusch, das sich anhörte wie dumpfes Grollen und Rumpeln.

„Da! Hörst du? Was ist das?" Ich fing an, zu zittern. An Schlaf war nicht mehr zu denken.

„Was wird das schon sein?! Wir sind auf dem Meer, das sind Wellen! Zugegeben, es scheinen etwas größere Wellen zu sein, aber es sind nur Wellen! Würdest du bitte wieder in dein Bett gehen? Ich möchte gerne weiterschlafen!" Er gähnte wieder und kratzte sich sehr unsexy an seinem Bauch. Meine Augen hatten sich mittlerweile an die Dunkelheit gewöhnt und so konnte ich erkennen, dass Finn nur noch seine Boxershorts trug. Sein Oberkörper war nackt und sah in der Dunkelheit noch muskulöser aus als bei Tageslicht.

„Kann ich nicht ausnahmsweise bei dir bleiben? Es ist meine erste Kreuzfahrt und ich hab wirklich Angst, dass wir untergehen!"

„Ach, so ist das. Zuerst hältst du mich für einen Idioten, aber dann krabbelst du unter meine Decke, ja?! Na, mir soll's recht sein, wenn du es ‚so' haben willst." Ein anzügliches Grinsen breitete sich auf seinem Gesicht aus und er rieb sich die Hände aneinander.

„Argh! Du Idiot! Ich steige nicht zu jedem x-beliebigen Fremden ins Bett! Ich habe wirklich Panik, und dich kenne ich ja jetzt bereits ein paar Tage. Ich will nicht mit dir ins Bett!"

„Aber du bist doch schon in meinem Bett, meine Liebe!" Finn lachte auf.

„Aus anderen Gründen!! Oh Gott, wieso hab ich das nur getan? Okay, vergiss es! Ich komm schon klar. Ich werde wieder in mein Bett gehen und alles ist gut!" Ich wollte gerade die Bettdecke zurückschlagen, als Finn mit einem Satz bei mir war und mich aufhielt.

„Schon gut, schon gut. Du scheinst es ja wirklich ernst zu meinen, aber ich versichere dir – Wir werden nicht sinken! Und wie hast du dir jetzt das hier vorgestellt? Ich meine, es ist ja nur ein Einzelbett, es wird also ziemlich eng werden."

„So genau hatte ich mir das nicht überlegt. Es war eine Kurzschlussreaktion! Aber wie wäre Folgendes: Wir legen uns beide auf den Rücken, Hände ÜBER der Bettdecke und ... reden etwas?"

„Reden? Darling, ich will schlafen! Und scheinbar mache ich das mit dir!" Wieder grinste er von einem Ohr bis zum anderen.

„Deine Zweideutigkeiten kannst du dir sparen, Mister!"

Wir legten uns also auf den Rücken, nur um gleich darauf zu bemerken, dass das Bett dafür zu klein war. Einer von uns würde unweigerlich auf lange Sicht gesehen aus dem Bett fallen.

„Okay, Prinzessin. Jetzt bin ich an der Reihe mit einem Vorschlag. Wir legen uns beide auf die Seite. Dann müsste das klappen."

„Hände ÜBER die Bettdecke!"

„Ja, ja ‚ja, Hände über die Bettdecke." Ich bildete mir ein, gesehen zu haben, dass Finn mit den Augen rollte, aber ich konnte mich auch getäuscht haben.

Wir drehten uns also beide auf eine Seite und sahen einander an. So hatten wir einen guten Abstand zueinander und jeder lag trotzdem im Bett. Ich schob einen Arm angewinkelt unter meinen Kopf und konnte direkt in Finns Augen blicken, die in der Dunkelheit fast schwarz wirkten. Finn tat es mir gleich und die zweite Hand war brav über der Decke, genau wie meine.

Ein paar Sekunden schauten wir uns an, unser Atem streifte jeweils den anderen und ich meinte, ein Kribbeln und Knistern zwischen uns zu spüren.

Wie es sich wohl anfühlt, diese Lippen mit dem Bart drum herum zu küssen? Auf was für Gedanken kam ich denn hier plötzlich? Ich schob es auf meine Todesangst und schüttelte unmerklich den Kopf.

Da hob und senkte sich das Schiff so hoch wie noch nie zuvor. Ich schrie auf. Finn schlang sofort seinen Arm um mich und versuchte, mich zu beruhigen.

„Sch, sch, sch! Das war nur eine große Welle. Keine Angst. Du bist hier sicher. Hier in meinen Armen!" Finns Gesicht kam jetzt gefährlich nahe und ich konnte nicht verhindern, dass ich schneller atmete. Wahrscheinlich deutete er das völlig falsch, denn er dachte wohl, ich hätte immer noch Angst und wollte mich noch näher an sich ziehen.

„Ja, ähm, also ...", fing ich an und drückte ihn sanft weg. „Ich denke, wir sollten uns umdrehen. Rücken an Rücken reicht sicherlich auch aus. Ich will nur spüren, dass ich nicht alleine bin!" Und schon drehte ich mich um und sah währenddessen noch Finns verdutzten Gesichtsausdruck.

„Oh. Ach so, ja, klar. Ich ... drehe mich sofort um." Wir waren beide peinlich berührt, zumindest hatte ich das Gefühl. Als wir Rücken an Rücken lagen, schlug mein Herz bis zum Hals. Ich starrte in die Finsternis und hörte das dumpfe Grollen der Wellen nicht mehr wirklich. Mein Kopf war leer und die paar Gedanken, die versuchten, einen Platz zu finden, waren nicht greifbar.

„Dieses Grollen, das du da immer wieder hörst, das sind nur die Wellen, die unter dem Schiff durchrauschen. Wollte ich nur noch mal gesagt haben."

„Ist gut, danke." Meine Stimme war nur ein heiseres Flüstern. Ich spürte, dass Finn angespannt war. Wollte er jetzt Konversation führen? Mitten in der Nacht?

„Dann, also ... schlaf gut!", sagte ich knapp und versuchte, meine Augen zum Schließen zu bewegen. Leider blieben sie nicht zu. Irgendwann vernahm ich Finns gleichmäßige Atemzüge. Endlich schaffte ich es, mich zu entspannen und schlummerte auch ein.

Am nächsten Morgen dauerte es immer noch eine komplette Stunde, bis wir im Hafen von Cartagena einfuhren und anlegen konnten. Durch einen kurzen Blick in das bordeigene Programm erfuhren wir, dass es letzte Nacht Windstärke fünf bis sechs gegeben hatte und die Wellen gut fünf Meter hoch gewesen waren.

Langsam wurden die Absperrbänder von den Türen, die zur Reling, beziehungsweise generell nach draußen führten, wieder entfernt. Diese waren tatsächlich angebracht worden, damit keiner der Passagiere über Bord ging. Erneut bekam ich einen kleinen Schreck, denn damit hatte ich nicht gerechnet.

Durch unsere verspätete Ankunft in Cartagena verschoben sich leider auch die gesamten Ausflüge. Einige wurden sogar gecancelt, darunter auch meiner. Ich wollte diesen Tag mal entspannen und hatte eigentlich einen Ausflug auf die Insel

Baru gebucht, zu der man mit einem Speedboot gebracht und wieder abgeholt wurde. Ich hätte am Strand liegen oder wunderbar schnorcheln können. Aber leider hatte mir das Wetter einen Strich durch die Rechnung gemacht. Das Personal bot allen Gästen, deren Ausflüge nicht mehr stattfanden, an, einen anderen Ausflug zu buchen, und so entschied ich mich für den Botanischen Garten und die Reptilienwelt.

Gerade als ich mein Ticket bekam, stand Callum hinter mir.

„Na? Sind noch sehenswerte Ausflüge vorhanden, oder sitzen wir hier an Bord fest?"

„Festsitzen würde ich es nicht nennen. Man kann ja jederzeit von Bord gehen, aber dann eben auf eigene Gefahr. Ich habe mich für den Botanischen Garten und die Reptilienwelt entschieden. So sehe ich noch ein bisschen von Cartagena. Auch wenn ich meinem entspannten Strandtag schon etwas hinterhertrauere."

„Reptilienwelt, was? Klingt doch gut, das werden wir auch machen!" Im nächsten Moment war Callum bei der Dame, die beim Umbuchen half und redete auf sie ein. Wie jetzt? Meinte er damit alle? Alle vier? Ich schaute zur Decke und murmelte mein typisches: „Oh, ihr Götter!"

Wenn alle mitkommen, wird das sicher kein ruhiger Ausflug werden. Aber umstimmen konnte ich sie sowieso nicht, also gab ich mich meinem Schicksal hin.

Kurz nach dem Mittagessen ging es los. Natürlich fuhren wir zuerst wieder mit einem Reisebus. Die Fahrt wurde sehr laut, da Ian und Patrick sich wegen irgendetwas in die Haare bekommen hatten. Finn wollte den Streit schlichten, aber er hatte keine Chance. Die Streithähne wurden schließlich von Finn und Callum komplett getrennt und ich betete, dass der Rest des Ausfluges ruhiger sein würde.

Auf der Reptilienfarm angekommen, bekamen wir eine Führung durch die Gebäude auf der Farm. Wir sahen Affen, Schildkröten, Anakondas und Krokodile. Wir wurden über die Haltung der einzelnen Tiere aufgeklärt, doch der Höhepunkt war die Fütterung der Krokodile. Dafür wurden ganze gehäutete Hühnchen an einem Stab über das Wasser gehalten. Die Fütterungsplattform lag ein gutes Stück über der Wasseroberfläche, aus Sicherheitsgründen natürlich. Daher konnten wir die atemberaubenden Sprünge sehen, die die Krokodile tatsächlich draufhatten. Einmal mehr wurde mir bewusst, wie gefährlich diese Tiere wirklich waren. Es gab Gerangel und Kämpfe um das Futter, dass das Wasser zu kochen schien. Im Anschluss durften wir die Krokodileier ansehen, die, im Gegensatz zu Hühnereiern, eine ganz weiche Haut hatten. Die Babykrokodile durfte man sogar anfassen. Zur Sicherheit der Touristen hatten sie aber ein kleines Seil um das Maul, denn auch die ganz kleinen hatten bereits spitze Zähne.

„Wie wär's? Willst du dich der Herausforderung stellen und ein Babykrokodil in die Hand nehmen? Ich schieße auch ein Foto von dir!" Es hörte sich irgendwie an, als würde Finn mich aufziehen.

„Denkst du, ich würde mich das nicht trauen?"
Ich zog die Augenbrauen hoch und schaute Finn
auffordernd an.

„Du bist eine Frau! Du wagst es sicher nicht, so
ein kleines, lebendes Tierchen anzufassen!" Finn
lachte auf.

Na warte!, dachte ich mir

„Vielleicht willst du ja wetten?", schlug ich ganz
beiläufig vor. „Wenn ich mich traue, so einen
Babykaiman in die Hand zu nehmen und du ein
Foto schießen kannst, dann ... hm ... dann bekomme ich ein Starfish-Basecap von dir!"

„Eine Wette, was? Bin dabei. Das Basecap für
dich und ein Date für mich! Na? Wie sieht es
aus?" In seinen Augen blitzte es, er dachte wohl,
mit dem Date würde er mich durcheinanderbrin-
gen, was ihm auch tatsächlich fast gelungen wäre. Aber ich machte keinen Rückzieher. Ich nicht!

„Ein Date? Also ... gut! Einverstanden. Die Wette gilt!" Wir schüttelten uns die Hände und dann
schauten wir uns um, wo man so einen Babykaiman anfassen durfte. Die Tierwärter waren alle
sehr freundlich und zeigten mir, wie ich das Tier
am besten festhalten sollte, damit es erstens
nicht abhauen konnte und zweitens ich es nicht
verletzte.

Das arme, kleine Ding hatte einen kleinen
Strick um das Maul, damit es nicht plötzlich
schnappte. Im ersten Moment zuckte meine
Hand tatsächlich zurück, doch dann nahm ich
meinen Mut zusammen und ließ mir den Kaiman
geben. Er fühlte sich kühl und glatt an. Er war
auch überhaupt nicht schwer und ich befürchtete

schon, dass ich zu fest zugreifen würde. Doch dann hatte ich ihn und strahlte Finn an.

„Schau mal! Oh, wie niedlich der ist!"

„Handtaschen und Schuhe könne auch mit Kopf und Beinen gut aussehen, was?!", neckte er mich. „Okay, dann lass uns mal das Beweisfoto schießen. Ich sehe ein, dass ich verloren habe!" Er holte sein Handy aus der Hosentasche und knipste mich ein paarmal.

„Willst du ihn auch mal halten?" Ich streckte ihm das Tier entgegen und lächelte ihm aufmunternd zu.

„Ich? Nein, lass mal gut sein. Das arme Tier ist sicher schon völlig paralysiert."

„Echt jetzt? Das hätte ich wirklich nicht von dir gedacht! Dabei siehst du doch wirklich männlich aus und nicht wie ein Hühnchen ... gack, gack, gack!" Ich gab den Kaiman den Tierwärtern zurück und gackerte danach mit leichten Armbewegungen, so als hätte ich Flügel.

„Ich hab keine Angst vor dem Babykaiman! Falls du das denken solltest! Ich denke nur an das arme Tier, das hier schon durch weiß Gott wie viele Hände musste."

„Ja ne, ist klar. Du bist der Gentleman! Ich verstehe das voll und ganz!" Ich machte ein ernstes Gesicht, konnte aber nicht verhindern, dass man mir ansah, dass ich ihm nicht glaubte.

„Du brauchst mir aber kein Basecap zu kaufen. Das mit der Wette war ja nur Quatsch."

„Zuerst glaubst du mir nicht und jetzt spielst du die Großzügige? Nichts da, meine Liebe. Eine Wette ist eine Wette! Du bekommst dein Basecap. Es ist nur schade um das Date! Ich hätte mich wirklich darüber gefreut!" Mit diesen Worten drehte er sich um und ließ mich einfach stehen. Ich schaute ihm ungläubig nach und konnte nur verdutzt den Kopf schütteln. Meinte er das jetzt ernst? Er hätte gern ein Date mit mir? Na ja, wieso denn auch nicht? Was hatte ich zu verlieren? Ich war Single, allein auf dieser Kreuzfahrt, wir teilten uns ja sogar schon ein Zimmer und am Ende würden wir uns sowieso nicht wiedersehen. Also eigentlich überhaupt kein Risiko für mich.

Die Hitze und die hohe Luftfeuchtigkeit machten uns allmählich zu schaffen und der Besuch des Botanischen Gartens war alles andere als berauschend. Die Teilnehmer des Ausfluges waren froh, als es endlich zurück zu den Bussen ging und damit auch zurück zum Schiff. Uns eingeschlossen.

Callum und die anderen hatten sich während des Ausfluges erstaunlich gut benommen, was nicht zuletzt an dem Krach zwischen Ian und Patrick lag. Ich hatte immer noch nicht herausgefunden, um was es eigentlich ging, aber Finn meinte nur, dass es zwischen den beiden häufiger wegen Kleinigkeiten krachte und sie sich auch genauso schnell wieder verstanden.

„Ach, Finn?" Ich tippte ihn an der Schulter an, da er gerade der Kellnerin, die die Tische abräumte, hinterher sah.

„Hm? Was gibt's?" Er sah immer noch den Hintern der Kellnerin an und ich war mir auf einmal nicht mehr sicher, ob ich wirklich ein Date mit ihm wollte.

„Ja, also ..." Jetzt schaffte er es endlich, sich zu mir zu drehen und schaute mir in die Augen.

„Ich hab über deinen Vorschlag nachgedacht. Wenn du immer noch möchtest und es ernst gemeint hast, dann würde ich mich auch über ein Date mit dir freuen." Etwas verlegen lächelte ich ihn an. Finn zog die Augenbrauen hoch, musterte mich kurz und fing dann zu grinsen an.

„Das war mein Ernst! Ich würde sehr gern auf ein Date mit dir gehen. Und ich hab auch schon eine Idee! Beim nächsten Seetag gehen wir abends in das *Maritime*. Da sind wir ganz sicher unter uns und können uns besser unterhalten!" Er zeigte hinter versteckter Hand auf die Jungs und ich musste kichern.

„Abgemacht!" Wir gaben uns die Hand und ich freute mich schon. Das *Maritime* war ein exklusives Restaurant, in dem man einen Tisch reservieren musste. Auch war hier das Essen nicht im Preis mit inbegriffen. Man musste das Sieben-Gänge-Menü gesondert zahlen, aber das machte mir nichts aus.

Nachdem ich und auch ein Teil der Jungs mit dem Essen fertig waren, hatte ich Lust auf Bingo. Ich wollte es einmal testen und schauen, ob es wirklich nur ein Spiel für „alte Leute" war, so wie man es aus dem Fernsehen kannte. Ich verabschiedete mich von allen und Finn meinte, er würde mich später mal besuchen und schauen, ob ich schon gewonnen hätte.

Ich begab mich auf Deck 10 zur *Anytime Bar*, denn dort fand das Ganze statt. Ich holte mir ein paar Spielscheine und war gespannt, ob ich etwas gewinnen würde.

Nach einer Stunde hatte ich tatsächlich ein kleines Bingo, also eine komplette Reihe voll. Ich konnte es im ersten Moment nicht glauben und starrte auf meinen Spielschein. In dem Moment, als ich mich gefangen hatte und aufspringen wollte, sagte die Ansagerin bereits die nächste Zahl. Ich war unschlüssig, ob mein Bingo jetzt noch galt und sah mich etwas unsicher um. Der Mann neben mir schaute mich an.

„Haben Sie ein Bingo?", fragte er leise.

„Ja, ein kleines. Ich weiß nicht, ob das jetzt noch gilt, da bereits die nächsten Zahlen aufgerufen wurden."

„Bingo ist Bingo! He, hier hat jemand ein kleines Bingo!" Er deutete auf mich und ich sprang auf und schrie laut: „Bingo!" Dabei wedelte ich fröhlich mit dem Spielschein in der Hand. Die Ansagerin bat mich nach vorne und ich gewann eine Flasche Sekt! Ich nahm sie an mich, dankte der Frau, die sie mir gegeben hatte und drehte mich freudestrahlend um. In diesem Moment kam Finn in die Bar und hielt nach mir Ausschau.

„Finn! Hier, schau mal!", brüllte ich durch den Raum und bekam prompt ein Ohrenbetäubendes „PSSSSST" aus allen Richtungen. Ich lief dunkelrot an und murmelte eine Entschuldigung. Dann bahnte ich mir einen Weg zu Finn und zeigte ihm stolz meine Trophäe.

„Da sag noch mal einer, es wäre ein Spiel für alte Leute!" Ich grinste ihn an.

„Wow, wie cool! Bring sie am besten gleich in die Kabine, dann ist sie dir nicht im Weg."

„Gute Idee. Würdest du mitkommen und ein Foto von mir und meinem Gewinn schießen?"

„Na klar! Nichts lieber als das!"

Er legte eine Hand auf meinen Rücken und führte mich auf diese Weise aus der Bar hinaus. Er hinterließ einen heißen Abdruck, als er seine Hand plötzlich wegzog, so als hätte er sich verbrannt. Ich fand es schade, hatte es sich doch schön angefühlt. Keiner von uns sagte ein Wort, bis wir in unserer Kabine waren und ich ihm die Kamera in die Hand drückte.

„Hier, bitte. Es reichen ein oder zwei Fotos. Nur damit ich einen Beweis habe, dass ich tatsächlich etwas beim Bingo gewonnen hab!"

„Gut, dann stell dich doch mal zum Fenster. Nein, warte. Da passt das Licht nicht so gut. Oder du setzt dich auf das Sofa? Hm … nein. Stell dich am besten vor die Eingangstür, dann sieht es so aus, als wärst du gerade zurückgekommen und würdest mir stolz deinen Preis zeigen." Ich befolgte brav alle Anweisungen, die er mir gab. Zum Schluss holte ich noch mein Handy aus meiner Tasche im Schrank.

„Könntest du noch ein letztes mit dem Handy machen? Ich will es meinen Freundinnen schicken! Da werden sie große Augen machen!"

„Selbstverständlich. Die Freundinnen müssen es natürlich auch sehen." Er hatte einen leicht neckenden Tonfall angeschlagen und schaute mich aus blitzenden Augen an. Der Schalk stand schon wieder in den Startlöchern, aber er war jetzt nicht an der Reihe.

„Wie das unter Freundinnen eben ist!" Ich streckte ihm vergnügt die Zunge raus. Nach diesem Gewinn konnte mich so schnell nichts auf die Palme bringen. Finn schoss noch ein Foto mit dem Handy, das ich begutachtete und für in Ordnung befand. Mittlerweile hatte ich keine Lust mehr, noch mal die Kabine zu verlassen. Selbst Finns Aufforderung, keine Spaßbremse zu sein, konnte mich nicht umstimmen. Und so ging er ohne mich wieder hinauf zu den anderen und zurück zur Bar. Ich schaute noch eine Weile meine Sektflasche an, erfreute mich daran und tippte dann eine Nachricht an Freya und Ava.

> Ich:
> Hey, Freya und Ava, wie geht's euch denn zu Hause? Alles okay? Ihr werdet nicht glauben, was mir heute passiert ist! Ich hab beim BINGO gewonnen!!! Und nein, es ist kein Spiel für alte Leute. Es hat sogar richtig Spaß gemacht! Schaut mal, ich habe ein Foto von meinem Gewinn gemacht. Eine Sektflasche. ☺ Viele liebe Grüße, eure Gwen.

Ich starrte mein Handy an und wartete, ob eine Antwort kam. Inzwischen überlegte ich, wie spät es wohl zu Hause sein mochte. Es war wohl früher Nachmittag, also entweder sie waren noch bei der Arbeit oder hatten gerade Mittagspause. Da kam auch schon eine Antwort von Freya:

> Freya:
> Hey Gwenny, schön, von dir zu hören! Amüsierst du dich gut? Mir geht es soweit ganz gut, viel Arbeit im Moment. Bin auch gerade am Ende meine Pause und muss gleich wieder los! Das Bild sieht super aus, aber wer hat es denn geschossen? Das ist doch kein Selfie?! Ich hoffe, du hast schon viel erlebt und es werden noch mehr Fotos in den nächsten Tagen folgen. Ich muss leider los. Drück dich!

Avas Antwort kam, während ich gerade im Bad war und mich bettfertig machte.

> Ava:
> Gwenny, altes Haus! Schön, von dir zu hören. Superbild, und doch: Bingo ist ein Spiel für alte Leute! Hast du denn noch keine jungen Männer kennengelernt? Keinen, mit dem du etwas Party machen kannst und der dich nicht zum Bingo schleppt???
> Und wie ist die neue Zimmerkollegin? Erzähl mal bisschen, habe gerade nichts zu tun und mir ist langweilig.

> Ava:
> Gwenny? Hallo?

Ava:
Halloohooo, sag jetzt nicht, dass du schon schläfst?! Das gibt's doch nicht!!

Ich:
Nein, ich schlafe noch nicht! Ich war im Badezimmer! Sorry, aber mein Handy ist noch nicht an meiner Hand festgewachsen! Und nein, ich habe auch keine neue Zimmergenossin. Ich teile mir die Kabine immer noch mit Finn. Es gab keine Möglichkeit, die Kabine zu wechseln. Und auch ein Tausch mit einem weiteren Passagier war nicht möglich. Jedenfalls ist Finn gar nicht so übel. Und seine Kumpels im Prinzip auch nicht. Sie sind eben große Jungs und wenn man sich das vor Augen hält, ist es sogar sehr lustig mit ihnen. Allerdings bin ich auch froh, wenn ich mal meine Ruhe habe.

Ava:
Du, was? Du bist immer noch mit diesem Idioten in eine Kabine gesperrt? Ja, wo gibt's denn so was?! *grrr*
Aber Moment mal! Die sind alle sehr nett und lustig? Was wird hier gespielt? Da läuft doch was zwischen einem und dir! Etwa mit diesem Idioten, der dich eine Drag Queen genannt hat?

Ich:
Danke, dass du mich daran erinnerst, sonst hätte ich es ja womöglich vergessen … Es läuft noch nichts! Und, ja, Finn ist eigentlich ganz sympathisch, auch wenn er immer einen auf coole Socke machen muss. Das ist wahrscheinlich wegen der Jungs. Alles in allem sind sie wirklich nett zu mir und haben mich irgendwie schon in ihre Gruppe integriert. Wahrscheinlich, weil ich alleine unterwegs bin. Finn und ich haben beim nächsten Seetag so in circa zwei Tagen ein Date! Drückt mir die Daumen!

Ava:

Ein Date? Ein richtiges Date? Oder nur etwas an der Bar trinken? OMG!! Gwenny! Das wäre ja wundervoll! Dein erstes Date seit Angus! Ich freue mich ja so für dich! Und da es auf einem Kreuzfahrtschiff ist, kann daraus alles werden! Entweder es geht in die Hose und ihr seht euch danach nie wieder oder es passt und ihr wohnt vielleicht beide in Dublin! Das ist perfekt!

Scheiße! Ein Kunde kommt, muss weg. Hab dich lieb.

Erst da wurde mir eines bewusst. Ava hatte recht, es war das erste Date seit der Trennung von Angus vor einem halben Jahr. Ich ließ das Handy sinken und starrte gedankenversunken an die Wand mir gegenüber.

„Das erste Date. Das erste DATE!", murmelte ich vor mich hin. Auweia! Wie ging das denn gleich wieder? Es war so lange her, dass ich ein richtiges Date gehabt hatte! Hatte ich überhaupt etwas Passendes zum Anziehen dabei? Und wie sollte ich mich in der Zwischenzeit Finn gegenüber verhalten? Vor lauter Nervosität kaute ich an meinen Fingernägeln. Eine schlimme Angewohnheit, die zum Glück nur noch vorkam, wenn ich wirklich unter Stress stand. So wie jetzt gerade.

Die folgende Nacht sollte leider wieder nicht wie gewünscht verlaufen. Der Wind pfiff ordentlich und der Wellengang war alles andere als ruhig. Zwar war er nicht so schlimm wie die Nacht zuvor, aber geschätzte fünf Meter hohe Wellen reichten aus, um mich wieder zu Finn unter die Decke flüchten zu lassen. Wir drehten uns zuerst beide wieder Rücken an Rücken, schliefen diesmal aber wesentlich schneller ein. Irgendwann in der Nacht musste Finn sich umgedreht haben, denn als ich am nächsten Tag die Augen öffnete, hörte ich leises Atmen an meinem Ohr und seine Hand lag über der Decke um meine Taille und hielt mich fest. Ich bewegte mich nicht, denn das Gefühl, wieder jemandem nah zu sein, war einfach nur schön. Ich schaute daher hinüber zum Fenster. Der Vorhang war nicht komplett geschlossen und so konnte ich blauen Himmel sehen. Ein Lächeln huschte über mein Gesicht. Dann spannten sich hinter mir Muskeln an. Finn war aufgewacht. Er musste festgestellt haben, dass auch ich wach war. Er räusperte sich verlegen, glitt langsam aus dem Bett und verschwand im Bad.

Ein Gefühl der Einsamkeit überkam mich. Da der Tag aber nicht schon mit negativen Gefühlen beginnen sollte, schüttelte ich mich, sagte mit geschlossenen Augen ein „Wuuzzzaaa" auf, das ich mal in einem Film gehört hatte und zur Entspannung dienen sollte, vertrieb damit schlechte Gedanken und Gefühle und ging hinüber zu meinem Bett. Dort streckte und reckte ich mich noch mal so richtig zum Wachwerden und öffnete dann die Vorhänge ganz. Natürlich kam in diesem Augenblick wieder ein Fensterputzer vorbei, der alle Wasserspritzer beseitigte und mir einen großen Schrecken einjagte, sodass ich einen kurzen, spitzen Schrei losließ und zurück auf mein Bett sprang.

So schnell wie der Putzer erschien, war er auch schon wieder verschwunden und Finn kam mit der Zahnbürste in der Hand aus dem Badezimmer.

„Ist etwas passiert?" Er schaute sich kurz um. „Eine Spinne oder so was?" Jetzt grinste er wieder höhnisch, denn der Fensterputzer war ja schon wieder weg.

„Nein! Ich hab nur einen Schrecken vor dem Fensterputzer bekommen, als ich den Vorhang aufzog. Und außerdem habe ich KEINE Angst vor Spinnen!" Ich verschränkte leicht verärgert über dieses Klischeedenken die Arme vor der Brust. „Zumindest nicht vor den normalen kleinen", fügte ich leise hinzu.

Finn lachte kurz auf und verschwand wieder im Bad. Aus Trotz streckte ich ihm die Zunge raus, auch wenn er es nicht sehen konnte. So ein Idiot!

Ich suchte gerade meine Kleider für den heutigen Tag aus meinem Schrank und schaltete nebenbei das Bordfernsehen an, um zu sehen, was es Neues gab. Und es gab tatsächlich Neuigkeiten! Durch den Sturm letzte Nacht wurde unser Plan, nach Ocho Rios zu fahren und dort zu ankern, schon wieder durchkreuzt. Der Kurs musste geändert werden, sodass wir direkt zurück nach Montego Bay fuhren und dort auch über Nacht im Hafen blieben. Innerlich atmete ich leicht auf, denn für mich hieß das endlich wieder eine ruhige Nacht! Als Nächstes kam die Information, dass deswegen wieder einige Ausflüge ausfallen würden. Ocho Rios lag zwar auf der Rückseite der Insel, aber es konnten nicht alle Ausflüge so zügig umorganisiert werden.

Ich wollte die Gedenkstätte von Bob Marley besichtigen, da ich ein Fan seiner Musik war. Auch wenn er kein Heiliger gewesen war, wie er gerne von vielen dargestellt wurde. Ich mochte einfach seine Musik, alles andere interessierte mich nicht und wann hatte man schon mal die Gelegenheit, den Geburtsort eines der größten Musikgenies zu besuchen? Ich freute mich sehr, als ich las, dass mein Ausflug stattfand, nur eben etwas später als angekündigt.

Gerade als ich „YES" ausrief und mich über meinen Ausflug freute, kam Finn wieder aus dem Bad. Er hatte seine Klamotten nicht mitgenommen und schaute mich, nur in Boxershorts gekleidet, aufmerksam an.

„Hab ich was verpasst?", fragte er neugierig.

„Eine Menge! Ich wollte mich gerade im Bord-TV informieren, was heute noch alles los ist. Tja, mein Lieber, wir sind nicht in Ocho Rios!" Ich ließ die Hände neben meinen Körper fallen.

„Sind wir nicht? Aber ... wo sind wir dann?" Finn zog fragend seine Augenbrauen hoch.

„Wir sind in Montego Bay und bleiben hier auch über Nacht im Hafen liegen. Der Sturm letzte Nacht zwang den Kapitän zu einer Kursänderung. Es fallen wieder ein paar Ausflüge aus, aber meiner bleibt bestehen. Fängt nur etwas später an." Ich setzte ein zufriedenes Grinsen auf und verschränkte freudig meine Arme, während ich Finn ansah. Der kratzte sich über seinen Bart. Er schien zu überlegen.

„Steht da schon, ob der Ausflug zu Bob Marley stattfindet?"

Mein Grinsen fror ein. „Echt jetzt? Bob Marley?" Ich seufzte innerlich auf, einerseits. Andererseits freute ich mich, dass Finn den gleichen Ausflug gebucht hatte. Ich wäre nicht alleine und auch wenn ich nicht wollte, so musste ich langsam zugeben, dass mich etwas an ihm anzog. Ich konnte mir daher einen verstohlenen Blick über seine glatte, trainierte und wohlgeformte Brust nicht verkneifen.

„Äh, ja! Das ist mein Ernst. Ich bin Musiklehrer! Da lass ich es mir doch nicht entgehen, eine Gedenkstätte für DEN Gründer des Reggae zu besichtigen! Das wäre ja so, als würde Mutter Theresa in Rom nicht den Vatikan besuchen!" Er lachte über seinen eigenen etwas merkwürdigen Scherz und stemmte die Hände in die Hüften.

Was für ein leckerer Anblick, kam es mir in den Sinn. Gleich darauf schüttelte ich den Kopf, was wiederum Finn dazu brachte, zu denken, der Ausflug würde nicht stattfinden.

„Also nein? Er findet nicht statt? So ein Mist!"

„Nein. Also, doch! Ich meine, ja, er findet statt. Das Kopfschütteln war auf mich bezogen", versuchte ich, es zu erklären. Finn zog die rechte Braue nach oben, sagte aber nichts dazu.

„Er findet nur etwas später statt und rate mal: Was hat zwei Daumen und kommt auch mit?" Ich ballte meine Hände zu zwei Fäusten, streckte die Daumen nach oben und zeigte mit einem schiefen Lächeln auf mich.

„Doch nicht etwa du?" Finn zwinkerte mir zu. „Du stehst auf Bob Marley? Das wundert mich jetzt aber. Du siehst nicht wie eine Rastafari aus."

„Er ist eine Legende, wie du schon sagtest. Ich höre von jeder Musikrichtung ein paar Lieder und die Klassiker von Bob Marley gefallen mir ziemlich gut! Daher konnte ich mir das nicht entgehen lassen!" Ich strahlte ihn an. „Dann ... sollten wir uns mal etwas anziehen, sonst fahren sie am Ende doch noch ohne uns", witzelte ich verlegen und klatschte in die Hände. Meine Sachen lagen griffbereit auf dem Sofa und daher verschwand ich zügig im Bad und hoffte, dass Finn bereits angekleidet war, wenn ich es wieder verließe.

Bis kurz nach dem Mittagessen hatte ich noch Zeit für mich, denn Finn verabschiedete sich plötzlich. Er hätte etwas Dringendes zu erledigen. Ich fragte mich, was es hier auf dem Schiff so Dringendes gab, da ich aber keine Antwort erhielt, ging ich zur Shoppingmeile und kaufte ein paar Souvenirs und Mitbringsel für Freya, Ava und meine Eltern.

13:30 Uhr trafen wir uns dann an der *Nightfly Bar* auf Deck 9. Unsere Reiseleitung war eine waschechte Holländerin und ziemlich gut drauf. Sie erzählte viel über die Landschaft und die Leute. Unter anderem erklärte sie uns, woher der Name „Montego Bay" stammte: Früher wurde in dieser Bucht Schweineschmalz exportiert. Montego Bay übersetzt hieß also Schweineschmalz-Bucht!

„UAH, da kann ich mir aber auch bessere Namen vorstellen!" Ich streckte die Zunge raus, als wäre mir schlecht.

„Schweineschmalz ist doch aber ein Allheilmittel, sagte zumindest meine Oma immer. Die hat mir das Zeug immer bei Bronchitis auf Brust und Rücken geschmiert und mich dann fest zugedeckt." Finn musste laut lachen und alle Gäste starrten ihn an. Er entschuldigte sich, musste aber trotzdem weiterkichern.

„Oh, ihr Götter! Du Armer! Das musstest du aushalten? Na dann passt du ja hier zu Montego Bay!" Ich stieß ihm leicht mit dem Ellbogen in die Rippen und stieg in sein Glucksen mit ein.

Kurz vor dem Ziel kamen wir, in einem der zahllosen Dörfchen, an einem landestypischen Markt vorbei, an dem wir einen kleinen Stopp einlegten.

Hier wurde jeder von jedem begafft. Wir schauten die Einheimischen an und diese wiederum uns. Ich nahm mir ein kleines Windlicht mit, das hübsch verziert war.

Bevor wir endgültig am Ziel waren, warnte uns die Reiseleitung eindringlich, nichts von den Männern anzunehmen, die hier gleich auf uns warten würden. Sie würden alle Drogen und illegale Waren verkaufen.

Sie hatte nicht gelogen. Kaum aus dem Bus ausgestiegen, umringten uns zahllose Rastafari, die uns alles Mögliche andrehen wollten. Ich klammerte mich an Finns Arm, da mir schon etwas mulmig zumute war. Er quittierte das mit einem kleinen Streichler und einem zaghaften Lächeln.

Am Geburtshaus angekommen, öffnete sich schließlich der Himmel und es gab einen Platzregen sondergleichen. Regenschirm? Fehlanzeige! Natürlich hatte keiner mit so etwas gerechnet und daher waren alle patschnass, was doch etwas unangenehm war.

„Schade, dass du kein weißes Shirt anhast", raunte Finn mir ins Ohr. „Aber was ich sehe, gefällt mir auch ganz gut!" Ich blieb stehen und schaute ihm mit brennenden Wangen nach, während er seelenruhig weiterging. Die Hütte, in der Bob Marley geboren worden war, war extrem klein. In Bobs Zimmer stand noch ein uraltes Bett, in dem er angeblich gelegen hatte. Überall waren die Wände mit den Reggae-Fahnen verziert oder mit Bildern von ihm selbst. Irgendwie war es schon beeindruckend, dass mitten im Dschungel in dieser kleinen Hütte so ein Genie geboren worden war. Auch Finn schien schwer fasziniert zu sein. Seine Augen glänzten und er knipste wie wild alle möglichen Sachen. Anschließend ging es in das Bob Marley Museum, in dem man auch kleine Andenken erstehen konnte. Da aber alle immer noch komplett durchnässt waren, hielt sich der Kaufrausch ganz schön in Grenzen.

Auf der Heimfahrt fing unsere Reiseleitung an, dass man das Wetter eben nicht bestimmen konnte und sie wüsste, was die Einheimischen gegen schlechte Laune machen würden.
Sie zog einen großen Kanister aus der Kühlbox des Busses. In diesem befand sich eine rötliche Flüssigkeit und sie erklärte uns, dass es sich dabei um Rumpunsch handle. Es sei schon fast so

etwas wie das Nationalgetränk hier, daher würde jetzt jeder einen Becher zum Probieren bekommen.

Das Zeug war nicht wirklich nach meinem Geschmack, aber es wärmte tatsächlich von innen, daher trank ich meinen Becher leer.

„Hab ich hier einen Schluckspecht neben mir?" Finn schaute mich amüsiert und neugierig an.

„Nein, aber das Zeug wärmt tatsächlich recht gut." Ich musste husten, da ich Alkohol nicht gewohnt war und der Rumpunsch im Nachhinein doch im Hals brannte. Die zweite Runde lehnte ich dankend ab, während Finn sich noch einmal einschenken ließ. Die Stimmung im Bus hob sich merklich.

Um 19:00 Uhr waren wir endlich zurück auf dem Schiff. Ich wollte nur noch kurz duschen und dann zum Essen. Ich hatte einen Bärenhunger.

„Ich hab noch eine Überraschung für dich." Finn schaute mich aufmerksam an.

„Für mich? Etwa mein Basecap?" Ich schaute auf Finns Hände.

„Nein. Ich habe unser Date vorgezogen! Da wir ja heute im Hafen liegen, habe ich uns für heute bereits einen Tisch im *Maritime* bestellt. 20:30 Uhr geht es los!"

„Was?" Mir wurde plötzlich übel. Damit hatte ich nicht gerechnet und jetzt hatte ich keine Zeit mehr, mich darauf vorzubereiten. Angus kam mir wieder in den Sinn, die Trennung, und dass es mein erstes Date seitdem war.

Meine Knie fingen an, sich wie Pudding anzu-
fühlen und ich musste mich an der Wand vor
unserer Kabine abstützen.

„Oh Gott, Gwendolyn! Alles okay? Du bist
plötzlich so bleich! Geht es dir gut?" Finn musterte mich besorgt.

„Ja, es geht schon. Danke. Ich hatte nur nicht
damit gerechnet, dass du das Date vorziehen
würdest. Das ist alles."

„Oh. Ich – ich kann es auch wieder absagen. Ich
hatte nur mitbekommen, dass im *Maritime* heute
Hummer angesagt ist. Das wäre doch etwas für
das erste Date,
oder?!" Finn leckte sich über die Lippen.

„Ich habe noch keinen Hummer gegessen, aber
klar. Wenn es das nicht jeden Tag gibt, sollten
wir das ausnutzen." Innerlich verglühte ich gerade. Meine Gedanken kreisten wie ein Karussell
und ich konnte noch nicht klar denken. Ein Date.
Ein richtiges Date! Und das heute! Oh, ihr Götter! Meine Nerven! Das würde ich nicht durch-
halten.

Kapitel 8

Finn war mit Duschen und Anziehen in Windeseile fertig, während ich noch immer etwas versteinert auf meinem Bett saß. Mir ging nicht die Frage nach dem richtigen Outfit durch den Kopf, sondern, was man beim ersten Date alles machte.

Ich war zu lange mit Angus zusammen gewesen und konnte mich nicht mehr wirklich erinnern, über was wir damals gesprochen hatten. Ob wir uns geküsst hatten oder was sonst überhaupt los gewesen war. Ich war wie vor den Kopf gestoßen. Konnte man das überhaupt ein richtiges Date nennen? Wir waren auf einem Kreuzfahrtschiff, die Hälfte der Reise war fast vorbei und dann? Würden wir uns danach wiedersehen, wenn wir in unser übliches Leben zurückkehrten? Was, wenn er nur mit mir ins Bett wollte? Nicht, dass mein Körper sich nicht nach etwas Zärtlichkeit sehnen würde, aber ich war nicht der Typ für One-Night-Stands.

Ich fand Finn wirklich sexy und er gefiel mit sehr gut. Er war witzig, charmant, hatte einen tollen Körper. In meinem Kopf drehte sich alles. Bisher hatte ich es mit dem Date nicht für voll genommen, aber jetzt ... konnte ich mich nicht mehr davor drücken.

„Oh, ihr Götter!", murmelte ich, ohne zu bemerken, dass Finn fast neben mir stand und mich beobachtete.

„Ist wirklich alles okay? Also, wenn du kein Date möchtest ... wir müssen es nicht Date nennen! Wir können auch einfach als Freunde zu einem schicken Essen gehen! Wäre das besser?" Finn sprach leise und sehr einfühlsam, jedoch konnte er trotzdem nicht verhindern, dass ich leicht erschrak und aus meiner Schockstarre endlich wieder erwachte.

„Nein, nein! Ich möchte wirklich ein Date mit dir! Es ist nur ... Ich hatte schon seit gut sechs Jahren keines mehr."

„Wow! Das kannst du mir dann später erzählen! Ich muss noch mal schnell weg. Mach dich fertig, ich hab Hunger!" Er lächelte mir geheimnisvoll zu und schon war er verschwunden. Was er jetzt wohl noch vorhatte?

Ich ging duschen, putzte Zähne, was völlig sinnlos war, rasierte meine Beine und Achseln und zog mich an. Ich hatte zum Glück ein superschönes Sommerkleid dabei, das diesem Anlass gerecht wurde. Ich legte Wimperntusche auf und einen Hauch Lidschatten, dann noch Lipgloss und fertig war ich. Auch fertig mit den Nerven, aber ich zog das jetzt durch! Irgendwann wäre es sowieso so weit gewesen und warum dann nicht hier im Urlaub, auf einem wunderbaren Kreuzfahrtschiff mit einem Wahnsinnsessen?

Es war jetzt kurz vor halb neun. Ich fragte mich, wo Finn steckte, oder ob ich einfach alleine zum *Maritime* gehen sollte, da klopfte es an der Tür.

Ich ging hinüber und machte auf. Ich schaute Finn etwas verdutzt an und musste dann lächeln.

„Blumen kann man auf der Starfish schwer kaufen, daher habe ich hier dein Basecap als Mitbringsel für das erste Date." Schüchtern schaute er mich an und hielt mir ein Starfish-Cappy in Dunkelblau hin.

„Das wäre doch nicht nötig gewesen", sagte ich und freute mich darüber. „Ich leg es aber auf mein Bett, das kommt nicht mit ins *Maritime*. Wie würde das denn aussehen." Ich kicherte, legte das Basecap auf die Seite und ging zurück zu Finn. Dieser hielt mir, einem Gentleman gleich, den Arm hin, sodass ich mich unterhaken konnte. Ich strahlte ihn an und so gingen wir Arm in Arm zum Aufzug, um zu unserem reservierten Tisch zu gelangen.

Das *Maritime* war schon gut besetzt, aber einige Tische waren noch leer. Die Empfangsdame strich unsere Kabinennummer von der Liste, führte uns zu unserem Platz und merkte dann an:

„Wir können erst mit dem Essen beginnen, wenn alle Gäste eingetroffen sind. Wir bitten um Verständnis. Hier haben Sie die heutige Karte mit dem Menüplan. Was möchten die Herrschaften gerne trinken?"

„Oh, ähm, ich denke, ein leichter Rotwein wäre super. Für dich auch, Gwen?"

„Ja, sehr gern." Ich nickte und die Dame eilte davon. Auf der Menükarte standen acht Gänge. Na, das konnte ja was werden.

„Acht Gänge? Sehe ich das richtig? Wie lange soll das denn hier gehen? Und werden wir davon überhaupt satt? Ich kann mir nicht vorstellen, dass das normale Portionen sind!" Ich hatte mich zu Finn gebeugt, damit niemand meine Entrüstung mitbekam. Finn allerdings konnte ein Lachen nur mit Mühe unterdrücken.

„Das wird schon. Ich hoffe nur, dass die restlichen Gäste bald auftauchen, ich habe schon so einen Hunger!" Es dauerte noch weitere zwanzig Minuten, bis endlich alle Tische belegt waren und uns der Oberkellner begrüßte und allen einen schönen Abend wünschte. Unser Wein war inzwischen leer und wir bestellen diesmal etwas Alkoholfreies.

„Dann erzähl mal. Das hier dauert länger. Wir haben also jede Menge Zeit!" Finn schaute mich neugierig an.
Ich wurde unsicher und nestelte an der Serviette herum.

„Erzählen? Was denn erzählen?", fragte ich.

„Warum du zum Beispiel seit sechs Jahren kein Date mehr hattest. Du warst zwar vergeben, aber seid ihr nicht ausgegangen? Danach erzähle ich dir etwas aus meinem Leben und so weiter und schon lernen wir uns viel besser kennen." Er prostete mir mit seinem Wasser zu und trank einen Schluck. Wenn meine Wangen nicht schon rot vom Wein gewesen wären, dann wären sie es mit Sicherheit jetzt geworden.

„Jetzt, wo ich so darüber nachdenke, gab es dieses Gefühl von einem Date eigentlich nicht mehr. Zumindest seit ein paar Jahren." Finn schaute mich interessiert an.

„Und warum bist du nicht mehr mit ihm zusammen? Ich meine, du musst es nicht erzählen, wenn du nicht willst."

„Schon gut. Angus war meine große Liebe. Zumindest dachte ich das. Vor zwei Jahren zogen wir zusammen und seitdem hatte ich auf einen Antrag von ihm gewartet. Vor guten sechs Monaten dann dachte ich dumme Kuh, es wäre endlich so weit und war fürchterlich aufgeregt. Doch stattdessen hat er mich verlassen. Er meinte, es wäre nicht das Leben, das er sich gewünscht hätte." Verbitterung klang in meiner Stimme und ich wünschte, ich hätte noch einen Wein gehabt. Stattdessen musste ich mich mit einer Apfelschorle begnügen.

„Oh, das tut mir leid! Probleme in einer Beziehung sollte man immer gleich ansprechen, damit es eben nicht zu so einem Eklat kommt." Ich schaute von meinem Glas auf und in Finns warme Augen.

„Was soll's. Ich hatte mir immer ausgemalt, wir würden eine Kreuzfahrt als Hochzeitsreise unternehmen. Da es aber keine Hochzeit gab, hat mich meine Freundin Ava zu Recht überredet, mir diese trotzdem nicht entgehen zu lassen. Und sie hatte so was von recht! Es ist traumhaft hier. Ich könnte mir keinen besseren Urlaub vorstellen!" Etwas wehmütig schaute ich weiterhin auf mein Glas mit Apfelschorle.

„Eigentlich müsste ich diesem Angus danken. Hätte er nicht Schluss gemacht, würde ich jetzt nicht hier diese Kreuzfahrt mit dir genießen." Kurzes Schweigen zwischen uns, dann fügte Finn mit dunkler Stimme hinzu: „Ich kann dich ihn vergessen lassen!" Ich schaute ihm in die Augen und wusste, dass er recht hatte, sofern wir genügend Zeit bekommen würden. Ich fuhr mir verlegen über meine Arme, holte tief Luft und überspielte die Situation, indem ich einfach weiter im Plauderton redete:

„Und nun zu dir. Ich habe gehört, du bist Musiklehrer? Wie kommt's?"

„War ja wieder klar, wer von den Jungs hat geplaudert? Sicher war es Ian, die alte Labertasche!" Finn fuhr sich durch die Haare, noch hatte er sich keinen Pferdeschwanz gebunden, was auch ziemlich gut aussah, wenn sein Haar in Wellen bis zu den Schultern fiel.

„Na ja, ich bin ein verkappter Rocker, wie du vielleicht an meiner Frisur und dem Lederarmband bemerkt hast. Meine Eltern wollten aber keinen Rocker. Sie wollten einen braven, gut gekleideten, adretten Sohn, der das Familienunternehmen übernehmen sollte. Das wiederum wollte ich nicht. Ich wollte etwas mit Musik machen und mit Kindern. Ich liebe Kinder, sie sind toll. Daher entschied ich mich, gegen den Willen meiner Eltern, Musiklehrer zu werden. So konnte ich meine größten Leidenschaften miteinander verbinden. Ich bereue es keinen einzigen Tag. Die Kids haben so viel Energie und lernen wahnsinnig schnell. Es macht einfach Spaß und gute Laune, sie zu unterrichten." Finn sah verträumt zur Decke.

„Das ist toll. Aber wenn dir so viel an Musik liegt, wieso bist du dann nicht Musiker geworden?" Ich stützte mein Kinn auf meine verschränkten Hände und schaute ihn mit großen Augen an.

„Ich bin nicht für die Bühne gemacht. Ob du es glaubst oder nicht, aber auch ich habe vor etwas Angst. Na ja, nicht direkt Angst, aber ich bekomme Beklemmungen und mir wird im wahrsten Sinne des Wortes kotzübel, wenn ich auf einer Bühne stehe. Das muss ja aber auch nicht sein. Ich fühle mich berufen, die nächste Generation an großen Talenten zu formen. Wenn dann tatsächlich mal jemand berühmt wird, kann ich sagen: Das hat er oder sie alles von mir gelernt!"

„Wahnsinn. Da stinke ich mit meinem Job als Bankkauffrau total ab. Der Job an sich ist ja auch wirklich öde. Leider, aber er wird gut bezahlt und ich habe keine reichen Eltern, die mich unterstützen könnten."

„Richtig, meine Eltern sind reich. Ich bin es nicht. Ich habe meine eigene Wohnung, verdiene mein eigenes Geld und bin nicht weiter auf sie angewiesen. Deshalb haben die Jungs ja auch einen Teil der Kreuzfahrt übernommen. Meine Eltern unterstützen mich nicht, da sie nicht billigen, was ich tue. Ihnen ist es egal, ob ich dabei glücklich bin. Sie wollten einen Erben für das Unternehmen ... Tja, da muss jetzt wohl jemand anderes ran und ich weiß auch genau, wer. Mein kleiner Bruder nämlich."

„Haben dich deine Eltern etwa enterbt? Das hört sich irgendwie danach an", hakte ich weiter nach.

„Nein, das nicht, aber ich werde sicher nur einen kleinen Teil des Erbes bekommen. Die Firma stellt den größten Teil dar, und die bekommt mein Bruder. Was für mich dann bleibt, steht in den Sternen, aber wie gesagt, ich bin nicht auf meine Eltern oder irgendein Erbe angewiesen! Lass uns von etwas anderem reden. Etwas Schönerem, Lustigerem. Was war deine bisher peinlichste Situation in deinem Leben?" Da kam end-

lich der Kellner und servierte den ersten Gang –
eine leckere Schaumsuppe, in einer viel zu kleinen Tasse.

Ich blickte auf das Süppchen und musste unweigerlich lachen.

„Das soll doch ein Witz sein, oder? Ich meine,
ja, es sind acht Gänge, aber wenn alle Portionen
so klein sind, dann können wir im Anschluss direkt zur Pizzastation gehen, denn davon werde
ich garantiert nicht satt!"

Finn stimmte in mein Lachen mit ein, doch
dann ließen wir uns unser Essen in drei Happen
schmecken.

„Erster Gang erledigt", sagte ich. Da ich nicht
auf das peinliche Erlebnis antworten wollte,
überraschte ich ihn mit einer Gegenfrage:

„Welcher Handy-Typ bist du? Samsung oder
IPhone?"

„Ist das denn wichtig? Ich habe ein IPhone,
kann sich aber auch mit den nächsten Handys
wieder ändern. Du hast ein Samsung, richtig?"

„Stimmt. Und ich liebe es. Ich kann mich mit
diesen dummen IPhones nicht anfreunden. Die
Bedienung ist einfach zu kompliziert."

„Das war so klar! Samsung ist eben ein Frauen-
handy. Mit etwas ‚Komplizierterem' kommt ihr
auch nicht klar!" Finn streckte mir die Zunge
raus und gluckste.

„Na vielen Dank auch!" Ich boxte ihm freundschaftlich auf den Arm und streckte ihm ebenfalls
die Zunge raus. Mann, wie kindisch. Zwischen
dem dritten und dem vierten Gang fiel Finn wieder ein, dass ich noch kein peinliches Erlebnis
erzählt hatte.

„Also, wie war das jetzt mit Peinlichkeiten? Erzähl schon. Ich bin neugierig." Seine Mundwinkel gingen nach oben, aber es war kein Grinsen, sondern eher ein leichtes Schmunzeln, das ziemlich sexy aussah.

„Erzähl du doch zuerst. Schließlich willst du etwas von mir wissen, und dafür muss man mit gutem Beispiel vorangehen."

„Na schön. Ich glaube, das Peinlichste, was mir mal passiert ist, war, als ich zu einem meiner Schüler sagte: Schau mal, deine Oma ist schon da, um dich abzuholen. Leider war es nicht die Oma, sondern seine Mutter! Was sie mir auch sehr angefressen unter die Nase gerieben hat." Ich schlug mir die Hand vor den Mund und nuschelte: „Nein! Oh Gott, das ist echt peinlich. War die Gute denn so alt oder hat sie nur so alt ausgesehen?"

„Sie war schon so alt. Wahrscheinlich erst mit Mitte vierzig ein Kind bekommen, bevor es gar nicht mehr klappt. Aber, das ist ja nicht meine Angelegenheit. Hab mich natürlich gefühlte tausend Mal entschuldigt. Der Kleine wird jetzt allerdings immer von seinem Vater abgeholt." Finn grinste mich schief an. Nach dem vierten Gang war ich an der Reihe.

„Tja, hm ... ich überlege gerade, welches Ereignis peinlicher war ..."

„Erzähl einfach beide, dann entscheide ich!"

„Als ich noch ein Teenager war, umgab ich mich zum Teil mit Leuten, die sehr schlechten Einfluss auf mich hatten. Ob man es glaubt oder nicht. Ich hatte eine sehr rebellische Phase und an einem Abend traf ich mich mit meinen Kumpels und

Freundinnen auf einem Spielplatz. Natürlich hatten die Jungs Zigaretten dabei, da kam man noch leichter an die Teile ran, und manche hatten auch Alkohol. Zigaretten konnte ich von Anfang an nicht ausstehen, daher interessierten die mich nicht, allerdings wurde ich überredet, ein bisschen was zu trinken. Na ja, du kannst dir denken, dass es nicht bei einem bisschen geblieben ist. Als ich auf dem Weg nach Hause war, musste ich dringend auf die Toilette und zwar nicht nur *Klein*! Ich schaffte es noch, mich leise in unseren Garten zu schleichen, durfte ja keiner wissen, dass ich so spät nach Hause kam, aber dort konnte ich es beim besten Willen nicht mehr halten, also habe ich mich an die Hecke gesetzt und … Na ja, du weißt schon." Finn kicherte bereits vor sich hin, aber meine Geschichte war noch nicht zu Ende.

„Das richtig, richtig Peinliche daran war, dass mein Opa, der bei uns im Haus wohnte, am nächsten Tag in den Garten ging und plötzlich wie ein Rohrspatz zu schimpfen anfing. Ich dachte schon, jetzt bist du dran und lauschte, was er zu meiner Mutter sagte, die bereits zu ihm gegangen war. Er dachte, eine der Nachbarskatzen hätte bei der Hecke in unseren Garten gemacht und räumte das Zeug dann in die Mülltonne. Ich hab mich in Grund und Boden geschämt, obwohl es ja keiner wusste!"

Jetzt konnte Finn sich nicht mehr halten. Er klopfte sich mit der flachen Hand auf den Oberschenkel und hätte sich beinahe an seinem Wasser verschluckt.

„Dein Opa dachte, es wäre Katzenkot? Ach du Scheiße!! Im wahrsten Sinne! Ich kann nicht mehr! Das sieht man doch, dass das ... na ja ... zu groß für Katzen ist!"

Jetzt prustete ich auch vor Lachen und störte damit so einige andere Gäste, was mir aber egal war.

„Stell dir vor, ich nachts im Garten ... Im Nachhinein ist es ja wirklich eine lustige Geschichte, aber damals war es mir nur peinlich. In meinem Suff dachte ich, ich wäre weit genug in der Hecke gewesen, sodass es keiner sieht, aber da hatte ich nicht mit meinem Opa gerechnet. Der hasste es ja, wenn die Nachbarskatzen in unserem Garten waren, aber man konnte es eben nicht verhindern."

Finn schlug mittlerweile vor Lachen mit der Faust auf den Tisch und Tränen rannen uns beiden über die Wangen. An einem Tisch uns gegenüber wurde sich schon laut geräuspert und wir versuchten, uns nach Luft ringend zu entschuldigen. Ich tupfte und wischte mir mit meiner Serviette die Lachtränen weg und verschmierte so meine ganze Wimperntusche.

„Ich glaube, du solltest mal die Toilette aufsuchen! Ich meine, ich hab zwar keine Angst vor Zombies, aber mit ihnen zu essen, finde ich dann doch etwas sehr merkwürdig!" Finn prustete wieder los. Ich verstand den Wink mit dem Zaunpfahl sofort, konnte meinen Lachflash aber immer noch nicht ganz kontrollieren und so ging ich lachender- und heulenderweise auf die Toilette und musste erneut losprusten, als ich mein Spiegelbild ansah.

Er ist wirklich witzig! Und sieht auch sehr gut aus. Wie weich seine Haare wohl sein mögen? Ich würde zu gern einfach mit meinen Fingern hindurchfahren. Oh, oh! Was waren das für Gedanken? Und warum war mir so warm ums Herz? Klar, mir war heiß vom vielen Lachen. Und mein Magen rumorte auch ganz seltsam vor sich hin. *Nein! Nein! Nein! Ich kenne diesen Finnigan O'Donnell doch erst seit einer Woche und erst jetzt konnten wir mal so richtig normal miteinander reden! Ich werde mich ganz sicher nicht verlieben! Ich will nur etwas Spaß haben!*

Mein Körper und mein Kopf sprachen zwei verschiedene Sprachen. Der eine konnte den anderen plötzlich nicht mehr verstehen und jeder wollte etwas anderes. Eines war jedoch klar, beide wollten Finn, auf die eine oder andere Art!

Als ich wieder zurück am Tisch war, war der nächste Gang bereits serviert worden und ich wurde mürrisch vom Nachbartisch beäugt. Der Lärmpegel war durch das Essen wieder etwas gesunken, aber es herrschten trotzdem rege Unterhaltungen.

Finn und ich redeten noch über alles Mögliche. Warum ich zum Beispiel nicht meine Originalhaarfarbe trug oder wie sein Verhältnis zu seinem Bruder war. Wie er die Jungs kennengelernt hatte und so weiter und so fort. Ich amüsierte mich wirklich prächtig und Finn war ein prima Gesprächspartner. Als dann endlich der letzte Gang, das Dessert, aufgegessen war und wir zahlen konnten, wurde ich ganz gentlemanlike eingeladen. Ich bedankte mich artig und hakte mich zum Gehen wieder an seinem Arm ein.

„Nimm es mir jetzt bitte nicht übel", flüsterte ich außerhalb des Restaurants, „aber ich werde jetzt zur Pizzastation gehen! Das Essen war lecker, keine Frage, aber ..."

„Aber von diesen Portionen kann doch nicht ernsthaft jemand satt werden! Keine Sorge, mir geht es genauso! Lass uns eine Pizza holen und dann vielleicht noch einen Cocktail trinken?!"

„Aber es ist doch schon kurz vor Mitternacht! Ich meine, ich bin zwar nicht müde, aber wenn du noch mit den Jungs feiern möchtest, würde ich das voll und ganz verstehen." Ich schaute ihn fragend an und hoffte inständig, dass er bei mir bleiben würde.

„Wir haben ein Date! Und solange wir nicht in der Kiste sind, ist es auch nicht vorbei!" Ich machte große Augen und Finn bemerkte sofort die Zweideutigkeit seiner Worte.

„Nein, nein. So war das nicht gemeint, ich meinte damit, solange wir nicht schlafen! Toll, das ist auch nicht besser!" Wir schauten uns an und fingen wieder an, zu prusten. Kichernd und glucksend holten wir uns ein Stück Pizza und setzten uns. Wir waren die Einzigen, die um diese Zeit Pizza aßen und amüsierten uns prächtig weiter.

„Schau uns zwei Vögel nur an, sitzen hier bei einem Stück Pizza und das nach einem Acht-Gänge-Menü! Ich kann nicht mehr. Das ist echt schon legendär!" Kichernd biss ich von meinem Stück ab und kam mir langsam, aber sicher so vor, als wäre ich bereits total beschwipst, was nicht stimmte.

„Das konnte man ja nicht Essen nennen. Das waren kleine Happen! Zum Appetit anregen!" Finn hatte seine Haare mittlerweile zu einem „Manbun" zusammengebunden.

„Steht dir übrigens super!" Finn sah mich etwas verwundert an.

„Was meinst du?" Ich zeigte mit meinem Finger auf seine Haare und nuschelte mit vollem Mund: „Dein Manbun! Sieht gut aus und steht dir. Das ist ja nicht bei allen so."

„Danke. Sag mal, wollen wir noch tanzen gehen? Ich glaube, in der *Nightfly Bar* ist jetzt Disco angesagt."

„Superidee! Ich tanz für mein Leben gern!"

Gesagt, getan und schon waren wir unterwegs zur Tanzfläche. Die Musik war der Hammer, viele Leute auf und um der Tanzfläche lachten, tanzten oder bewegten sich einfach nur etwas zur Musik. Finn und mir wurde ziemlich schnell heiß und so holte er uns Drinks. Wir hielten uns in der Bar noch gute zwei Stunden auf, dann waren wir so angetrunken und voneinander angetan, dass wir uns schleunigst auf den Weg in die Kabine machten.

Vor der Kabine fingerte Finn mit der Karte an der Tür herum und bekam sie nicht auf. Ich kicherte wie verrückt und versuchte, ihm zu helfen. Schließlich gelang es uns mit vereinten Kräften, die Tür zu öffnen. Als diese dann hinter mir ins Schloss fiel, lehnte ich mich dagegen. Finn stand direkt vor mir, das Mondlicht im Rücken. Ich konnte in der Dunkelheit nicht viel erkennen, aber ich konnte sehen, wie sein Blick an mir hinabglitt. Sein Atem ging schneller und langsam wie eine Raubkatze auf Beutefang kam er ganz dicht an mich heran.

Mein Herz setzte für einen Moment aus und ich bemerkte, dass ich unwillkürlich die Luft angehalten hatte. Finns Augen schienen zu glühen und jeden noch so kleinen Lichtschein aufzusaugen und wiederzugeben. Seine Hand legte sich auf meine Wange und ich dachte, ich würde jeden Augenblick in Flammen aufgehen. Mein Körper reagierte auf die Berührung sofort und unmissverständlich. Er wollte Finn, ganz und gar und das sofort.

Quälend langsam beugte er sich zu mir herab, sein Körper presste sich an meinen und dann trafen seine Lippen auf meine. Ganz behutsam, als würde er noch um Erlaubnis bitten. Ich schlang meine Arme, die ich zuerst noch hinter meinem Rücken versteckt hatte, um seinen Hals und zog ihn noch näher zu mir. Ich öffnete leicht meine Lippen und bestätigte so seine stumme Frage. Während unsere Küsse immer wilder wurden, zog ich ihm den Haargummi ab und seine langen, welligen Haare fielen auf seine Schultern. Ich vergrub meine Finger darin und konnte mir ein leises Stöhnen in seinen Mund nicht verkneifen. Seine Hände wanderten von meinem Gesicht über meinen Hals und entlang meiner Silhouette. Ich hatte das Gefühl, zu verbrennen, wo seine Hände mich berührten.

Er hob mich seitlich hoch, ohne dabei seine Lippen von den meinen zu bewegen, und trug mich hinüber zum Bett. Er legte mich auf seines, huschte zum Nachttisch, stellte diesen hinüber zur Couch und zog mein Bett zu seinem, sodass wir quasi ein Doppelbett hatten. Ich hatte mich auf meine Arme gestützt, um ihm zusehen zu können und grinste breit.

„Wir wollen doch nicht, dass jemand aus dem Bett fällt, oder aufstehen muss, weil er in sein Bett will, oder?!"

„Nein, das wollen wir nicht. Und jetzt komm wieder her! Ich will deine Lippen spüren."

„Ganz wie Sie wünschen, Miss!"

Er krabbelte über mein Bett auf mich zu und ich schloss ihn gierig in meine Arme. Von dem Alkohol konnte ich mittlerweile nichts mehr spüren, ich war so nüchtern wie lange nicht mehr. Zumindest bildete ich mir das ein. Er legte sich seitlich zu mir und schlang ein Bein um mich, während seine Hand wieder auf Wanderschaft ging. Mein Herz klopfte wie wild. Ich war schon so lange mit keinem anderen Mann außer Angus zusammen gewesen. Angus! Oh nein! Er würde mir das hier jetzt nicht versauen! Ich verbannte ihn sofort aus meinen Gedanken, dachte an mein Lieblingslied und konzentrierte mich auf Finn und seine weichen Lippen, seine Liebkosungen und seine Hand, die mittlerweile meine Brust umfasste und knetete.

Meine Hände, die unter seinem Shirt seinen Rücken streichelten, versuchten nun, es ihm auszuziehen, aber natürlich gelang es mir nicht. Finn gluckste an meinen Lippen.

„Wie wäre es, wenn wir uns gleichzeitig ausziehen? Dann wären die störenden Klamotten schon mal weg und jeder kommt besser heraus, als wenn der andere versucht, die Teile loszuwerden." Finn raunte mir das mit tiefer Stimme zu und ich fand es unheimlich sexy, wie er das sagte. Ich nickte nur und war schon dabei, mich meiner Kleidung zu entledigen. Anschließend schlüpfte ich unter die Decke. Finn war nun auch nackt und stand vor dem Bett, da das Fenster und der Mondschein in seinem Rücken waren, konnte ich allerdings nicht viel von seinem besten Stück erkennen. *Ist ja auch nicht wichtig, ich werde noch früh genug mitbekommen, wie er so gebaut ist*, dachte ich mir. Jetzt konnte unser Liebesspiel so richtig beginnen. Unsere Münder, Lippen, Zungen und Hände waren überall. Schmeckten alles, berührten alles und wir waren in voller Ekstase, als ... ich laut rülpsen musste.

Ich schlug mir sofort die Hand vor den Mund und riss meine Augen weit auf. Finn vergnügte sich gerade an meiner Perle und hielt inne. Dann hob er den Kopf, schaute mich schief an und prustete aus vollem Halse los.

„Es tut mir leid, das habe ich nicht kommen sehen. Das Essen und der Alkohol ... das war zu viel Durcheinander!", brachte ich unter Gegackere heraus.

„Schon okay, kann passieren. Aber meine Lust hat es nicht geschmälert. Wie sieht es bei dir aus? Ist die Luft jetzt raus?!" Aufgrund seiner erneuten zweideutigen Wortwahl schlug ich ihm auf die Schulter, quietschte erneut auf und wurde durch seine weichen Lippen zum Schweigen gebracht. Er küsste mich zärtlich und voller Leidenschaft. Es gab nur eine kleine Pause, in der er aus seiner Reisetasche ein Kondom hervorholte, es sich überstreifte und sich zwischen meine Beine legte. Vorsichtig drang er in mich ein. Ich atmete lustvoll aus und bog den Kopf weiter nach hinten. Er küsste meinen Hals und bewegte sich rhythmisch in mir. Es war einfach wundervoll. Genau das, was ich nach so langer Zeit gebraucht hatte. Richtig guter Sex. Ich ließ mich total fallen und überließ Finn das Kommando. Er brachte uns beide zu einem fantastischen Ende, küsste mich dann erneut und ließ sich schwer atmend neben mir auf das Bett fallen. Wir verschnauften ein bisschen, bis ich die Toilette kurz aufsuchte, mich etwas frisch machte und dann wieder zurück zu ihm unter die Deckte huschte.

„Heute werde ich sicher gut schlafen", nuschelte ich an seiner Schulter. Er drehte sich auf den Rücken, zog mich an sich und legte seinen Arm um mich. Ich kuschelte mich fest an ihn und es dauerte keine zwei Minuten, bis wir beide selig eingeschlafen waren.

Kapitel 9

Die Nacht war ruhig, wie ich es im Hafen von Montego Bay erwartet hatte. Als wir am nächsten Morgen erwachten, lag ich immer noch an Finn gekuschelt im Bett. Er gab mir einen Kuss auf die Haare.

„Guten Morgen, mein Sonnenschein. Ich hoffe, du hast gut geschlafen?" Er flüsterte, scheinbar war seine Stimme noch nicht ganz wach.

„Guten Morgen. Das habe ich, danke." Ich schaute ihn mit einem Strahlen an und gab ihm einen flüchtigen Kuss auf die Wange. Überrascht hob er die rechte Augenbraue.

„Kein richtiger Kuss? Oh, oh. Es hat dir nicht gefallen. Okay ... ähm ... was hab ich falsch gemacht? Gibst du mir noch eine zweite Chance?"

„Bitte? Bin ich im falschen Film? Es war super! Ich putze mir nur gern die Zähne, bevor ich jemanden richtig küsse. Eine doofe Angewohnheit von mir." Ich zwinkerte ihm zu und stand auf, um ins Bad zu gehen. Erleichtert ließ Finn sich zurück in die Federn sinken, dann schaute er auf die Uhr.

„Ach du Scheiße! Gwen, ich muss mich schnell fertig machen. Mein Ausflug für heute geht gleich los!" Er sprang aus dem Bett, zog sich hastig an und klopfte an die Tür vom Badezimmer.

„Gwen, bitte beeil dich!"

„Wie spät ist es denn? Ich wollte auf die 4x4 Jeep Tour gehen, die beginnt um 09:00 Uhr am Pier."

„Es ist 08:45 Uhr und ich mache diese Tour auch! Also Beeilung, Beeilung, Beeilung!"

Finn und ich rannten wie von der Tarantel gestochen zum Ausgang an Deck drei. Da allerdings heute auch An- und Abreisetag war, war natürlich alles voll mit Passagieren und Koffern, die gerne ebenfalls vom Schiff wollten und zum Flughafen.

Frech und unter Zeitdruck drängelten Finn und ich uns durch die Menge, die manchmal sehr ungehalten reagierte, aber Finn schien das ja gewohnt zu sein. Völlig außer Atem und ohne Frühstück kamen wir an unserem Treffpunkt am Pier an, gerade noch rechtzeitig. Wir teilten uns zu sechst einen Jeep. Außer uns waren noch zwei Ehepaare im mittleren Alter dabei. Alle, und besonders der Fahrer, waren gut gelaunt und gut drauf. Der Lieblingsausdruck unseres Fahrers war „Yah man". Das kam quasi in jedem zweiten Satz vor. Die Fahrt ging los, Finn legte seinen Arm um mich und ich schaute ihn glücklich an. Unser Fahrer war nicht gerade zimperlich, was die Strecke anging und unser erster Stopp war oben in den Bergen, in circa zweitausend Fuß Höhe. Der Ausblick war gigantisch! Man konnte sich wirklich nicht sattsehen, und nach ein paar Schnappschüssen fragte Finn das andere Paar, ob sie auch ein oder zwei Fotos von uns zusammen schießen würden. Wir posierten wie ein Pärchen, das bereits seit Jahren zusammen war und ich genoss es einfach, in Finns Armen zu sein.

„Wir haben noch eine Woche vor uns, meine Schöne. Lass uns die Zeit genießen und möglichst viele tolle Erinnerungen schaffen!"

Ich schaute ihn nachdenklich an. Was meinte er damit? War das nur ein Urlaubsflirt für ihn? Sollten sich unsere Wege anschließend wieder trennen? Oder hatte ich etwas falsch verstanden? Finn schaute sich bei der Fahrt bergab die Gegend an und war die Fröhlichkeit in Person. Ich konnte keinerlei Hintergedanken in seinem Gesicht erkennen. Vielleicht hatte er noch nicht weitergedacht oder geplant als bis zum Ende der Reise. Männer planten ja meist nicht im Voraus. Ich beschloss, mich jetzt von diesen Gedanken nicht fertigmachen zu lassen, denn wahrscheinlich war es gar nicht so gemeint, wie ich mir das zusammenreimte.

Kurz darauf mussten wir anhalten, da der größte unserer drei Jeeps, ein fast schon busähnliches Transportmittel, den Geist aufgab. Die Fahrer versammelten sich alle und versuchten, ihn wieder in Gang zu bringen, aber es war unmöglich. Er musste ausgetauscht werden. Unseren Fahrer kümmerte das nicht weiter.

„Yah man, entschuldigt, dass ihr warten musstet, aber die Gäste hinter uns müssen jetzt noch länger warten! Der Jeep ist kaputt und muss ausgetauscht werden. Wir fahren inzwischen weiter zu einer Kirche aus dem 19. Jahrhundert. Früher war es ein Krankenhaus für die Sklaven. Yah man. Heute ist es eine sehr schöne Kirche!"

Wir fuhren weiter und ich schaute etwas betroffen den anderen Teilnehmern, die jetzt auf ein Ersatzfahrzeug warten mussten, nach. Die Fahrt zur Kirche war genauso rasant bergab, wie sie vorher bergauf war. Ein paarmal musste ich mein Basecap festhalten, damit es nicht wegflog oder mir die Augen zuhalten, um die riskanten Überholmanöver nicht sehen zu müssen.

Bei der Kirche angekommen, wurden erstmal unzählige Fotos geschossen. Finn und ich besichtigten sie von innen und konnten uns nicht vorstellen, dass es mal ein Krankenhaus gewesen war. Ich posierte für ein paar Fotos für ihn und dann rief unser Fahrer, dass es Rumpunsch gäbe. Finn und ich grinsten uns an. Wir wussten ja bereits, wie er schmeckte, und dass es so etwas wie das Nationalgetränk hier war. Logisch, dass wir uns den nicht entgehen ließen. Nachdem die Fahrer untereinander ein paar Scherze gemachten hatten, ging die Tour auch schon wieder weiter, und zwar durch eine Orangenplantage.

„Sieh mal, Finn. Ist die Plantage nicht der Hammer? Überall wachsen bereits Orangen an den Bäumen. Sehen allerdings recht klein aus."

„Das muss noch lange nichts bedeuten. Wahrscheinlich werden die hier nicht größer und sind auch sicher nicht für unseren Markt gedacht."

Sekunden später hielt der Fahrer an. Er pflückte ein paar Orangen und hielt Finn eine hin.

„Wie schälst du eine Orange? Zeig mal."

Finn sah ihn etwas verdutzt an.

„Na mach schon", forderte ich ihn auf und stieß ihn leicht in die Rippen. Finn zuckte mit den Schultern, nahm ein kleines Messer, das der Fahrer in der Hand hielt und schnitt Viertel in die Schale, die er dann versuchte, abzulösen. Der Fahrer fing an, zu lachen.

„Yah man! Schau her, wir in Jamaika machen das so!"

Er nahm eine neue Orange, ein etwas größeres Messer und hieb damit auf die obere Seite, dann unten und schließlich seitlich auf die Orange ein. Binnen Sekunden war die Schale abgeschlagen und er ließ uns die Orangen probieren. So ledrig sie von außen auch aussah und sich anfasste, so zuckersüß war sie innen. Er schälte uns noch ein paar ab, bevor es weiter durch den Dschungel zu einem Fluss ging.

Dort angekommen, wurden die Jeeps wieder geparkt. Wir durften etwas baden und uns abkühlen.

Finn spritzte mich nass und ich revanchierte mich mit einem Schubser, der ihm die Füße wegzog, sodass er mit dem Po im Fluss landete.

„Na warte, das wirst du mir büßen!" Mit einem Satz war er wieder auf den Beinen und hastete mir hinterher. Ich quietschte vergnügt auf und versuchte, zu entkommen, was mir allerdings nicht gelang.

„Hab ich dich! Und jetzt wirst du dafür bezahlen", raunte er mir zu.

„Oh, Mister O'Donnell, wir werden doch wohl nicht handgreiflich werden?!", flüsterte ich ihm verführerisch zu. Er grabschte mir an den Po und drückte seine Lippen auf meine. Ich schlang meine Arme um seinen Hals und drückte mich näher an ihn. Seine Hände wanderten von meinem Hinterteil über meinen Rücken und hielten mich an der Taille fest.

„Schade, dass unser Ausflug noch nicht zu Ende ist. Ich hätte jetzt nicht übel Lust, mit dir auf die Kabine zu gehen."

„Mmh", gurrte ich an seinem Hals, „das lässt sich sicherlich später nachholen. Der Ausflug dauert ja nur bis kurz nach Mittag. Wir haben also noch Zeit bis zum Abendessen." Ich biss ihn sanft in die Unterlippe und ein leises Keuchen stieg aus Finns Kehle auf.

„Yah man, nächstes Ziel ist der Wasserfall! Alle wieder einsteigen! Yah man!"

Seufzend schauten Finn und ich uns an und gingen Arm in Arm zurück zum Jeep. Der Wasserfall konnte nur über einen kleinen Fluss erreicht werden, in dem wir uns etwas abkühlen konnten. Der Wasserfall selbst war relativ klein und sah auch richtig niedlich aus.

Nach der Erfrischungspause und einem weiteren Becher Rumpunsch ging es wieder zurück zum Schiff, *Off-Road* versteht sich. Durch die Plantagen und viele hügelige Pisten. Dieser Teil des Ausfluges war eigentlich der witzigste, denn durch die vielen Schlaglöcher, kleine Berge hinauf und hinab wurden wir ganz schön durchgeschüttelt. Rückenprobleme durfte man bei der Rückfahrt allerdings nicht haben, sonst hatte man schlechte Karten. Wir mussten ständig lachen und als es noch mal durch einen tieferen Fluss ging, spritzte das Wasser links und rechts so hoch, wie der Jeep war. In unserem Jeep fingen alle an, zu kreischen, aber nass wurde niemand. Ich tippte Finn an die Schulter.

„Schau mal, jetzt kommt der Jeep hinter uns an den Fluss!" Voller Vorfreude auf das, was die Leute jetzt erwartete, schauten wir nach hinten und alle fingen zu grölen an, als auch dort das

Wasser spritzte, allerdings nicht so hoch wie bei uns.

Zurück am Schiff wollten Finn und ich uns kurz stärken und dann ein Schäferstündchen einlegen, dazu kam es aber leider nicht. Patrick und die Jungs warteten bereits beim Buffet auf uns.

„Da seid ihr ja wieder. Wie schaut es denn aus, wir wollten uns nachher ein Taxi teilen, um zu *Doctor's Cave* zu fahren. Kommt ihr mit?" Patrick sah uns mit leuchtenden Augen an.

„*Doctor's Cave*? Was ist das? Und was machen wir da?"

„Was das ist? Halloho? *Doctor's Cave* ist DER Strand auf Jamaika! Dort ist das wahre Paradies! Karibik so, wie man es immer auf den Postkarten sieht beziehungsweise so, wie man es sich vorstellt." Ian kam aus dem Schwärmen gar nicht mehr heraus. Ich schaute zu Finn, zuckte mit den Schultern und sagte: „Von mir aus gern. Schließlich möchte ich auch etwas von der Karibik sehen."

„Also gut, dann kommen wir mit."

„Klasse!" freuten sich alle und Ian merkte noch an: „Da es ein Privatstrand ist, muss man fünf Dollar Eintritt zahlen, aber dafür ist der Strand dann auch sauber!" Und so packten wir nach dem Essen unsere Strandtasche. Ich nahm wieder meinen großen Sonnenhut und wurde argwöhnisch von Finn begutachtet.

„Du willst doch nicht etwa mit diesem Sonnenschirm für Arme zum Strand?!"

„Bitte? Was hast du gegen meinen Sonnenhut? Der ist total praktisch."

„Und sieht total dämlich aus! Komm schon, ich hab dir ein schönes Basecap gekauft, nimm doch das mit, denn mit diesem Sonnenhut gehe ich auf Abstand!" Er schnappte sich meinen Hut und schleuderte ihn quer durch das Zimmer.

„Hey! Mein Hut! Das ist nicht witzig!"

„Echt nicht? Ich finde schon." Seine Stimme wurde rauer und er kam langsam auf mich zu.

Ich hielt meinen Hut hinter meinem Rücken versteckt und bewegte mich rückwärts Richtung Bett. In Finns Augen regte sich Begierde. Blitzschnell schlang er seine Arme um mich, entwand mir den Hut, warf ihn weg und sich zusammen mit mir auf das Bett. Ich hatte schon Angst, es würde unter uns brechen und kreischte auf.

„Finn! Lass das!" Doch seine Lippen bedeckten bereits meinen Hals mit Küssen. Er zog eine Hand unter meinem Rücken hervor und streichelte über meine Haare, meinen Hals und schließlich über meine Brust. Ich stöhnte leise auf, schloss die Augen und wollte mich schon seinen Berührungen hingeben. Natürlich kam es nicht dazu, wir wurden ja erwartet und es klopfte just in diesem Moment stürmisch an unsere Tür.

„Hey, Leute! Poppen könnt ihr auch noch später! Wir müssen los jetzt, das Taxi wartet!"

„Verdammt", raunte Finn an meiner Schulter. Die lassen mich aber auch nie zum Schuss kommen." Ich sah ihn an und konnte mir ein breites Grinsen, aufgrund der Wortwahl, nicht verkneifen.

Der Eingang von *Doctor's Cave* sah ziemlich unspektakulär aus, ja, schon richtiggehend unscheinbar. Wir vergewisserten uns, dass wir richtig waren, zahlten den Eintrittspreis und kamen wahrhaftig im Paradies an.

Der Strand war aus feinen, zerkrümelten Muscheln und Korallenkiesel und daher nicht ganz so fein wie richtiger Sand, dafür war das Wasser in einem wunderschönen Türkis und am Rand schwammen kleine Fischchen.

„Wow! Das ist ja der absolute Wahnsinn. So stell ich mir tatsächlich die Karibik vor. Seht mal, dort drüben sind sogar Palmen, zwischen denen Hängematten gespannt sind!" Jauchzend machten wir uns auf den Weg zu den Palmen, um ein Plätzchen im Schatten zu ergattern.

Der Nachmittag war einfach toll. Am Strand relaxen, Quatsch mit den Jungs machen, sich gegenseitig nass spritzen. Besser konnte das Leben wirklich nicht sein! Und dann entdeckte ich am Strand auf meiner Tasche eine kleine Eidechse, könnte auch ein Gecko gewesen sein, der es sich dort gemütlich gemacht hatte und mich beobachtete.

„Hey, mein kleiner Freund. Wie geht es dir denn? Diese Tasche gehört mir, weißt du. Und ich möchte dich ungern als blinden Passagier mit an Bord nehmen. Wenn du also wieder runtergehen würdest, wäre ich dir sehr dankbar!"

„Mit wem redest du da?" Finn schaute sich verdutzt um.

„Mit meinem neuen Freund hier." Ich zeigte auf die Eidechse auf meiner Tasche. Finn verschränkte die Arme vor der Brust und spannte seine Muskeln an. Er versuchte, ein sehr ernstes Gesicht zu machen, als er anfing:

„Hey, Kleiner! Die Superpuppe hier gehört zu mir, und die gebe ich nicht kampflos auf! Es wäre also besser, wenn du dich verziehst!" Dann stellte er sich breitbeinig hin, der Daumen fuhr über seine Nase und er zog fest die Luft durch selbe ein. Die Eidechse fuhr sich mit der Zunge kurz über die Augen und verschwand tatsächlich. Ich schaute perplex in Finns Gesicht und dann fingen wir beide laut an, zu lachen. Die Szene war einfach zu komisch. Finn legte sich anschließend zu mir auf das Handtuch und ich kuschelte mich an ihn. So genossen wir die restliche Zeit, bis wir wieder aufbrachen und uns auf den Rückweg machten. Zurück schlenderten wir erst noch ein bisschen die Straße entlang und schauten uns die vielen kleinen Läden an. Ich war auf der Suche nach einem schönen, großen Strandtuch als Andenken, aber alles was wir fanden, waren nur die normalen Handtücher, und die waren mir zu klein.

Finn wurde mit Freundschaftsbändern bedrängt und einer schaffte es sogar, ihm gleich eines ums Handgelenk zu binden, welches er dann zähneknirschend bezahlte. Mir wollte eine Frau noch Rastazöpfe flechten, zum Glück waren die Jungs da schon auf der Suche nach einem Taxi, damit wir schneller zurückkamen.

Auf dem Schiff war bereits Hochbetrieb. Viele neue Gäste schauten sich um oder wollten noch etwas an der Rezeption klären. Es war jede Menge los und geschäftiges Treiben herrschte an Bord.

„Hast du dir deine Ausflüge für kommende Woche schon ausgesucht?", flüsterte Finn mir ins

Ohr, während wir zusammen, er seinen Arm um meine Taille, zurück zu unserer Kabine gingen.

„Ja, hab ich. Warum?"

„Dann sollten wir uns beeilen und zum Buchungsterminal aufbrechen. Ab heute kann man ja wieder die Ausflüge buchen und das sollten wir ausnutzen."

„Stimmt. Hast du denn auch schon welche ausgesucht? Was möchtest du denn unternehmen?"

„Ich habe mir keine ausgesucht, ich buche die gleichen Ausflüge wie du, denn ich möchte keinen Tag auf diesem Schiff oder in diesem Urlaub mehr ohne dich sein. Und der dauert leider nur noch eine Woche." Finn gab mir ein Küsschen auf die Wange, sperrte unsere Kabine auf und trat hinein. Ich schaute ihm etwas ungläubig hinterher. Wie sollte ich das jetzt auffassen? War ich nur eine Urlaubsromanze, gab es kein Wiedersehen nach der Kreuzfahrt? Auf der anderen Seite war es total süß von ihm, die gleichen Ausflüge unternehmen zu wollen wie ich, aber was, wenn ihm diese überhaupt nicht zusagten und er sich nur langweilen würde?

„Hältst du das für eine gute Idee? Was wenn dir die Ausflüge nicht gefallen und du dich langweilst?" Das andere wollte ich noch nicht ansprechen, damit würde ich nur die Stimmung verderben und ich wollte schließlich auch noch etwas Spaß haben.

Finn kam wieder auf mich zu, nahm mich in die Arme und schaute mir tief in die Augen.

„Ich könnte mich nie langweilen, wenn ich mit dir zusammen bin. Alles andere drumherum ist mir völlig egal. Ich möchte nur bei dir sein. Weißt du, es ist schon eine Zeit her, dass ich mich bei einer Frau so geborgen gefühlt habe." Ich blinzelte.

„Ja, klar, Macho! Sagst du das zu all deinen Eroberungen?!" Ich schubste ihn sanft zur Seite, legte meine Badetasche aufs Bett und holte den Reiseplan hervor, in dem ich alle Ausflüge markiert hatte, die ich noch machen wollte.

„Auf geht's, Romeo. Lass uns Ausflüge buchen!"

Der nächste Tag war wieder ein Seetag und diesen hatten wir wahrlich ausgenutzt.

Als ich die Sonne bemerkte, die durch den Vorhang schien, war es bereits fast halb zehn Uhr morgens. Ich reckte und streckte mich und gähnte herzhaft.

„Guten Morgen, schöne Frau", gurrte Finn an meiner Schulter.

„Guten Morgen, Romeo", flüsterte ich zurück und drängte mich an ihn. Auch Finn schien in bester Laune zu sein, das Schäferstündchen von gestern Abend zu wiederholen, denn er beugte sich über mich und bedeckte mein ganzes Gesicht sowie meinen Hals mit lauter kleinen Küssen. Ich spürte die wohlige Wärme in mir aufsteigen und ein bekanntes Pochen stellte sich zwischen meinen Beinen ein.

Finn war ein toller Liebhaber und hatte auch bereits entdeckt, an welchen Stellen mein Körper besonders empfindlich war und wo ich am ekstatischen stöhnte. Ich ließ meine Hände über seinen Rücken wandern und krallte mich dann in seiner Haarpracht fest. Ich biss mir auf die Lippen, um nicht laut loszustöhnen, denn die Nachbarn mussten schon genug ertragen.

„Sorg dich nicht. Es ist schon vormittags und bald wird das Brunch-Buffet am Pool eröffnet, die sind sicher schon alle oben und belagern die Liegen und die Essensplätze." Er hauchte mir wieder einen Kuss auf mein Ohrläppchen und ich erschauderte.

„Diesmal bin ich oben!", sagte ich herausfordernd zu Finn und schaute ihm lustvoll in die Augen.

„Alles klar, dann komm mal her." Er drehte uns beide mühelos um, sodass ich rittlings auf ihm saß.

Finn zog hörbar die Luft ein. Ich fuhr mit meinen Händen sanft über seine muskulöse Brust und den Flaum, der sich darauf befand und küsste im Anschluss dieselben Stellen. Ich küsste mich bis zum Bauchnabel hinunter und spürte, dass Finn mehr als bereit war.

Ich schaute in sein gut aussehendes Gesicht und empfing ihn in meiner Mitte. Finn stöhnte auf.

Wir liebten uns, bis wir es vor Hunger nicht mehr aushielten und erschöpft nebeneinander aufs Bett fielen. Völlig außer Atem lagen wir da und grinsten uns glücklich an.

„Lust auf ein bisschen Brunch?", fragte Finn und schenkte mir ein umwerfendes Lächeln.

„Du weißt eben, wie man eine Frau glücklich macht!" Ich lachte und küsste ihn erneut. Das Essen musste allerdings noch auf uns warten, denn pünktlich um 10:30 Uhr ging der Alarm zur Seenotrettungsübung los. Klar, gestern kamen ja viele neue Gäste an und auch diese mussten die Übung über sich ergehen lassen, genauso wie alle anderen. Belustigt und genervt zugleich holten wir unsere Rettungswesten und gingen zu unserem Treffpunkt an Deck. Wir fühlten uns schon sehr routiniert gegenüber den Neuankömmlingen und mussten lachen, als wir sahen, dass auch hier wieder welche dabei waren, die die Pfeife in den Mund nahmen und ein Foto schießen ließen.

„Aber keiner sah dabei so sexy aus wie du", raunte Finn mir ins Ohr und bei seinem warmen Atem bekam ich Gänsehaut. Mein Gesicht begann bei der Erinnerung peinlich berührt an, zu glühen und entlockte Finn ein heiseres Glucksen.

Als wir nach der Übung am Pooldeck ankamen, erspähte ich einen finster dreinblickenden Callum.

„Hey, Callum. Alles klar bei dir?", fragte ich ihn fröhlich und fuhr mit meiner Hand über seinen Arm.

„Klar, wieso auch nicht? Ich meine, ist ja nicht so, als hätten wir hier zusammen einen Urlaub gebucht oder so."

Oh, oh, da schien jemand etwas verstimmt über meine gemeinsame Zeit mit Finn zu sein. Dann würde es die Jungs sicher auch nicht freuen, zu erfahren, dass Finn seine nächsten Ausflüge mit meinen in Einklang gebracht hatte.

„Ähm, also, na ja. Wir sind doch alle hier, um Urlaub zu machen, oder?" Ich rieb ihm versöhnlich über den Rücken und bot ihm einen Bissen von diesem herrlich duftenden gegrillten Fisch an. Callum willigte ein, scheinbar ging auch seine

„Liebe" durch den Magen. Vielleicht war er auch einfach nur hungrig und wurde, wie immer in der Snickers Werbung angepriesen, zur Diva. Ian und Patrick gesellten sich mit einem voll beladenen Teller zu uns und so aßen wir alle zusammen und quatschten über die letzte Woche, den heutigen Seetag und welche Ausflüge noch anstanden.

Mittlerweile hatte ich tatsächlich etwas Farbe bekommen, was ja für eine Irin eher ungewöhnlich war, aber unter der karibischen Sonne konnte sich selbst meine Haut nicht dagegen sträuben. Finn sah auch super aus, scheinbar hatte er noch andere Wurzeln, denn er war bereits knackig braun. Ian und Patrick hingegen hatten einen fiesen Sonnenbrand am Rücken und an den Armen ging ihnen bereits die Haut ab. Nur Callum war immer noch genauso weiß wie vor einer Woche.

Nach dem Essen ruhten wir uns alle etwas auf den Liegen am Pool aus, die freundlicherweise von den Jungs für uns mit reserviert worden waren.

Nach einer guten Stunde überkam mich plötzlich das Gefühl, dass ich, unsportlich wie ich war, etwas für mich, meine Gesundheit und meinen Körper tun musste.

„Hey, Finn?" Ich schaute von seiner Brust, auf der mein Kopf lag, hoch.

„Hm?", brummte er nur mit geschlossenen Augen.

„Ich werde jetzt mal ins Fitnessstudio gehen und schauen, ob da zufällig ein Yoga-Kurs oder Ähnliches läuft. Ich hab gerade das unbändige Bedürfnis, etwas Sport treiben zu müssen." Achzend erhob ich mich, um gleich darauf von Finns Armen wieder hinuntergezogen zu werden.

„Bei Sport kann ich dir helfen! Dazu müssen wir nur in die Kabine gehen." Schelmisch grinste er mich an. „In die gut klimatisierte Kabine!", fügte er noch hinzu.

„Danke für das überaus großzügige Angebot, Mister O'Donnell, aber ich möchte schauen, ob noch andere sportliche Aktivitäten im Angebot sind." Ich klopfte ihm neckend auf den Bauch, gab ihm einen sanften Kuss und ging.

Finn sah mir hinterher und Ian gab einen anerkennenden Pfiff von sich.

„Alter! Das ist meine Frau! Lass das!", knurrte Finn.

„Schon gut, reg dich ab. Ich meine, Gwen hat ja von Anfang an gut ausgesehen, und je mehr ich sie kennenlerne, umso besser gefällt sie mir." Er schmunzelte.

Im Schiffsinneren waren die Temperaturen wesentlich angenehmer und ich legte mir das Handtuch um die Schultern, um nicht ins Frösteln zu kommen. In der Kabine zog ich schnell eine kurze Hose an und ein Spaghettitop und machte mich frohen Mutes auf zum Fitnesscenter. Ich hatte gehofft, da Seetag war, dass es mehr Angebote in Sachen Yoga oder Bauch-Beine-Po geben würde. Allerdings hatte ich mich da getäuscht. Der letzte Kurs war gerade zu Ende und die Fitnessgeräte waren alle besetzt. Überwiegend von Männern.

„Dann eben nicht. Zumindest habe ich es versucht", sagte ich zu mir selbst und ging wieder zurück in die Kabine. Ich wollte die Klimaanlage noch eine halbe Stunde genießen, bevor ich mich wieder der brütenden Hitze aussetzte. Außerdem waren die Jungs sicher froh, auch mal wieder unter sich zu sein.

Ich legte mich also aufs Bett und wie sollte es auch anders sein – ich schlief ein.

Währenddessen wurde am Pooldeck zu einem großen Arschbombenwettbewerb aufgerufen, der in einer halben Stunde beginnen sollte. Man sollte meinen, dass auf einem Kreuzfahrtschiff mit 90 Prozent Erwachsenen nicht so viele mitmachen würden, aber Finn und die anderen belehrten mich später eines Besseren.

Es wurden mehrere Durchsagen an Deck getätigt, um ja genügend Freiwillige für den Contest zu bekommen und Finn, Ian, Callum und Patrick waren nur zu gern dabei. Der Wettkampf hatte begonnen und alle waren mit Eifer dabei. Die Gäste, die nicht nass werden wollten, wurden gebeten, Abstand zu halten. Das alles bekam ich natürlich nicht mit, denn ich schlief selig auf meinem Bett. Nach fast einer Stunde wachte ich wieder auf und sah erschrocken auf die Uhr. Ich schnappte mir mein Handtuch und beeilte mich, zurück zum Pool zu kommen.

Wahrscheinlich war ich noch etwas schlaftrunken, denn ich nahm die falsche Treppe nach oben, und kam am anderen Ende vom Pool heraus. Ich fragte mich, warum so viele Leute um den Pool standen beziehungsweise genügend Abstand hielten. Ich wollte mich damit aber gerade nicht befassen, denn ich wollte zurück zu Finn und so ging ich an den Leuten vorbei und direkt am Pool entlang. Da ertönte ein kurzer Pfiff gefolgt von einem „Loooooos".

Ich drehte mich in die Richtung, aus der die Laute kamen, und dann spielte sich vor meinen Augen alles wie in Zeitlupe ab. Ich sah eine Reihe von Männern, die sich an der Hand hielten, Anlauf nahmen und mit voll Karacho in den Pool sprangen, jeder mit einer Arschbombe. Ich hörte mich selbst aufschreien und wollte auf die Seite hüpfen, aber ich hatte keine Chance mehr. Die Riesenwelle, die dadurch erzeugt wurde, kam mit Schwung auf mich zu und riss mich von den Beinen. Ich gurgelte kurz unter Wasser, bei dem Versuch, noch etwas Luft zu schnappen, dann wand ich mich, wie ein Fisch auf dem Trockenen, auf dem Boden. Für ein oder zwei Sekunden war es totenstill um mich herum, dann brach lautes Gegröle und Jubel aus. Nicht aufgrund meiner unfreiwilligen Dusche, sondern wegen des grandiosen Abschlusssprungs, den die Menschenreihe vollbracht hatte.

Finn stemmte sich aus dem Pool und half mir hoch.

„Gwen? Hast du dich verletzt? Wieso bist du denn hier vorbeigegangen? Hast du denn nichts von dem Wettkampf mitbekommen? Und wo warst du überhaupt die ganze Zeit?" Fragen über Fragen. Ich rang erstmal noch nach Luft und schaute, ob ich mich verletzt hatte, was zum Glück nicht der Fall war.

„Gwendolyn! Sauber sag ich da! Das war ja eine Superdusche, die du da abbekommen hast!" Lachend gesellte sich Patrick zu uns.

„Pat, das ist nicht lustig! Sie hätte sich verletzen können!", brummte Finn ihn an.

„Aber du musst doch zugeben, das Gesicht war göttlich!" Patrick klopfte sich auf den Oberschenkel und fing wieder an, zu lachen. Auch Finn musste sich jetzt auf die Lippe beißen. Er wollte nicht lachen, das sah ich ihm an, aber ich musste wirklich urkomisch ausgesehen haben. Und wenn ich so drüber nachdachte, war das Ganze ja auch witzig gewesen. Meine Mundwinkel bogen sich nach oben, als ich Patrick ansah und auch Finn konnte jetzt nicht mehr an sich halten und so lachten wir alle drei. Als Ian und Callum zu uns kamen, feixten sie bereits über mich und wir lachten in der Gruppe weiter.

„Der Anblick des Jahrhunderts, Gwen. Wirklich wahr. So etwas sieht man sonst immer nur in diesen Pannen-shows. Ich hoffe, du hast dich nicht verletzt?!" Ian schnappte nach Luft und strich mir freundschaftlich über den Arm.

„Das ist eine Geschichte, die kannst du deinen Enkeln noch erzählen!", zwinkerte mir Callum zu.

„Danke, mir geht es gut, ich habe mich nicht verletzt. Und ja, das werde ich noch meinen Enkeln erzählen! Aber jetzt sagt mal, was war hier eigentlich los? Ich wollte ja zum Yoga, aber das Fitnesscenter war voll besetzt und so wollte ich mich eine halbe Stunde in der Kabine ausruhen. Leider bin ich voll eingeschlafen und habe hier scheinbar eine Menge Spaß verpasst?!" Ich sah in die Runde der nassen Männer. Wie kleine Kinder fingen alle auf einmal an, zu erzählen und ich verstand kein Wort.

„Okay, okay! Immer mit der Ruhe!" Ich hob beschwichtigend die Hände. „Lasst uns doch erstmal zu den Liegen gehen und dann erzählt ihr bitte der Reihe nach, ich bekomme ja sonst überhaupt nichts mit." Ich hakte mich bei Finn ein, wischte mir noch mal eine nasse Haarsträhne aus dem Gesicht und zog ihn mit in den Schatten. Eines musste ich allerdings zugeben, erfrischt war ich jetzt wirklich und es fühlte sich super bei der Hitze an.

„So, jetzt noch mal von vorne. Es gab hier wirklich einen Arschbombenwettbewerb? Und da haben auch noch so viele mitgemacht?" Staunend sah ich in die Runde.

Ian konnte nach dem Lachflash als Erster wieder reden.

„Ja, genau, es wurden fast eine halbe Stunde lang immer wieder Durchsagen hier an Deck gemacht, dass man doch mitmachen solle. Na ja, das ließen wir uns nicht zwei Mal sagen!" Er rempelte Patrick mit dem Ellbogen an und nickte ihm zu.

„Stimmt! Und unser lieber Ian hier hat sogar gewonnen!" Patrick legte Ian einen Arm um die Schultern und klopfte ihm auf die Brust.

„Ist das wahr? Oh, Ian, dann gratuliere ich dir recht herzlich!" Ich streckte Ian die Hand hin, er schüttelte sie und zeigte mir den, in seiner zweiten Hand, winzigen Pokal. Ich legte meine Hände an die Wangen und fing in süßem Ton an: „Awww, wie niedlich der ist. Lass mal sehen. Och, da steht sogar Arschbombenwettbewerb Platz 1 drauf! Ich werd nicht mehr! Wie geil ist das denn?!"

Ich begutachtete den kleinen Pokal von allen Seiten und gab ihn Ian wieder zurück. Der wirkte fast schon ein bisschen stolz, was mich nicht wunderte, war er doch eigentlich eher schmächtig, aber sein Hinterteil und er hatten wohl die beste Technik gehabt.

Beim Abendessen amüsierten wir uns immer noch über meine unfreiwillige Dusche und Callum wollte wissen, welcher Ausflug morgen bei mir auf dem Plan stand.

„Na ja, für Mexiko gibt es wirklich unheimlich viele tolle Ausflüge. Ich wäre ja wirklich gern nach Chichén Itzá gefahren und dort auf den Spuren der Mayas gewandert, aber auf der ganzen Kreuzfahrt gibt es nur einen einzigen Ausflug, bei dem man Delfinen begegnen kann. Ich weiß, es ist höchst verwerflich, da die meisten Delfine nicht wirklich frei leben, auch wenn sie einem das immer wieder weismachen wollen. Aber das sind meine absoluten Lieblingstiere und ich muss einfach diesen Halbtagesausflug zu ihnen machen. Einer meiner größten Träume wird damit wahr." In meine Augen hatte sich ein Leuchten gelegt und ich erzählte voller Begeisterung von diesem Ausflug und wie sehr ich mich darauf freute. Patrick sah hinüber zu Finn.

„Und du, Kumpel? Wir haben dich nicht mehr beim Buchen gesehen. Was machst du?"

Finn wirkte etwas verlegen. Er wollte seine Freunde nicht vor den Kopf stoßen, aber wie es aussah, schien es sie nicht weiter zu stören, dass er nicht so viele Ausflüge mit ihnen teilte.

„Ich werde Gwen begleiten. Und da wir bis mittags wieder zurück sind, haben wir immer noch Zeit, am Hafen etwas zu shoppen, oder zu diesem komischen Fußballspiel der Crew zu gehen."

„Fußballspiel?", fragte ich und schob mir eine Gabel voll Salat in den Mund.

„Ja, in Mexiko legt noch ein anderes Kreuzfahrtschiff gleichzeitig mit uns an und die Mannschaften spielen immer eine Runde Fußball gegeneinander. Das hat mir die Animateurin erzählt", beteiligte sich Ian am Gespräch, nachdem sein Teller leer und sein Bauch endlich voll war.

Nach dem Abendessen schienen wir alle zu platzen und keiner konnte sagen, warum wir gerade heute so viel gegessen hatten. Wir beschlossen, uns die Comedy-Show im Theater anzusehen und uns davor zu treffen, da Finn und ich uns noch etwas die Beine vertreten wollten. Wir landeten in der Shoppingmeile und da entdeckte ich ein fabelhaftes T-Shirt.

„Schau mal, Finn. Das würde doch super zu meinem Basecap passen, oder?" Ich stoppte ihn und hielt das Poloshirt hoch, das den Aufdruck des Schiffes aufgenäht hatte. Es war dunkelblau und tailliert geschnitten.

„Hm, ja, ist ganz nett. Aber schau mal, wie wäre es denn damit?" Er ging in den Laden und hielt ein weißes Shirt hoch, auf dem auf der linken und rechten Seite grüne Schmetterlingsflügel zu sehen waren. Das Ganze war von goldschimmernden Fäden umrandet. Es sah umwerfend aus, aber auch sehr teuer.

„Das ist super, aber es sieht sehr teuer aus und das gibt mein Budget nicht mehr her. Ich nehme das Poloshirt. Das reicht vollkommen aus."

„Schade, dass ich noch gar nicht weiß, wann dein Geburtstag ist, denn vielleicht hätte ich hier das passende Geschenk gehabt ..."

Entgeistert schaute ich ihn an.

„Dann bin ich ja froh, dass du ihn nicht kennst, denn dieses Shirt ist viel zu teuer!" Ich drehte das Preisschild um, das mir sogleich wieder aus der Hand gerissen wurde. Ich schaute Finn in die Augen. Sein Blick war gütig und ... liebevoll.

„Der Preis würde keine Rolle spielen." Er hängte das Shirt wieder zurück. Ich konnte nichts dazu sagen, da mir ein Kloß im Hals steckte, also tat ich das Einzige, was ich noch zu tun hatte. Ich ging zur Kasse und zahlte mein Poloshirt. Verlegen kam ich wieder heraus und wusste immer noch nichts zu der Situation zu sagen. Finn schien zu spüren, dass mir das peinlich war und so gingen wir wortlos Richtung Theater. Mitten auf unserem Weg nahm er meine Hand und hielt sie fest. Ich schaute unsere ineinander verflochtenen Hände an und musste unwillkürlich lächeln. Mein Herz klopfte einen Takt schneller und in meinem Bauch fingen winzig kleine Schmetterlinge an, zu flattern. Es war ein tolles Gefühl und mit jedem Tag mehr, den ich mit Finn verbrachte, wusste ich, dass Angus nicht der Richtige für mich gewesen war, und ich war heilfroh, dass wir nicht geheiratet hatten.

Vor dem Theater trafen wir auf die anderen. Zusammen suchten wir uns einen Platz, bestellten noch ein paar Drinks und genossen die Show.

Kapitel 10

Die Nacht konnte ich nicht gut schlafen. Erstens musste ich noch immer über Finns überaus großzügiges Angebot nachdenken und dann war ich dermaßen aufgeregt wegen des Ausfluges zu den Delfinen. Endlich würde sich einer meiner größten Wünsche erfüllen und ich würde meine Lieblingstiere aus nächster Nähe sehen und eventuell sogar anfassen dürfen! Ich wälzte mich hin und her und auch als Finn versuchte, mich in seinen Arm zu nehmen, um mich etwas ruhiger zu bekommen, half es nicht. Ich war einfach zu aufgeregt.

Der Treffpunkt am nächsten Tag war bereits um 08:30 Uhr in der *Nightfly Bar*. Für mich kein Problem, da ich bereits seit 06:00 Uhr wach war und mir meinen E-Book-Reader vorsichtig geholt hatte, um Finn nicht aufzuwecken, und jetzt neben ihm im Bett lag und las.

„Guten Morgen, Schönheit!" Finn gähnte, streckte seinen Arm nach mir aus und zog mich in eine feste Umarmung, die ich mir, nachdem ich den Reader zur Seite gelegt hatte, nur zu gern gefallen ließ.

„Ich wünsch dir auch einen guten Morgen. Du wachst gerade zur richtigen Zeit auf. In eineinhalb Stunden müssen wir am Treffpunkt sein und dann – geht es los!", quietschte ich, so leise ich konnte, um seine Ohren noch nicht überzustrapazieren.

„Also, ich bin ja dafür, heute mal im Bett zu bleiben." Finn schaute mich mit einem Auge an, während er das andere zukniff. Mein Mund klappte auf. Ich brauchte zwei Sekunden, um zu begreifen, dass er sich einen Scherz erlaubte.

„Du Mistkerl! Fast wäre ich drauf reingefallen!" Ich schnappte mir ein Kissen und warf es feixend nach ihm. Es artete in eine kleine Kissenschlacht aus, ehe ich völlig außer Atem einen Blick auf die Uhr warf.

„Also, wenn du noch ein ordentliches Frühstück möchtest, dann sollten wir uns jetzt wirklich anziehen!" Ich küsste ihn auf die Nase und wollte raus aus dem Bett, aber Finn holte sich noch einen richtigen Kuss ab und fast wäre ich schwach geworden. Doch die Aussicht auf meine Delfine konnte mich nicht aufhalten. Ich würde diesen Ausflug antreten, mit oder ohne ihn.

Wie immer waren wir überpünktlich am Treffpunkt und ich nur noch am Hibbeln. Ich konnte keine Sekunde still sitzen oder stillhalten.

Die Reiseleiterin teilte uns nochmals mit, dass wir uns mittags wieder auf dem Schiff befanden, oder eben auch noch im Hafen shoppen gehen konnten. Sie lud uns auch herzlich ein, am Fußballspiel gegen die Crew der Celest teilzunehmen. Dem anderen Kreuzfahrtschiff, das immer zur gleichen Zeit in Mexiko Aufenthalt hatte.

Dann ging es endlich los und die dreißigminütige Fahrt im Bus kam mir wie eine Ewigkeit vor. Ich hatte ein dümmliches, breites Grinsen im Gesicht, das sich nicht abstellen ließ und Finn sah mich höchst amüsiert von der Seite immer wieder an. Er hatte ja keine Ahnung, wie sehr ich auf Delfine stand. Hätte er mich bereits vor der Kreuzfahrt kennengelernt, hätte er in meiner

Wohnung einen kleinen Vorgeschmack erhalten. Es ging über Badvorleger, bis zum Duschvorhang, Bettwäsche, diverse kleine Figürchen und Kissen. Einen Teil davon musste ich wegräumen, als Angus bei mir einzog, denn er fand das alles zu kitschig und viel zu übertrieben. Aber seit ich meine eigene Wohnung hatte, waren alle vorhandenen Sachen wieder fein säuberlich aufgestellt.

Im Chankanaab Nationalpark wurden wir kurz eingewiesen, dass wir Schwimmwesten tragen mussten, wie wir uns gegenüber den Tieren verhalten sollten und vor allem, dass es kein Schwimmen mit den Delfinen gab. Wir wurden aufgeklärt, dass während der Erklärungen und der Vorführung ein Video von uns gedreht wurde, wie wir auf der Plattform stehen sollten und natürlich über die Tiere und deren Interaktionen.

„Entschuldigen Sie bitte. Dürfen wir auch eigene Fotos schießen?", fragte ich aufgeregt.

„Natürlich. Allerdings stehen Sie ja im Wasser auf einer Plattform und das Wasser geht Ihnen wahrscheinlich bis fast zur Brust. Das nur so nebenbei, aber Sie dürfen auch eigene Fotos machen." Ich nickte der Veranstalterin zu und freute mich wieder. Da ich allerdings keine wasserfeste Kamera hatte, galt es jetzt, zu überlegen, wie ich diese mitnehmen konnte, ohne ständig meine Hand hochhalten zu müssen.

Während ich noch überlegte, kam Finn mit seiner Badeshorts und der Schwimmweste aus der Umkleide heraus. Er sah wie immer gut aus.

„Du siehst aus, als würdest du überlegen?!"

„Stimmt. Ich überlege, wohin ich die Kamera tun könnte, denn wir dürfen auch eigene Fotos schießen und ich will sie nicht die ganze Zeit hochhalten." Ich sah an mir herunter, und da kam mir die Idee!

„Jetzt hab ich es!", rief ich freudig aus und steckte die Kamera in den Ausschnitt, der sich durch die Rettungsweste gebildet hatte. Sie passte perfekt hinein. Ich hüpfte kurz, um zu testen, ob sie auch an Ort und Stelle blieb und blickte Finn zufrieden an.

„Du willst sie in deinen Ausschnitt stecken?" Finn war äußerst belustig. „Dann darf ich dir ja sogar mit Absicht in den Ausschnitt glotzen, damit ich sehen kann, ob sie auch noch da ist?!" Sein Grinsen wurde breit und anzüglich und ich musste mit lachen.

Als wir im Wasser auf der Plattform standen, stellte uns die Trainerin Foxie vor, eine Delfindame, die ein fünf Monate altes Junges hatte, das mit ihr im Becken schwamm. Das Wasser reichte uns bis über die Hüften und zur Begrüßung wurden wir von Foxie alle nass gespritzt und ich bekam die meiste Ladung ab. Meine Kamera war zum Glück gut geschützt und nur am Rand etwas nass, aber sonst war alles okay. Erleichtert atmete ich aus. Dann ging es auch gleich schon damit los, dass Foxie jedem von uns ein Bussi auf die Wange und eines auf den Mund gab. Ich war total in meinem Element und sogar Finn war vergessen. Ich knipste ein paar Fotos und konnte mein Herz freudig schlagen hören. Ich war verliebt. Verliebt in eine Delfindame.

Eigentlich wäre jetzt ein Hallo mit den Flossen an der Reihe gewesen, aber Foxie kam tatsächlich noch einmal zu mir und gab mir noch mal ein Bussi auf die Wange.

„Oh, ihr Götter", rief ich verzückt aus. Ich fühlte mich extrem geehrt und meine Liebe zu diesen Tieren wuchs bis ins Unendliche.

Danach durften wir alle Foxie an der Flosse halten und ich war die Erste, die ihr einen Fisch geben durfte. Ich war einfach nur noch happy. Zwischendrin schoss ich immer mal wieder ein Foto und auch ihr Baby schwamm mal näher, mal weiter weg und beobachtete alles ganz neugierig. Als Letztes durften wir sie alle noch mal an Rücken und Bauch streicheln. Sie fühlte sich glatt, kühl und einfach wunderbar an.

Danach zeigte sie uns noch, wie schnell sie schwimmen konnte, und dass sie auch in der Lage war, zu tanzen. Ihr „Gesang" war allerdings nicht so prickelnd. Und dann war die kleine Vorführung auch schon wieder vorbei. Man konnte Fotos und auch ein Video davon im Anschluss kaufen, da ich ja aber meine eigenen Fotos geschossen hatte, wollte ich mir das Geld sparen und kaufte daher nur das eine, auf dem Foxie mir einen Kuss gab.

Ich hatte ein oberdümmliches Grinsen im Gesicht, das nur noch von meinem verträumten Ausdruck getoppt wurde.

„Es war dir wirklich ernst, als du gesagt hast, dass es deine absoluten Lieblingstiere sind?! Es ist schön, zu sehen, wie viel dir der Ausflug bedeutet hat."

Ich konnte nichts darauf antworten, da ich noch mit Verarbeiten des gerade Erlebtem beschäftigt war, daher hakte ich mich einfach bei ihm ein und wir gingen noch eine Runde im Park spazieren und sahen uns die Maya-Statuen an, die wie in einem Irrgarten aufgestellt waren. Anschließend holten wir unsere Handtücher und kühlten uns im Meer ab. Der Strand war soweit okay, mit großen Felsen durchzogen. Das Wasser war herrlich kühl und superklar, man konnte Fische und ein paar Korallen sehen. Ich war total geflasht.

Mittags ging's zurück zum Schiff, auf dem ein exzellentes Mittagessen auf uns wartete.

„Hast du dieses Riesenkreuzfahrtschiff neben unserem gesehen?", fragte ich überflüssigerweise. Wer das nicht sah, war wirklich blind.

„Ähm ... ach so, du meinst das kleine da neben uns mit der Fischflosse oben drauf?" Finn sah mich belustigt an.

Etwas verlegen strich ich mir eine Strähne hinter das Ohr.

„Ich hab gehört, dass um 16:30 Uhr dieses Fußballspiel gegen die andere Crew stattfindet. Wollen wir uns das ansehen und unsere Mannschaft anfeuern?"

„Klar, ich bin dabei. Ich möchte nur vorher kurz zum Pier und mir diese ganzen Läden ansehen."

„Typisch Frau!" Finn knuffte mich und gab mir einen Schmatzer.

Zum Spiel war unsere Clique, wie ich sie inzwischen nannte, wieder zusammen. Wir feuerten unsere Mannschaft an und grölten, was das Zeug hielt, leider half es nichts, denn unsere Mannschaft verlor 1:5 gegen die andere Crew. Die Stimmung war aber super und wir hatten alle viel Spaß. Finn hatte die ganze Zeit über seinen Arm entweder um meine Taille oder um meine Schultern gelegt und ich schmiegte mich gern an ihn.

Beim Abendessen war das Fußballspiel Gesprächsthema Nummer eins.

„Habt ihr dieses Riesenkreuzfahrtschiff gesehen? Und auch noch eine Flosse in der Mitte! Das war so cool. Ich wette mit euch, das war ein amerikanisches Schiff." Ian war total begeistert von dem zweiten Schiff, das neben uns im Hafen lag.

„Na ja, die Mädels von deren Mannschaft sahen auch nicht schlecht aus! Also die eine Brünette ... ja, die war heiß", teilte uns Callum grinsend mit, während er sich verträumt eine Gabel voll Shrimps in den Mund schob.

„Das war bisher eindeutig der schönste Tag von allen!" Ich strahlte immer noch wie ein Honigkuchenpferd und Finn streichelte mir sanft über den Rücken.

„Das hat man gesehen und ich freue mich, dass ich diesen besonderen Tag mit dir teilen durfte." Er gab mir einen Kuss auf die Wange und sah mir tief in die Augen, dann raunte er mir, dass es die anderen nicht hören konnten, zu: „Und vielleicht kann ich ihn nachher noch etwas besonderer machen?!" Er schenkte mir einen vielsagenden Blick und ich errötete leicht. Zum Glück bekam das keiner von den Jungs mit.

Nach dem Essen gingen wir alle noch eine Runde an Deck spazieren und steuerten eine Bar an. Wir tanzten noch ein bisschen und Finn und ich verabschiedeten uns ziemlich früh. Das brachte uns arges Gemecker der anderen ein, aber davon ließen wir uns nicht aufhalten.

„Leute! Es war wirklich ein glorreicher Tag für Gwen und das muss alles erstmal verarbeitet werden! Außerdem haben wir doch morgen alle zusammen den Schnorchelausflug auf Belize, oder?! Wird ja wohl nicht so schlimm sein, wenn wir einen Abend mal etwas eher ins Bett gehen." Finn versuchte es auf die mitfühlende Tour, doch leider hatte er da nicht mit Patrick gerechnet.

„Ist ja schön und gut, wenn es für Gwen so ein toller Tag war, aber wieso musst DU da mitgehen und kannst nicht bei uns bleiben? Hat Gwen etwa Angst im Dunkeln? Oder sind wir jetzt nicht mehr gut genug für dich?" Patrick verschränkte trotzig die Arme vor der Brust und fixierte Finn mit einem gekränkten Blick.

„So ein Quatsch! Ihr seid immer noch meine besten Freunde. Aber ich kann nicht nonstop jeden Abend bis in die Puppen aufbleiben und feiern! Ich werde allmählich zu alt dafür und morgen wird wieder ein aufregender Tag."

„Oh Mann, ihr kapiert aber auch gar nichts! Die zwei wollen in die Kiste!", platzte es aus Ian heraus und alle starrten ihn an. Dann sahen die Jungs zu uns und ich wurde knallrot, was ihnen Bestätigung genug war. Jetzt herrschte allgemeine Belustigung und Ian klopfte Finn auf die Schulter: „Sorry, Mann, aber du weißt doch, wie einfältig die sind."

„Wir gehen dann jetzt. Denkt, was ihr wollt, wir sehen uns morgen zum Schnorcheln!" Finn verabschiedete sich von allen und ich winkte in die Runde, zu mehr war ich vor Scham nicht fähig.

„Oh Gott, jetzt denken alle, dass wir gleich Sex haben!", wisperte ich Finn zu, als wir uns langsam von der Clique entfernten.

„Stimmt das denn etwa nicht?" Finn zog eine Augenbraue nach oben.

„Na ja ... ähm ... doch. Aber das müssen die doch nicht wissen, oder denken! Toll, wie soll ich ihnen da morgen unter die Augen treten? Selbst wenn wir jetzt keinen Sex hätten, würden sie denken, wir hätten welchen. Auf die anzüglichen Blicke könnte ich wirklich verzichten." Ich seufzte leise auf, was Finn dazu veranlasste, zu schmunzeln.

„So schlimm wird es schon nicht werden. Lass sie denken, was sie wollen. Wir können es nicht ändern und morgen wird das Thema einfach nicht angeschnitten. Sollte einer der Jungs es doch tun, dann ignorieren wir es einfach." Er legte den Arm um meine Schulter und gab mir einen Kuss auf den Scheitel. Eine sehr liebevolle Geste, wie ich fand. Ich schlang meinen Arm um seine Taille und so gingen wir zu den Aufzügen und schließlich zu unserer Kabine.

Dort angekommen, fielen wir regelrecht übereinander her. Das Licht wurde gar nicht erst eingeschaltet und die Klamotten flogen kreuz und quer im Zimmer umher. Wir küssten uns wild, als würden wir jeden Moment Schiffbruch erleiden und für ein paar Sekunden fühlte ich mich an *Titanic* erinnert. Ich bedeckte seine Brust mit heißen Küssen und fuhr den Umriss seines Kleeblatt-Tattoos nach, das ich im Mondlicht erkennen konnte.

„Hat dir dieses Tattoo schon oft Glück gebracht?", wollte ich zwischen den Küssen wissen.

„Es hat mich zu dir geführt, das reicht mir vollkommen." Glückselig küsste ich ihn wieder stürmisch und so ließen wir das Bett für eine Weile erbeben, bis zuerst ich und dann Finn unsere Lust in einem Megaorgasmus hinausstöhnten. Erschöpft blieben wir nebeneinander liegen, keuchten auf, als hätten wir einen Marathonlauf hinter uns.

Finn gab mir ein Küsschen auf die Stirn, während ich mich an ihn kuschelte und mit einem Lächeln auf den Lippen einschlief.

Als ich am nächsten Morgen aufwachte, immer noch das Lächeln auf meinen Lippen, schnappte ich mir mein Handy und musste meine Erlebnisse von gestern meinen Mädels mitteilen.

Ich:
Hey, ihr Süßen! Kurzes Lebenszeichen von mir. ☺
Wie geht's euch so?
Die Hälfte meiner Kreuzfahrt ist ja rum und gestern war der bisher tollste Tag! Wir waren in Mexiko und dort haben wir einen Ausflug zu den Delfinen gemacht! Wir hatten eine Delfindame namens Foxie mit einem fünf Monate alten Jungtier. Sie gab uns Küsschen und wir durften sie streicheln und füttern! Mein Traum wurde endlich wahr und meine Begeisterung für diese Tiere ist jetzt leider noch größer. *lach* Im Hafen von Mexiko lag direkt neben unserem Schiff noch ein zweites. Noch größer als unseres und mit einer Fischflosse. Die Crews der jeweiligen Schiffe haben ein Fußballspiel veranstaltet und wir hatten jede Menge Spaß! Heute geht's zum Schnorcheln auf Belize. Bin schon gespannt.
LG. Gwenny

Freya:
Hallo Gwen, schön, von dir zu hören. Hier ist alles beim Alten. Aw, ich freu mich total für dich, dass du endlich mal Delfine gesehen und sogar anfassen konntest! Ich wäre so gern dabei gewesen ...
Genieß deine restliche Zeit an Bord noch.
LG. Freya

Ava:

Juhu, Gwenny-Liebes! Wow, das freut mich, zu hören, aber nun bitte zu den wichtigen Dingen! Wie geht es mit Finn (hieß er so?)? Habt ihr schon? Wenn ja, ist er gut? Und wie ist er gebaut? Also untenrum? *frech grins*
Bei uns ist tatsächlich alles beim Alten. Ganz normaler, langweiliger Alltag ... Na ja, wir gehen ja jetzt ins Bett ...
Deine auf ein paar heiße News wartende Ava. Bussi

Freya:

Echt jetzt, Ava? Geht es dir immer nur um das EINE? Wieso kannst du dich nicht mit Gwenny freuen, dass sie endlich ihre heißgeliebten Delfine gesehen hat?

Ava:

Ach, jetzt tu doch nicht so, als würde dich nicht interessieren, wie es mit dem heißen Kerl läuft! Und „heißgeliebt" wird es hoffentlich treffen, nur in anderem Zusammenhang!

Ich verfolgte die Unterhaltung der beiden Streithähne gespannt und musste dabei immer wieder mal vor mich hin kichern.

„Guten Morgen, Schönheit. Was ist denn um diese Uhrzeit schon so lustig?" Verschlafen und neugierig blinzelte Finn mich an.

„Meine beiden Freundinnen. Ich habe ihnen nur kurz von unserem Ausflug gestern erzählt und wie toll er war. Na ja, und eine der beiden möchte unbedingt wissen, wie gut du bestückt bist." Grinsend ging mein Blick nach unten, wo sich die Bettdecke leicht nach oben wölbte.

„Und was antwortest du ihnen? Oder hast du schon?" Finn küsste sich jetzt meinen Arm nach oben zu meiner Schulter, in der Hoffnung, einen Blick auf mein Handy werfen zu können.

„Hey, hey! Das ist Frauensache und geht dich gar nichts an. Ich sage ihnen natürlich nur die Wahrheit! Dass ich einen richtigen Mann bei mir habe!" Ich zwinkerte Finn zu und küsste ihn sachte, schließlich hatte ich noch nicht Zähne geputzt und wollte nicht, dass er meinen Mundgeruch abbekam.

„Soso. Nur die Wahrheit ... Dann sollte ich vielleicht noch ein bisschen Wahrheit hinzufügen?!" Er nahm mir das Handy ab und legte es neben mich auf den Nachttisch. Ich wollte noch protestieren, aber da spürte ich seine weichen Lippen bereits auf meiner Brust. Ich versank in seinen Liebkosungen nur zu gern und ließ mich einfach fallen. Es war zwar nur ein Quickie, aber auch der war wundervoll.

Ich:
Ach, Mädels, immer müsst ihr streiten! Das ist nicht schön. Freya, ich weiß genau, dass dich das Thema auch brennend interessiert, also tu nicht so. ;-)
Ich kann euch sagen, er ist super! Bestens bestückt und weiß es auch gut einzusetzen. *frech grins*
Charmant, liebevoll ... Ach, Leute, ich glaube, ich habe mich verliebt!

Ava:
Oh, Gwenny, das ist ja wundervoll! Und ich habe das Ganze eingefädelt! Ich bin einfach die Beste. :-D Dann genießt noch eure Zeit zusammen.

Freya:
Ja, klar interessiert es mich auch, aber ich bin immerhin so diskret, um nicht direkt danach zu fragen. Wenn du uns etwas darüber erzählen möchtest, wirst du es schon von selbst tun. Aber ich freue mich total für dich, Süße. Hast es dir verdient, nach dem Arsch von Angus.

Ich:

Ja, das ist wahr. Jetzt erkenne ich wirklich, was mir alles bei Angus gefehlt hat und was für ein Idiot er war. So, ich lass euch schlafen, denn wir gehen jetzt frühstücken und dann geht es mit dem Speedboot zum Schnorcheln, denn hier in Belize gibt es noch keinen Hafen zum Anlegen. Oh, das wird aufregend! ☺ Drück euch.

Ich legte das Handy wieder weg und begab mich zusammen mit Finn zum Frühstück.

„Deine zwei besten Freundinnen?", wollte er wissen.

„Ja. Mit Ava bin ich aufgewachsen. Sie arbeitet in einem Reisebüro und hat mich davon überzeugt, dass ich diese Kreuzfahrt alleine unternehmen soll. Und Freya habe ich in der Berufsschule kennengelernt. Sie und Ava haben sich am Anfang nicht wirklich gut verstanden und müssen sich auch jetzt immer wieder mal gegenseitig ärgern, aber soweit kommen sie endlich miteinander klar."

„Okay. Dann muss ich Ava also danken, dass sie dich auf Kreuzfahrt geschickt hat. Muss ich mir merken!" Finn zog mich liebevoll in seine Arme und zwinkerte mir zu.

Unser heutiger Ausflug begann um 09:00 Uhr. Da es in Belize ja keinen Hafen gab, gingen wir richtig vor Anker. Die Fahrt zum Schnorchel-Ziel, Shark Ray Alley, erfolgte mit dem Speedboot und war extrem krass. Wir hatten nicht sonderlich viel Platz, da doch einige diesen Ausflug buchten und zum Great Barrier Reef wollten.

Wir fuhren eine gute Stunde mit dem Speedboot und die Jungs hatten wie immer nur Blödsinn im Kopf. Ich kuschelte mich während der Fahrt an Finn und war gespannt, welche tollen Fische wir wohl sehen würden.

Kurz vor dem Ziel bekamen wir alle unser Schnorchel-Set, und wer wollte, auch eine Schwimmweste, und eine kleine Einweisung, wie wir uns verhalten sollten, wenn Rochen oder Ammenhaie auf uns zugeschwommen kamen. Erschrocken schaute ich zu Finn.

„Haie?"

„Keine Sorge, Ammenhaie sind harmlos, außer, du provozierst sie."

„Hai ist Hai. Oh Gott, hoffentlich krieg ich keine Panik." Ich erschauderte und klammerte mich an Finn fest, der wiederum sachte meine Hand tätschelte. Am Riff angekommen, zogen wir alle unsere Ausrüstung an. Der Leiter sprang als Erstes ins Wasser und zeigte uns somit, wie wir vorangehen sollten, denn das Boot war doch relativ hoch und ich hatte etwas Muffensausen, einfach so ins Wasser zu springen. Ich war eine der letzten, die sich traute und prompt verrutschte meine Schnorchel-Maske und ich schluckte auch noch Wasser. Dadurch geriet ich schon in Panik und wedelte und schlug wild mit Armen und Beinen um mich. Finn kam sofort zu mir und versuchte, mich zu beruhigen, denn durch mein Gefuchtel lockte ich Rochen an und diese Tiere waren schon sehr groß. Das wiederum verstärkte wieder meine Panik und ich fragte mich, ob ich nicht besser an Bord warten sollte. Finn überzeugte mich allerdings, mir dieses tolle Erlebnis nicht entgehen zu lassen und so fing mein Herz langsam an, wieder etwas normaler zu schlagen. Ich setzte meine Maske wieder richtig auf, atmete ein paarmal tief durch und schwamm dann zusammen mit Finn den anderen hinterher.

Unter uns tief im Wasser sahen wir noch weitere Rochen und dann kamen auch schon einige kleinere Haie. Ich versuchte, Finns Hand zu drücken, aber im Wasser gelang das natürlich nicht sonderlich gut. Er bemerkte aber meine schon wieder aufkeimende Angst und gab mir zu verstehen, dass alles okay war. Der Leiter gab uns ebenfalls ein Zeichen, dass wir auf der Stelle schwimmen sollten. Dann sahen wir alle wie gebannt zu, als er einen der Haie vorsichtig zwischen seine Arme nahm und damit zu uns kam. Jeder, der wollte, durfte ihn kurz streicheln. zusammen mit Finn wagte auch ich es und war überrascht, dass sich die Haut des Haies wie Sandpapier anfühlte, total rau.

Wir schwammen alle weiter und sahen viele bunte Fischschwärme und plötzlich tauchte unser Leiter in die Tiefe. Wie tief genau es war, konnte ich nicht sagen, da das türkisfarbene Wasser so glasklar war, dass man es nicht schätzen konnte.

Gespannt, was er mit an die Oberfläche brachte, warteten wir auf ihn. Er hatte eine wirklich, wirklich große Muschel gesehen und wollte sie uns zeigen. Die Unterwasserwelt war einfach fantastisch und ich war froh, dass ich doch den Mut aufgebracht hatte und mit geschwommen war.

Nach gut einer Stunde im Wasser, die wie im Flug verging, fanden wir uns alle wieder auf dem Speedboot ein und fuhren nach San Pedro, wo wir bei *Fido's* zum Mittagessen einkehrten. Die Speisekarte war riesengroß auf ein buntes Surfbrett geschrieben. Das sah super aus und war wirklich originell. Wir ließen es uns schmecken und hatten im Anschluss noch Zeit, die Gegend zu erkunden beziehungsweise einen Einkaufsbummel zu unternehmen.

„Also ich bin immer noch beeindruckt von dieser Surfbrett-Speisekarte. Ich fand die total klasse, auch wenn das Essen etwas gewöhnungsbedürftig war."

„Ja, die Idee war wirklich cool und heute Abend haben wir ja wieder unser großes Buffet an Bord. Ist also halb so wild." Ich schlenderte mit Finn Arm in Arm am Strand entlang. Wir kamen zu einem kleinen Bootssteg, auf den wir uns kurz setzten und uns die Gegend ansahen.

„Moment! Nicht bewegen!", rief Ian uns plötzlich zu, zog sein Handy aus der Hosentasche und machte ein Foto von uns.

„Was sollte das denn jetzt?", fragte Finn amüsiert.

„Keine Ahnung, aber ihr habt gerade wirklich nett ausgesehen und da dachte ich mir, das wäre ein tolles Erinnerungsfoto." Ian zuckte mit den Schultern, drehte sich um und ging weiter. Ich blickte Finn mit einer hochgezogenen Augenbraue an.

„Manchmal hat er solche komischen Momente. Die sind genauso schnell weg, wie sie da waren. Einfach nur wundern, nichts weiter."

Wir standen auf und gingen alle weiter zu der kleinen Ladenstraße, um uns dort etwas umzusehen. Fünf Postkarten, ein Teelichthalter und ein Handtuch später wollten wir die letzte Stunde noch mal am Strand verbringen.

Und dann passierte es – Callum trat im Wasser auf einen Rochen! Wie er das geschafft hatte, konnte keiner sagen. Wir sahen nur das Blut aus seinem Fuß hervorquellen, hörten seinen Aufschrei und rannten bereits zu ihm. Patrick war so geistesgegenwärtig und rannte zur Bar, in der wir zu Mittag gegessen hatten und ließ dort einen Arzt oder irgendjemanden rufen, der Callum helfen konnte.

Wir anderen trugen ihn inzwischen aus dem Wasser und brachten ihn ein Stück nach hinten, wo der Sand nicht mehr ganz so fein war, da er in Gras überging und setzten ihn ab.

„Setz deinen Fuß ja nicht auf die Erde! Da darf jetzt kein Schmutz oder irgendwas hineinkommen, sonst kriegst du eine fette Infektion!", wies Finn Callum an. Dieser nickte nur mit schmerzverzerrtem Gesicht.

„Hier! Ich habe doch vorhin ein Handtuch gekauft, das können wir um seinen Fuß wickeln, bis Hilfe kommt. Hat jemand Patrick gesehen? Wo bleibt denn der Arzt?"

Alle waren völlig aus dem Häuschen, aber Finn behielt die Nerven – fürs Erste.

„Lass mich mal sehen, Kumpel. Vielleicht kann ich dann einschätzen, wie schlimm es ist." Er tupfte vorsichtig das Blut mit dem Handtuch ab, das Callum zu einem kläglichen Wimmern brachte. Er zog scharf die Luft ein, als er zwischen zusammengepressten Zähnen hervorbrachte:

„Und? Wie schlimm ist es? Kann das der Arzt auf dem Schiff versorgen?"

„Alter, bis zur Rückfahrt kann das nicht warten! Das muss sich sofort ein Arzt ansehen", blaffte Ian, da er kein Blut sehen konnte und halb vor einer Ohnmacht stand.

„Ich muss Ian leider recht geben. Das sieht extrem tief aus, muss wohl genäht werden und das kann nicht bis zum Schiff warten! Vielleicht war er sogar giftig? Verdammt, ich hoffe nur, dass die sich beeilen!" Finn wickelte das Handtuch, so fest er konnte, um Callums Fuß, der vor Schmerz aufschrie.

„Der Arzt wurde verständigt!", keuchte Patrick völlig außer Atem, als er wieder bei uns ankam. „Es dürfte nicht lange dauern, allerdings meinte der Typ aus der Bar, wenn er das Schiff verpasst, müsste er einen Flug nach Hause buchen, da die Kreuzfahrtschiffe nicht warten würden. Stimmt das?" Sorge lag in seinem Blick, als er einmal in die Runde schaute.

„Ich hab keine Ahnung, ist ja meine erste Kreuzfahrt! Ihr seid doch hier die Experten!" Mir wurde ganz übel. Callum durfte das Schiff doch nicht verpassen, die mussten einfach auf ihn warten!

„Ist aber gut möglich", gab Finn zu bedenken. „Jede Stunde Verzögerung kostet extra Anlegegebühr und keiner von uns weiß, wie hoch diese Gebühr ist. Sollten wir ohne Callum zurück zum

Schiff fahren müssen, werden wir denen das Dilemma erklären und sie irgendwie dazu bringen, zu warten. Keine Sorge, Kumpel. Wir kriegen das hin! Wirst sehen!"

Da hörten wir das Sirenengeheul eines Krankenwagens und atmeten alle erleichtert aus. Dann ging auch schon alles rasend schnell. Der Arzt warf einen kurzen Blick auf den Fuß, wies seine Helfer an, Callum so schnell wie möglich einzupacken und zu fahren. Er wusste zwar nicht genau, auf welchen Rochen er getreten war, aber da die meisten hier lebenden Rochen Gift im Stachel hatten, galt es, schnell zu handeln. Ich wollte schon mit Callum mitfahren, aber Finn hielt mich ab.

„Ich würde ihm auch gern beistehen, aber es bringt nichts, wenn mehr als einer das Schiff verpasst, sollten wir nichts an Bord bewirken können." Betroffen schaute ich Callum beziehungsweise dem Fahrzeug hinterher. Finn nahm mich in den Arm und streichelte mir über das Haar, denn nachdem der Schockzustand anfing, nachzulassen, begannen die Tränen, zu fließen, obwohl ich das gar nicht wollte.

Die nächsten Stunden waren die längsten, die ich jemals erlebt hatte.

Sobald wir wieder an Bord der Starfish waren, gingen wir schnurstracks zur Rezeption und erklärten der Dame die Situation. Sie zeigte viel Verständnis für uns und Callums Unfall, teilte uns aber auch gleich mit, dass die Abfahrt dadurch nicht verzögert werden konnte, eben wegen der Liegegebühr und da schon das nächste

Kreuzfahrtschiff in Warteposition zum Anlegen da war.

„Aber ... das können Sie doch nicht machen! Er ist unser Freund und er hat einen schwer verletzten Fuß! Wie soll er denn nach Hause kommen? Er hat ja keinen Ausweis und auch nicht viel Geld dabei! Seine Sachen sind doch hier an Bord!" Scheinbar war ich, bis zu diesem Zeitpunkt, die Einzige, die auf diesen Gedanken gekommen war, denn jetzt wurde Finn ganz weiß im Gesicht und erkannte die Tragweite dieses tragischen Unfalles.

„Ach du Kacke! Du hast ja recht! Sein Reisepass, alles ist hier auf seiner Kabine!"

„Sir, wir müssen abwarten, was weiter geschieht. Ich kann hier erstmal nichts machen. Bis zur Abfahrt haben wir noch knapp zwei Stunden. Vielleicht schafft er es ja bis dahin." Die Dame an der Rezeption redete beruhigend auf uns ein, aber wir waren alles andere als ruhig. Das durfte alles nicht wahr sein, das musste ein Traum sein, ein unglaublich realer Albtraum!

Wir beschlossen, zusammen zur nächsten Bar zu gehen und uns erstmal einen Schnaps auf diesen Schock zu genehmigen. Außer abwarten konnten wir nichts machen, im Anschluss gingen wir hinunter zu Deck 3 und warteten, ob Callum auftauchen würde. Die Zeit verging einerseits wie in Zeitlupe, weil alle nur ganz gespannt auf den Ein- bzw. Ausgang starrten, andererseits verging sie rasend schnell, denn die Zeit lief ab und Callum war nicht da.

„Weißt du, was unglaublich süß ist?" flüsterte Finn mir ins Ohr. Ich blickte ihn an und schüttelte stumm den Kopf. „Du!"

„Ich?", fragte ich überrascht.

„Ja. Du sorgst dich genauso sehr wie wir um Callum und dabei kennst du ihn noch gar nicht lange. Das ist unglaublich von dir. Ich denke nicht, dass viele so wie du in dieser Situation reagieren würden." Er drückte mich fest an sich und ich atmete tief seinen Duft ein.

„Das glaube ich nicht. Die wären ja alle extrem herzlos! Ja, ich kenne euch noch nicht lange, aber wir haben jeden Tag zusammen verbracht und dadurch habe ich euch schon gut kennengelernt und in mein Herz geschlossen. Es ist einfach schrecklich, was Callum widerfahren ist." Ich lehnte meinen Kopf an seine Schulter und starrte weiterhin auf die Tür.

Die Zeit war abgelaufen und Callum war nicht an Bord. Verzweifelt flehten wir das Crewmitglied an, den Eingang nicht zu verriegeln, aber er hatte seine Befehle und widersetzte sich diesen auch nicht. Wir rannten alle wieder hoch zur Rezeption und verlangten, den Kapitän zu sprechen, dass er noch warten möge. Die Dame wurde sehr herrisch uns gegenüber und ließ keine Widerworte mehr zu.

„Aber das können Sie doch nicht machen!", schrie ich verzweifelt, während die anderen schon die Schultern hängen ließen. „Wie soll er denn jetzt an seine Sachen kommen? Seinen Ausweis?"

„Packen Sie seinen Koffer und bringen mir seine Sachen bitte. Ich werde dann im nächsten

Hafen ein Boot anweisen, diese zu ihm zu bringen." Mittlerweile schaute sie mich extrem genervt an. Sie hatte sehr wohl Verständnis für uns und unsere Lage, aber ihr waren die Hände gebunden. Da läutete das Telefon an der Rezeption. Sie hob den Finger und bat um Entschuldigung, dass sie rangehen musste. Da wir nichts weiter ausrichten konnten, standen wir im Kreis da und beredeten, wer welche Sachen packte. Gerade wollten wir uns auf den Weg zu seiner und Patricks Kabine machen, als uns die Dame von der Rezeption zurückrief. Plötzlich sah sie gar nicht mehr genervt aus, sondern lächelte uns höchst freundlich an.

„Meine Herrschaften, ich habe gute Neuigkeiten für Sie. Das war gerade eben der Co-Kapitän. Er sagte, dass Euer Freund per Funk durchgegeben habe, dass die Behandlung bereits beendet ist und sie mit dem Speedboot nachkommen. Es wurde ein Treffpunkt vereinbart, an dem er wieder an Bord kommen kann!" Ungläubig schauten wir uns alle gegenseitig an, bevor wir in Jubel ausbrachen. Wir umarmten uns alle gegenseitig, lachten und freuten uns riesig.

„Das ist ja superklasse! Aber wie ...? Warum ...?", stotterte ich.

„Der Kapitän hat über die gesamte Situation nachgedacht und über Funk dem Speedboot Bescheid gesagt, dass er sich melden soll, sobald klar ist, wann sie losfahren können. Der Treffpunkt ist vereinbart und in einer halben Stunde wird Ihr Freund an Bord kommen. So müssen wir keine weitere Anlegegebühr zahlen und Ihr Freund muss nicht nach Hause fliegen. Das war tatsächlich Rettung in letzter Sekunde, aber ich freue mich für Sie alle, dass es geklappt hat."

Finn hob mich hoch, drehte sich mit mir im Kreis und lachte ausgelassen.

„Oh, Gwenny, ich freue mich ja so, das ist toll!", jauchzte Finn und ich lachte mit ihm.

Wir liefen wieder alle nach unten auf Deck drei und warteten, bis Callum ankam. Er ging an Krücken und benötigte Unterstützung, um an Bord zu kommen.

„Callum!", riefen wir alle gemeinsam und stürmten auf ihn zu. Er lächelte uns gequält an und wäre fast umgeflogen, als er von uns allen gleichzeitig gedrückt und umarmt wurde.

„Mann, Kumpel! Hast du uns vielleicht einen Schrecken eingejagt! Mach das bitte nie, nie, nie wieder!" Finn klopfte Callum auf die Schulter und dann brachen die Fragen auf ihn ein. „Was genau ist denn jetzt los? Musstest du genäht werden? Darfst du noch ins Wasser? Brauchst du Schmerzmittel?"

„Okay, okay, okay! Könnte ich bitte zuerst auf mein Zimmer oder in eine Bar, damit ich mich hinsetzen kann? Oder auch gern ins Restaurant, ich hab nämlich Hunger! Großen Hunger und Durst!" Callum lachte etwas gequält, wahrscheinlich wirkte das Schmerzmittel nicht mehr ganz so gut, denn sobald wir im Restaurant waren und er etwas zu trinken hatte, schluckte er eine Tablette.

„Also, Folgendes ist jetzt Sache. Ich wurde genäht und hatte Glück im Unglück. Der Stich oder Schnitt, oder wie auch immer man das nennt, war nicht so tief wie zuerst befürchtet. Ich wurde genäht, muss morgen hier zum Schiffsarzt zum

Verbandswechsel und für weitere Schmerzmittel und darf nicht mehr ins Wasser. Ich könnte theoretisch an Ausflügen an Land teilnehmen, solange ich meinen Fuß schonen kann, denn allzu viel Laufen ist nicht drin, da könnte der Fuß sonst anschwellen. Fazit: Für mich ist der Urlaub gelaufen."

„Oh nein, das tut mir wirklich leid für dich! Wir werden dich natürlich, so gut es geht, an allem teilhaben lassen und versuchen, die Ausflüge knapp zu halten." Ich drückte Callums Hand und schaute ihn aufmunternd an.

„Ach was, das braucht ihr nicht! Genießt die letzten Tage und die letzten Ausflüge, ich kann mich an den Pool legen und komplett relaxen."

„Gwen hat sich genauso viele Sorgen gemacht wie wir anderen auch. Vielleicht fast eine Spur mehr." Finn zwinkerte mir zu und streichelte meinen Rücken.

„Und du hättest sie an der Rezeption sehen sollen, als die Dame uns sagte, dass wir nicht länger vor Anker bleiben können und du dann eben nach Hause fliegen müsstest. Sie wurde richtig gehend zur Furie!" Ian lachte laut auf und ich lief rot an, da mir jetzt mein Aufstand ganz schön peinlich war.

„Also, wenn du mich fragst, hört sich das so an, dass du sie nicht mehr gehen lassen solltest, Alter!", sagte Callum an Finn gewandt.

„Das werde ich auch nicht", flüsterte Finn schon fast, aber ich konnte es trotzdem hören. Meinte er das ernst? Würden wir uns nach dem Urlaub also auch noch sehen? Und was wäre, wenn wir dann herausfänden, dass wir gar nicht zusammenpassten, dass es nur die Kreuzfahrt gewesen war, die uns zusammengehalten hatte? In meinem Kopf schwirrten schon wieder Unmengen an Fragen, die ich nicht abstellen konnte. Das Ende des Urlaubs kam immer näher und ich wusste nicht, was danach geschah und traute mich auch nicht, das Thema anzusprechen.

Ian und Patrick brachten den geschwächten Callum nach dem Essen auf sein Zimmer und auch Finn und ich verabschiedeten uns. Der Tag war so nervenaufreibend gewesen, dass wir keine Lust mehr hatten, noch groß etwas zu unternehmen.

Finn und ich kuschelten uns unter die Bettdecke, ich legte meinen Kopf an seine Brust und dann schauten wir noch etwas fern, bis ich einschlief.

Kapitel 11

Der Wecker läutete erbarmungslos um 07:15 Uhr. Da unser heutiger Ausflug nur fünf Stunden dauerte und auch Patrick und Ian sehr zeitig wieder an Bord waren, beschlossen wir, auch daran teilzunehmen. Bereits um 08:45 Uhr war der Treffpunkt im Theater und so mussten wir uns mit dem Frühstück ranhalten.

Wir waren jetzt auf Honduras und während Patrick und Ian an einem Tauchausflug teilnahmen, besuchten Finn und ich die Festung San Fernando im Badeort Omoa mit anschließendem Strandaufenthalt. Die Festung stammte aus der Zeit der Seeräuber und war die größte von einer Kolonialmacht errichtete Befestigungsanlage in Zentralamerika. Ich war schon total gespannt. Alte Burgen und Schlösser waren meine Leidenschaft, was nicht zuletzt meiner Herkunft zu verdanken war.

Der Transfer erfolgte diesmal mit landestypischen Schulbussen, was schon wieder sehr abenteuerlich war. Die Busse besaßen allerdings nicht die üblichen Klimaanlagen, was hieß, dass es diesmal nicht eiskalt während der Fahrt war. Nach fünfundvierzig Minuten waren wir an der Festung angekommen, die zuerst von den Spaniern und später von den Briten besetzt worden war. Früher begann vor der Festung direkt das Meer und der Strand, heute wuchsen dort viel Gras und Bäume, da das Wasser zurückgewichen war.

In der Mitte der Festung wurde ein fünfzehn Meter tiefer Brunnen errichtet. Er sollte den Spaniern Süßwasser liefern, was leider nicht klappte, denn der Brunnen füllte sich mit Salzwasser und so mussten die Spanier ihr Wasser wieder von den Flüssen in die Festung transportieren. Das war natürlich wiederum sehr gefährlich.

Wir gingen auf den Burgmauern spazieren und genossen die Aussicht. Im Hofinneren waren vereinzelt alte Gegenstände aufgestellt, zum Beispiel eine alte Kanone mit Kugeln, oder eine Art Lager sowie ein Gefängnis. Leider war die Anlage nicht so interessant, wie ich gehofft hatte, und auch der Souvenirshop gab nichts Tolles her.

Anschließend ging es mit dem Bus weiter zum dunklen Sandstrand, wo wir circa zwei Stunden Aufenthalt hatten. Es war ein Privatstrand, der zu einem Hotel gehörte, bei dem wir auch mit Wasser und Snacks versorgt wurden. Der Strand selbst war wunderschön. Tatsächlich sehr dunkel, aber auch sehr fein. Finn und ich gingen erstmal eine Runde spazieren, während sich die meisten gleich in die Fluten stürzten.

Auf unserem Spaziergang fanden wir allerhand merkwürdige Dinge am Strand. Da waren unter anderem ein Tierschädel, bereits ohne Haut, nur noch das Skelett war übrig. Wir konnten nicht sagen, von welchem Tier, einigten uns aber darauf, dass er vielleicht von einem kleinen Kaiman war. Kurz darauf lag ein, leider bereits toter, Seestern am Strand. Und dann kam wohl das Merkwürdigste überhaupt! Ich sah etwas, das aussah wie ein Kopf. Ich winkte Finn heran, um ihn zu fragen, ob er wüsste, was es war, aber er verneinte. Und dann bewegte sich der vermeintliche Kopf und wir erschraken ganz fürchterlich. Es stellte sich heraus, dass es ein Tier war und wohl unverletzt, denn nach kurzer Zeit vergrub es sich in den Sand und wart nicht mehr gesehen. Mich schüttelte es am ganzen Körper.

„Komm, lass uns lieber an ein anderes Eck des Strandes gehen, vielleicht gibt es da nicht so gruselige und seltsame Dinge!", sagte ich zu Finn und nahm seine Hand. Dieser war immer noch fasziniert von der Kreatur, die sich gerade in den Sand gebuddelt hatte, kam aber mit mir mit.

Das Wetter auf Honduras war zwar heiß, aber nicht sonnig. Es waren viele Wolken am Himmel, die die Hitze erträglich machten. Wir schwammen eine Runde im Wasser und kuschelten uns dann am Strand aneinander, bevor es wieder zurück zum Schiff ging.

„Weißt du, auch wenn der Ausflug jetzt nicht der interessanteste war, so war er doch super, da ich ihn mit dir verbringen konnte." Ich schaute Finn in die Augen und lächelte ihn glücklich an.

„Geht mir ganz genauso, obwohl ich schon gern gewusst hätte, was das vorhin für ein komisches Vieh war. Ich grübele immer noch darüber nach. Zu dumm, dass wir kein Foto geschossen haben." Finn legte seinen Arm um meine Taille und wir schlenderten zurück zum Bus.

Zurück an Bord suchten wir Callum, der mit seinen Krücken und dem dicken Verband am Fuß nicht schwer zu finden war. Er lag im Schatten am Pool und las ein Buch.

„Du liest?", fragte ich ihn amüsiert. Ich hatte während der ganzen Zeit an Bord bisher noch keinen der vier ein Buch lesen sehen. Allerdings gab es ja auch reichlich andere Aktivitäten, das gab ich zu.

„Klar. Ich hab hier einen alten Thriller von Agatha Christie. Der ist super!" Er grinste mich an.

„Wie geht es dir denn so? Warst du schon beim Arzt?", erkundigte sich Finn fürsorglich.

„Ja, Mami", veräppelte Callum ihn. „Es sieht soweit alles gut aus und ich habe neue Schmerzmittel erhalten, die sind echt super!" Er lachte und streckte einen Daumen nach oben.

„Okay, das erklärt so einiges!" Finn rollte mit den Augen und schüttelte belustigt den Kopf. „Ich hol uns was zu trinken. Möchtest du auch etwas, Callum?"

„Nein danke. Ian und Patrick waren vorher schon hier und haben mir etwas gebracht. Sie ziehen sich gerade um und kommen dann wieder zum Pool."

„Oh, die zwei sind auch schon wieder zurück. Das ist ja super. Ich habe in der Bibliothek hier einige Spiele gesehen, auch Spielkarten. Wir könnten doch etwas davon holen. Dann wird der Nachmittag für dich nicht ganz so langweilig?!", schlug ich vor. Finn nickte zustimmend und Callum fing zu grölen an.

„Yes, Baby. Strippoker!!" Er wackelte anzüglich mit den Augenbrauen und grinste bis über beide Ohren, was ihm einen bösen Blick und ein Knurren von Finn einbrachte. Ich kicherte, denn ich schob das alles auf die Schmerzmittel.

„Ich dachte eher an etwas Jugendfreies, da ich hier am Pool spielen wollte. Was haltet ihr von *Activitiy*?" Ich schaute Finn, der immer noch einen bösen Blick auf Callum warf, an.

„Von mir aus. Könnte lustig werden."

„Super. Ich hol es schnell, sofern es da ist." Ich gab Finn ein Küsschen, lächelte Callum an und ging in die Bibliothek, um nach dem Spiel zu schauen. Wir hatten Glück, es war noch da und so nahm ich es mit. Beim Pool waren inzwischen auch Ian und Patrick zurück und wurden gerade in den Plan, ein Brettspiel zu spielen, eingeweiht.

„Echt jetzt? Ist das euer Ernst? Wie alt sind wir, vierzehn?!" Patrick maulte etwas vor sich hin, er war nicht wirklich begeistert von der Idee.

„Hey, um was geht's? Patrick, willst du etwa nicht spielen?" Ich stupste ihn an und wollte ihn somit dazu bewegen, doch mitzumachen.

„Ich weiß nicht. Ich hab seit fast zehn Jahren kein Brettspiel mehr gespielt. Das ist doch etwas für Kinder."

„Wir sind doch eh fünf Personen, wie wäre es, wenn du den Schiedsrichter machst? Finn und ich sind ein Team und Callum mit Ian das andere", schlug ich vor. Damit waren alle einverstanden und wir begannen zuerst etwas zaghaft, zu spielen. Im Laufe der Zeit hatten wir uns daran gewöhnt und es wurde sehr viel ausgelassener. Alle hatten Spaß und lachten um die Wette. Selbst der Griesgram Patrick amüsierte sich prächtig. So verging der Nachmittag wie im Flug. Als ich das Spiel wieder aufräumte, stand die Sonne bereits sehr tief. Ich ging an unserer Kabine vorbei und holte den Fotoapparat. Zurück bei den anderen, bewunderten wir den schönen Sonnenuntergang und ich schoss ein paar beeindruckende Fotos.

Danach gingen wir alle zusammen zum Abendessen. Unsere Stimmung war weiterhin ausgelassen und wurde noch schlimmer, als wir den Tischwein leerten. Callum hatte der Tag jedoch etwas angestrengt und sein Fuß schmerzte. Wir brachten ihn in seine Kabine. Patrick und Ian wollten noch zur Bar, Finn und ich schauten, was im Theater aufgeführt wurde und besuchten schlussendlich die Feuershow, bei der nicht nur den Artisten heiß wurde.

„Morgen ist noch mal Seetag, bevor wir unser letztes Ziel, die Cayman Islands, erreichen. Wollen wir hier abbrechen und *ins Bett gehen*? Morgen können wir ja ausschlafen!" Finn sah mich an und wackelte anzüglich mit den Augenbrauen. Gleichzeitig spitzte er den Mund, so als wollte er mir einen Kuss geben. Ich fing zu kichern an, denn das sah echt komisch aus.

„Ich bin zu allen Schandtaten bereit" wisperte ich und leckte mir lasziv über die Lippen, was Finn dazu veranlasste, kurz Luft zwischen den Zähnen einzusaugen.

Zum Glück saßen wir relativ am Rand und störten nur wenige Leute, als wir aufstanden und zum Ausgang gingen. Außerhalb des Theaters war es schrecklich grell und ich musste mir für einen kurzen Moment die Augen zuhalten. Finn legte wieder seinen Arm um meine Taille und raunte mir amüsiert ins Ohr:

„Keine Sorge, bei uns wird es nicht so hell sein, außer, du verlangst es!"

„Könnte tatsächlich sein, dass wir ein wenig Licht benötigen! Wie wäre es mit Zimmerservice? Wir könnten uns ein paar Erdbeeren und etwas Sahne bringen lassen!" Ich zwinkerte Finn verführerisch zu und sein Gesicht begann, zu leuchten.

„Das ist eine hervorragende Idee! Komm schnell, ich will keine Zeit verlieren!" Er zog mich an der Hand mit sich und ich musste auflachen. Im Zimmer angekommen, verschwendete Finn keine Zeit und rief sofort beim Zimmerservice an. Er orderte zusätzlich zu den Erdbeeren und der Sahne noch eine Flasche Sekt. Ich schüttelte den Kopf, grinste aber dabei und verschwand kurz im Bad, um mich etwas frisch zu machen.

Es dauerte tatsächlich nicht lange und der Zimmerservice brachte unser bestelltes Essen.

Finn und ich stießen erstmal mit einem Gläschen Sekt an. Ich hatte mir einen Bademantel angezogen, da wir in absehbarer Zeit sowieso nichts mehr anhaben würden.

„Auf was trinken wir?" Ich setzte mich Finn gegenüber auf das Bett und strahlte bereits bis über beide Ohren.

„Auf diese Kreuzfahrt und dass sie uns zusammengebracht hat", schlug Finn vor. Ich nickte, dann stießen wir an, schauten uns dabei in die Augen und tranken. Ich wurde ein kleines bisschen melancholisch, was Finn sofort bemerkte.

„Hey, was ist los?", besorgt sah er mich an.

„Nichts. Es ist nur – wir haben nur noch den morgigen Seetag und dann bereits als letztes Ziel die Caymans. Dann ist die Reise und unser Urlaub vorbei. Das macht mich traurig, denn wer weiß schon, wie es weitergeht?!"

„Darüber mach dir doch jetzt noch keine Gedanken! Wir genießen die Zeit zusammen, solange wir können!"
Damit kam er zu mir, nahm mir das Glas aus der Hand und küsste mich liebevoll. Er legte seine Hände an meine Wangen, bevor sie auf Wanderschaft gingen und meinen Bademantel öffneten.

Ich löschte das Licht bis auf einen kleinen Spot bei der Tür, so spendete es genügend Helligkeit, dass wir die Erdbeeren sehen konnten, es uns ansonsten aber nicht störte oder blendete. Ich nahm eine Erdbeere, tunkte sie mit der Spitze in die Sahne, sah Finn dann fest in die Augen und leckte die Sahne lasziv von der Erdbeere, bevor ich die Spitze in den Mund nahm, meine vollen Lippen darum schloss und genüsslich abbiss. Finn schluckte hart.

„Du bist unglaublich schön und sexy. Ist dir das überhaupt bewusst?!" Seine Stimme wurde bereits rauer und ich bemerkte auch, dass sich seine Hose auszubeulen begann.

„Danke, aber das kann gar nicht sein", entgegnete ich verlegen.

„Und wie! Du weißt genau, wie du einen Mann verrückt machen kannst! Und jetzt her mit dieser Erdbeere!" Er schoss zu mir nach vorne und schnappte sich meine Erdbeere. Ich quiekte erschrocken und gleichzeitig belustigt auf. Wir entledigten uns beide unserer Bekleidung und Finn holte die Sahne.

„Leg dich hin, ich werde dich jetzt etwas verwöhnen!", raunte er. Ich tat wie mir geheißen und war gespannt, was nun folgen würde.

Finn tauchte seinen Finger in die Sahne und verteilte sie auf meinen Brüsten, die sich unter der plötzlichen Kälte sofort aufrichteten. Dann nahm er eine Erdbeere und verstrich damit die Sahne auf meiner Brust. Er ließ sie über meine Lippen gleiten und ich biss vorsichtig davon ab. Dann leckte er die Sahne wieder von meinen bereits steifen Brustwarzen. Das alleine brachte mich schon zum Aufstöhnen, und das war gerade mal der Anfang.

Die Sahnespur, die er zog, wanderte jetzt nach unten zu meiner empfindlichsten Stellen und ich ließ mich einfach fallen und genoss seine Berührungen.

Am nächsten Morgen ließen wir das Frühstück nochmals ausfallen, da wir ja wussten, dass es wieder Brunch am Pool gab und vergnügten uns lieber im Bett.

„Wie heißt es so schön: Sex am Morgen vertreibt Kummer und Sorgen!" Frech grinste ich Finn an.

„Ach, heißt es das? Was vertreibt denn dann alles doppelter Sex am Morgen?" Verführerisch knabberte er wieder an meinem Hals, der noch verschwitzt von der ersten Runde war.

„Na ja, zumindest deine Kumpels!", fügte ich lachend hinzu. Ich kuschelte mich an ihn und fühlte mich extrem geborgen. Ich wollte Finn überhaupt nicht loslassen, so schön war es mit ihm. Diese Gefühle hatte ich bei Angus nie wirklich gehabt. Angus. Plötzlich überkam mich ein flaues Gefühl im Magen. Aus einem Impuls heraus, griff ich nach meinem Handy und schaute, ob vielleicht neue Nachrichten von Ava oder Freya eingegangen waren. Und tatsächlich, es war eine Nachricht von Ava im Posteingang. Sie schrieb aber nicht im Gruppenchat, sondern hatte mich gesondert angeschrieben, was entweder hieß, Freya sollte es nicht mitbekommen oder es war etwas Ernstes.

„Was ist los? Du schaust auf einmal so nachdenklich?" Finn schielte leicht auf mein Handy, konnte aus seinem Winkel aber nichts lesen.

„Ich hab eine Nachricht von einer meiner Freundinnen. Ava. Du weißt schon, die mir die Kreuzfahrt gebucht hat", sagte ich knapp.

„Ah, ja. Ich erinnere mich. Ich muss mich ja noch bei ihr bedanken. Gut, bei Mädels-Gesprächen bin ich raus. Ich geh dann mal duschen." Er gab mir noch einen Kuss, bevor er im Bad verschwand.

Ich setzte mich auf und öffnete mit klopfendem Herzen die Nachricht.

Ava:
Hey Süße, jetzt ist es nicht mehr lange und ich kann dich endlich wieder in den Arm nehmen. Zwei Wochen ohne dich sind eine kleine Ewigkeit!
Du fragst dich sicher, warum ich dir extra schreibe und nicht im Gruppenchat, nun ja. Ich hatte letztens Besuch im Reisebüro und da ich Freya nicht aufregen möchte, schreibe ich dir so.
Angus war bei mir! Er wollte wissen, wo du bist, da er dich zu Hause seit Tagen nicht antreffen konnte. Scheinbar hat er es wohl öfters versucht. Ich wollte es ihm nicht sagen, da er aber drohte, einen Aufstand zu machen und mein Chef gerade nicht gut auf mich zu sprechen ist, musste ich sagen, dass du eine Kreuzfahrt machst und bald zurückkommst.

Er meinte, er würde dich gerne am Flughafen überraschen und dich zurückhaben wollen! Ich hab gesagt, dass kann er vergessen und dass du bereits einen neuen Freund hast. Er hat mir nicht geglaubt! Sorry, ich wollte dir die letzten zwei Tage nicht versauen, aber das solltest du doch wissen! Wenn du das liest, kannst du mir gern antworten. Ist ja Wochenende und ich hab den Ton für dich angelassen.

Bussi, Ava

Das musste ich erst einmal verdauen. Angus war bei Ava im Reisebüro gewesen? Und er wollte mich zurück? Angus hatte seine Meinung, wenn er erstmal eine gefällt hatte, noch nie geändert. Warum also jetzt? Ich saß kerzengerade und kreidebleich im Bett, als Finn wieder aus dem Bad kam.

„Gwen? Was ist los? Du bist ja ganz weiß im Gesicht!" Finn kam gleich zu mir gestürzt, da er dachte, ich hätte schlimme Nachrichten erhalten.

„Nein, es ist nichts. Es geht nur um meinen Ex-Freund, aber das braucht dich nicht zu belasten." Ich schenkte ihm ein aufmunterndes Lächeln. „Du, wie wäre es, wenn du schon mal zu den anderen gehst? Ich brauche hier noch einen Moment."

„Wie du möchtest. Aber du weißt, ich bin für dich da, wenn du mich brauchst!" Er streichelte mir über den Kopf, gab mir einen Kuss auf die Stirn und ging zu den anderen. Ich nickte ihm zu.

„Das weiß ich", flüsterte ich leise. Dann hob ich das Handy wieder an und schrieb an Ava.

> Ich:
> Hey Ava, danke für deine Nachricht und danke, dass du mich vorgewarnt hast. Ich weiß gar nicht, was ich sagen soll. Angus hat seine Meinung noch nie geändert, wenn er einmal eine gefällt hatte … Konntest du ihn nicht abschütteln? Ich will ihn nicht sehen. Warum auch. Ich meine, ich weiß zwar noch nicht, wie es mit Finn weitergeht, aber ich kann auf Angus verzichten! Das weiß ich genau! Und wenn er schon so oft bei mir zu Hause war, warum ruft er mich dann nicht an?
> Fragen über Fragen, mir schwirrt der Kopf.
> Bussi, Gwenny

Die Antwort von Ava kam umgehend.

> Ava:
> Er konnte dich nicht anrufen, da er deine Nummer bereits gelöscht hatte und ich hab sie ihm unter keinen Umständen wiedergegeben! Was wäre ich denn für eine Freundin!

Ich:
Er hatte sie bereits gelöscht?! Da sieht man mal wieder, dass seine Entscheidung endgültig war!
Ich krieg gerade voll das Kotzen, das sag ich dir!

Ava:
Ja, das dachte ich mir auch! Er meinte, er hätte jetzt gemerkt, was er an dir hatte und dass er es noch mal mit dir versuchen möchte. Er hätte sich geändert. *hahahaha*
Als würde der sich ändern, und schon gar nicht innerhalb eines halben Jahres! Allerdings schien es ihn tatsächlich getroffen zu haben, dass du alleine auf Kreuzfahrt gegangen bist.

Ich:
Klar, jetzt fällt ihm auf, wie leicht alles mit mir war, da ich ja zu fast allem Ja und Amen gesagt hab ... Oh Mann, und wie war das, er will mich am Flughafen abholen? Nicht wirklich, oder? *Schreck lass nach*

Ava:
Ja, ich musste ihm die Informationen leider geben, da er sonst den Megaaufstand im Reisebüro gemacht hätte. Du weißt, das kommt schon mal gar nicht gut, und mein Chef ist gerade nicht gut auf mich zu sprechen, da ich letztens gute Kunden etwas verärgert hatte. Sorry. Ich werde aber auch zum Flughafen kommen. Ich lass dich nicht alleine mit ihm! Den werden wir schon wieder los! Und jetzt genieße noch deine letzten Tage und denk nicht weiter drüber nach. Wir regeln alles, wenn du wieder zu Hause bist! Ich wollte nur, dass du nicht unvorbereitet am Flughafen stehst.

Ich:
Ich danke dir. Mich hätte der Schlag getroffen, wenn ich ihn gesehen hätte, ohne es vorher zu wissen! So ist es schon besser. Wir sehen uns bald wieder! Drück dich. Bye, bye.

Ava:
Bis ganz bald. Drück dich auch. Bye, bye.

Ich legte das Handy weg und schaute erstmal aus dem Fenster. Ich konnte es nicht fassen. Angus hatte seine Meinung geändert. Er wollte mich zurück. Ein halbes Jahr nach unserer Trennung und das, obwohl er bereits meine Nummer gelöscht hatte! Was hatte ihn dazu bewogen? Und wie sollte ich mich ihm gegenüber verhalten? Ich wollte ihn gern zum Teufel schicken, denn in dem Moment fiel mir wieder ein, wie er mich behandelt hatte. Wie er Schluss gemacht hatte und was ich seinetwegen alles hatte durchmachen müssen. Ich wollte ihn nicht mehr, ich liebte ihn nicht mehr! Ich hatte mich in Finn verliebt.

Finn! Mein Gesicht begann wieder, zu leuchten und ich lächelte, da ich mir diese Gefühle endlich eingestand. Ja, ich hatte mich in Finn verliebt! Er war gut für mich! Und ich hoffte, dass das auch nach dem Urlaub noch lange so bleiben würde. Daher beschloss ich, Avas Rat anzunehmen und das Hier und Jetzt zu genießen und nicht weiter an diesen Nichtsnutz Angus zu denken! Ich würde mir nicht meinen Urlaub von ihm zunichtemachen lassen!

Entschlossen erhob ich mich aus dem Bett, machte mich in Windeseile fertig und ging Finn hinterher. Es dauerte auch nicht lange und ich hatte Angus für den Moment wieder vergessen, denn die Jungs blödelten erneut, was das Zeug hielt.

„Ich kann mir kaum vorstellen, wie diese Kerle mit Anzug und Krawatte ernste Gespräche führen!", witzelte ich in Finns Richtung und lachte mit.

„Da würdest du dich auch sehr wundern. Das ist wie Tag und Nacht. Zwei völlig verschiedene Welten! Deshalb tun ihnen, und natürlich auch mir, solche Urlaube ganz gut. Einfach nur Spaß haben und sich rundum verwöhnen lassen." Er nahm mich in den Arm und wir wiegten uns hin und her.

Der restliche Tag versprach, nicht sonderlich spektakulär zu werden. Callums Fuß verheilte recht gut, aber er benötigte immer noch Schmerzmittel, was ja kein Wunder war. Da er sich nicht sonderlich gut auf dem Schiff bewegen konnte, taten wir Übrigen das auch nicht. Wir lagen alle am Pool im Schatten, tranken den ein oder anderen Cocktail, aßen vom Buffet und spielten ab und zu Karten. So verging der Tag zwar relativ langsam, aber zumindest waren wir ziemlich relaxt und konnten den Ausflugsstress der letzten Tage etwas verdauen.

„Wer kommt denn heute Abend mit zur Beach-party am Pool?", fragte Patrick plötzlich. „Es soll wieder Cocktails aus Früchten geben und Musik aus den Achtzigern und Neunzigern! Das wird sicher toll! Fette Party zum Abschluss!" Zustimmendes Gemurmel erklang von allen Seiten und Patrick blickte zufrieden lächelnd in die Runde.

Die Party am Abend war der Renner! Ich hätte geschworen, 90 Prozent der Passagiere tummelten sich an Deck beim Pool und den Liegen, tranken etwas, tanzten und unterhielten sich. Auch die Laser waren wieder eingeschaltet, wenn auch nicht so eindrucksvoll wie bei der direkten Laser-show, aber es sah trotzdem super aus. Finn und ich gingen auf das Sonnendeck, hielten unsere Ananas-Cocktails in der Hand und blickten über die Reling auf das dunkle Meer hinaus. Er legte sentimental einen Arm um meine Schulter.

„Kaum zu glauben, dass morgen bereits der letzte Tag ist, findest du nicht? Dieser Ausblick ist auch wunderbar. Ich meine, man sieht zwar nichts, aber das Rauschen des Meeres ist doch trotzdem unglaublich beruhigend." Ich schmiegte mich an seine Schulter.

„Ja, das ist es. Wo du gerade von letzter Tag sprichst ... Wir haben noch nicht wirklich darüber gesprochen, wie es im Anschluss zu Hause mit uns weitergeht." Ich wagte nicht, ihn anzusehen, spürte aber, wie sich sein Körper anspannte.

„Das müssen wir doch auch nicht jetzt besprechen, oder? Lass uns die Zeit noch genießen und sehen, was dann kommt. Hm? Einverstanden?" Er rieb mir über den Arm und drückte mich näher an sich.

„Ich hätte zwar gerne Klarheit, aber wenn du nicht willst, ist das ja irgendwie auch eine Antwort. Gut, dann eben das Hier und Jetzt! Lass uns tanzen!" Innerlich total aufgewühlt, zog ich ihn trotzdem mit auf die Tanzfläche, wo ich so lange tanzte, bis ich dachte, meine Füße würden mir abfallen. Die Zeit war weit fortgeschritten, Callum hatte sich längst verabschiedet und auch die Jungs gingen nacheinander in die Kabinen. Ich warf einen letzten Blick über die Reling, trank noch einen letzten Schluck, wie zum Abschied und ging zusammen mit Finn in unsere Kabine. Ich wurde immer stiller, denn es wurmte mich schon sehr, dass er nicht über die Zeit nach dem

Urlaub sprechen wollte. Andererseits konnte das ja nur bedeuten, dass ich tatsächlich nur ein Urlaubsflirt war. Ob ich darüber nun glücklich war oder nicht, konnte ich nicht mit Gewissheit sagen. Einerseits hatte ich meinen Spaß und brauchte mich nicht über Komplikationen nach dem Urlaub zu ärgern. Andererseits war ich danach wieder alleine. Was ich auf alle Fälle war, glücklich, Finn und die Jungs kennengelernt zu haben.

Wir schliefen in dieser Nacht noch einmal miteinander, wobei es sich irgendwie anfühlte, als wäre es das letzte Mal gewesen. Wir ließen uns beide viel Zeit. Erkundeten und liebkosten jeden Zentimeter unserer Körper und unsere Bewegungen hatten etwas Sehnsüchtiges, fast Verzweifeltes an sich. Etwas, das nur schwer in Worte zu fassen war. Als wir endlich erschöpft nebeneinanderlagen, keuchend und schwitzend, ging schon fast die Sonne auf.

„Wir müssen noch etwas schlafen, Liebes", brachte er gerade noch heraus, bevor sein Atem bereits gleichmäßiger ging und er eingeschlafen war.

Ich kuschelte mich an ihn, hielt ihn fest und eine Träne lief über meine Wange. Vermutlich aus Wehmut, da der Abschied bald bevorstand.

Nach ein paar Stunden klingelte der Wecker und wir mussten beide herzhaft gähnen und uns strecken und recken. Obwohl wir nur wenige Stunden Schlaf hatten, waren wir trotzdem ziemlich gut ausgeruht. Finn sprang fröhlich und pfeifend aus dem Bett und unter die Dusche. Ich wäre ihm und seinem knackigen Hintern gern gefolgt, aber die Dusche war dermaßen klein, dass wir unmöglich zu zweit hineingepasst hätten. Also begnügte ich mich damit, schon mal meine Anziehsachen rauszusuchen und für den Ausflug soweit alles fertig zu machen.

Wir waren jetzt bei den Cayman Islands angekommen, genauer gesagt auf Grand Cayman. Ein Paradies auf Erden und auch ein Steuerparadies. Ich freute mich sehr auf den heutigen Tag, denn es würde wohl der beste nach Mexiko werden. Und bekanntlich kam das Beste ja zum Schluss! Der heutige Ausflug hieß: Nautilus Semi Submarine & Inselrundfahrt. Da mein Schnorchel-Versuch ja fast damit geendet hatte, dass ich ertrunken wäre, dachte ich mir, die Unterwasserwelt mit etwas mehr Sicherheit zu betrachten, wäre eine bessere Idee. Wie so viele meiner Ausflüge dauerte auch dieser nur knapp vier Stunden, was mir nichts ausmachte, denn am Nachmittag wollten die Jungs und ich noch zum weltberühmten Seven Mile Beach und uns dort die Sonne auf den Pelz brennen lassen sowie die letzten Stunden an einem Strand genießen.

„Ich bin fertig, du kannst dich frisch machen." Ich erschrak, als Finn hinter mir stand, da ich so in Gedanken versunken gewesen war. Lachend schlang er seine Arme um mich, legte sein frisch rasiertes Kinn auf meine Schulter und meinte: „Oh, entschuldige. Ich wollte dich nicht erschrecken. An was hast du gedacht?"

„Ich habe über unseren Ausflug nachgedacht und an den Nachmittag am Strand. Ich freue mich schon total drauf. Das wird sicher ein toller letzter Tag!" Ich strahlte ihn an, gab ihm einen leidenschaftlichen Kuss und ließ ihn keuchend stehen, als ich ins Bad ging.

„Das kannst du doch nicht machen! Erst anheizen und dann die Luft rauslassen!", schrie er mir beleidigt hinterher. Ich lachte nur auf. Sollte er ruhig wissen, was ihm nach dem Urlaub fehlen würde. Ja, auch ich hatte eine kleine, sadistische Ader in mir. Ich grinste mein Spiegelbild an und hüpfte in die Dusche unter das herrlich warme Wasser.

Das Frühstück fiel relativ kurz aus, Ian und Patrick verabschiedeten sich als Erstes, die zwei machten heute bei der Speed-Boot-Fahrt mit. Callum saß etwas betrübt am Tisch und stocherte in seinem Essen herum.

„Sollen wir fragen, ob noch ein Platz für dich bei unserer Inselrundfahrt frei ist? Das dürfte nicht zu anstrengend werden." Sein Gesicht hellte sich etwas auf.

„Meinst du wirklich? Ich kann ja nicht so schnell laufen, und da gibt es ja sicher auch etwas zu Fuß zu betrachten, oder?"

„Das schon", gab Finn zu bedenken, „aber die haben sicher auch einen klappbaren Rollstuhl, damit du deinen Fuß nicht so belasten musst. Und bevor du hier auf dem Schiff nur Trübsal bläst, fragen wir einfach."

Jetzt grinste Callum und war uns sehr dankbar. Wir standen also alle gleich auf und gingen sofort zur Rezeption, um nachzufragen, da man so kurz vor einem Ausflug die Buchungsstation nicht mehr verwenden konnte.

Die Dame an der Rezeption, die Callum mittlerweile kannte, rief gleich bei der Krankenstation an, um einen Rollstuhl zu organisieren. Sie sagte, es wäre überhaupt kein Problem, noch an dem Ausflug teilzunehmen und es wäre auch nicht sonderlich anstrengend, sodass Callum getrost mitkonnte. Er freute sich riesig und umarmte uns, so gut es ging. Finn und ich freuten uns auch, obwohl Finn die Zeit gern mit mir alleine verbracht hätte, aber Callum war schließlich sein Kumpel und sie hatten sowieso kaum Ausflüge zusammen verbracht.

Als wir das Schiff verließen, mussten wir nur circa fünf Minuten den Pier entlanggehen, damit wir zu unserer Nautilus kamen. Es war ein Boot, das an der Wasseroberfläche schwamm, aber unter Deck mit großen Fenstern und Sitzgelegenheiten ausgestattet war, sodass man gefahrlos und bequem die Unterwasserwelt am Cheeseburger Reef beobachten konnte. Ich fragte mich zwar, warum es ausgerechnet so hieß, aber beantworten konnte mir das keiner.

Die Fahrt begann und wir nahmen bereits unter Deck Platz, um ja nichts zu verpassen. Als wir am Reef ankamen, fütterte die Mannschaft oben die Fische etwas an, damit wir auch etwas zu sehen bekamen, außer den wunderschönen Korallen, die ab und zu auch bunt leuchteten. Die Fische kamen und hatten die verschiedensten Farben und Formen und waren einfach nur wunderschön. Nach einer Weile stupste mich Finn an und deutete ganz nach unten.

„Sieh mal, dort unten. Wenn du genau hinsiehst, dann kannst du dort eine Schildkröte sehen!" Ich beugte mich so weit nach vorne, wie es die Scheibe zuließ und tatsächlich! Dort schwamm in aller Seelenruhe eine große Schildkröte. Auch Callum hatte sie gesehen und wir saßen alle gebannt und fasziniert vor dem Fenster. Sie war einfach wunderschön. Diese ganze Unterwasserwelt am Reef war gigantisch und ich hätte noch stundenlang dort umherschippern können und wäre es trotzdem nicht leid gewesen. Ich fühlte mich schon fast ein Stück weit zu Hause.

Nach der Schildkröte kam das nächste aufregende Objekt unter Wasser. Ein Wrack eines Reiskutters, die Cali, das dort vor Jahrzehnten gesunken war und nun eins mit der Unterwasserwelt und der Umgebung geworden war. Das Schiff sah aus wie ein riesiges Gerippe, das dort am Boden lag, mittlerweile aber voll in das Reef integriert war. Die Fahrt war viel zu schnell vorbei und wir fanden uns in einem Bus wieder, der zur Schildkrötenfarm fuhr. Dort wurden Schildkröten aufgepäppelt, gepflegt oder aufgezogen, um dann wieder ausgewildert zu werden und den Bestand der heimischen grünen Schildkröten wieder zu verbessern. Als wir aus dem Bus ausstiegen, war dort ein wunderschönes, großes Graffiti auf die Außenwand gesprüht und man konnte in großen Buchstaben „Tortuga" lesen.

„Tortuga? Moment mal, das kam doch in Fluch der Karibik vor, oder nicht?" Ich schaute Finn verwundert an.

„Stimmt. Tortuga ist das spanische Wort für Schildkröte. In dem Film sind sie also quasi auf dem Weg zur Schildkröteninsel. Las Tortugas war, genaugenommen, die alte Bezeichnung der Cayman Inseln." Finn hörte sich gerade wirklich an wie ein Lehrer. Er hätte auch gut Geschichte statt Musik unterrichten können.

„Wahnsinn! Das war mir ja überhaupt nicht bewusst!" Ich klatschte freudig in die Hände und schob Callum dann mit dem Rollstuhl in das Gebäude.

Die Farm bestand aus riesigen Becken, die aufgeteilt waren auf die Größe der Tiere beziehungsweise auf deren Krankheiten. Im letzten Becken befanden sich die Schildkröten, die kurz vor der Auswilderung standen. Dort tummelten sich einige und man durfte sie kurz anfassen, musste aber auf seine Finger aufpassen, da manche auch schnappen konnten. Auch hier war ich total begeistert, was man alles für diese tollen Tiere tat.

Im Anschluss an die Farm ging es auf direktem Weg in die „Hölle". Wir fuhren zu einem kleinen Örtchen, das tatsächlich „Hell" hieß und konnten uns dort im Postoffice einen Stempel holen. Finn und Callum fanden das ziemlich lächerlich, aber ich sagte nur: „Hey, wie oft bekommen eure Verwandten oder Freunde schon Post aus der Hölle?! Das ist doch witzig! Und überhaupt, wer von euch macht ein Foto von mir vor dem Postamt mit der netten Aufschrift ‚Hell'?" Ich hielt ihnen meine Kamera entgegen und Callum erklärte sich bereit. Ich posierte lachend und ängstlich vor der Kamera und dann kam Finn auch dazu und wir hatten beide schreckliche „Angst", da wir ja in der Hölle waren. Callum amüsierte sich prächtig hinter der Kamera und dann wollte er doch auch auf ein Bild. Er fragte einen der umstehenden Leute, ob er nicht ein Foto von uns dreien schießen könnte. Das war mit Abstand das beste Foto überhaupt. Der Aufenthalt in der Hölle dauerte nur zwanzig Minuten, und war doch ziemlich knapp bemessen mit Fotos und Poststempel, da wir natürlich nicht die Einzigen waren, die hier haltmachten.

Und dann fuhren wir wieder Richtung Hafen und zurück zum Schiff. Auf dem Weg legten wir einen weiteren Stopp bei der Tortuga Rum Company ein, dem Hersteller des beliebten Rumkuchens und konnten dort ein paar Verköstigungen machen. Natürlich wurde auch wieder ein Gläschen Rum dazu angeboten und am Ende konnte man die Kuchen auch kaufen. Ich probierte vier verschiedene und nahm schließlich einen Chocolate Rumcake mit. Der war so lecker und mit dem Tortuga Logo versehen, sodass ich unweigerlich immer an *Fluch der Karibik* denken musste. Den Jungs schmeckten die Kuchen nicht ganz so gut, aber auch Callum kaufte einen für seine Mutter. Finn genehmigte sich dafür noch ein Schlückchen von dem Rum.

„Also langsam, aber sicher bin ich auf den Geschmack gekommen, und ausgerechnet jetzt ist der Urlaub vorbei!" Er lachte.

Da wir mit dem Bus zurück zum Hafen fuhren, kamen wir aus einer anderen Richtung und dort sah ich es! Ich blickte zuerst ungläubig und dann fing ich an, zu quietschen und sprang auf und ab, als hätte mich etwas in den Hintern gestochen.

„Oh mein Gott, oh mein Gott! Ich wusste ja gar nicht, dass es hier auch eines gibt! Jungs, ich muss da rein! Ah, da ist ein *Hard Rock Café*!" Ich konnte mein Glück nicht fassen. Finn und Callum sahen sich verständnislos an.

„Äh, ja. Toll, ein *Hard Rock Café*. Und jetzt? Wieso müssen wir da rein? Das gibt es doch bei uns auch." Finn sah mich an, als hätte ich gerade den Verstand verloren.

„Ich muss in den Shop. Ich sammle die T-Shirts und habe schon eine ganze Menge aus allen verschiedenen Ländern. Ich hätte ja nie gedacht, dass es hier auch eines gibt! Was für eine tolle Überraschung! Los, los! Ich muss da jetzt sofort und auf der Stelle rein!" Ich schnappte mir Callum, der ja im Rollstuhl saß und nicht wirklich protestieren konnte und Finn musste uns wohl oder übel folgen.

„Es ist doch nur ein T-Shirt! Da muss man doch nicht gleich so einen Aufstand machen!" Finn verdrehte die Augen und ich sah ihn finster an.

„Mag sein, aber ich sammle sie nun mal und wir haben doch jetzt sowieso frei. Also warum nicht gleich mitnehmen, sonst vergessen wir es noch oder haben dann nach dem Strand keine Zeit mehr! Und jetzt Klappe! Lass mich das genießen. Ginge es um etwas, das du unbedingt möchtest, würde ich nicht so reagieren. Ich würde mich mit dir freuen!" Das war mal eine Ansage und Finn schaute gleich etwas schuldbewusst drein.

„Na ja, wenn wir schon mal hier sind, könnte ich doch auch einen Pullover mitnehmen", überlegte Callum, nahm seine Krücken vom Rollstuhl und humpelte durch den vollen Shop. Ich war im Himmel. Bei dem Gedanken musste ich auflachen, zuerst in der Hölle und dann im Himmel. Das fand ich sehr komisch. Ich suchte mir ein Spaghettitop und ein T-Shirt raus sowie ein Baseballcap. Schließlich würde ich hierher nicht so schnell wieder kommen. Finn wartete geduldig auf uns am Eingang. Er lehnte mit verschränkten Armen kurz hinter dem Türrahmen, um keinem den Weg zu versperren und beobachtete mich mit einem süffisanten Grinsen. Seine Muskeln an den Armen kamen gut zum Vorschein und er sah einfach nur zum Anbeißen aus. Seine Haare waren wieder zu einem Manbun zusammengebunden und er bekam bereits Bartstoppeln, was ihn noch männlicher wirken ließ. Er war so ganz anders als Angus. Und mein Lächeln verschwand mit einem Schlag, als ich mir wieder ins Gedächtnis rief, dass Angus am Flughafen sein würde.

Ich schüttelte sachte den Kopf, um die Gedanken zu vertreiben und ging zu Finn und Callum, die bereits vor dem Eingang auf mich warteten.

„Du hast ja ganz schön zugeschlagen", stellte Finn fest und linste in Richtung der Tüte.

„Muss ich ja auch. Ich glaube nämlich nicht, dass ich so schnell noch mal hierherkomme." Ich zwinkerte ihm zu und wir gingen alle an Bord, um uns mit Patrick und Ian zum Mittagessen zu treffen. Da wir nach dem Essen keine Zeit verschwenden wollten, packten wir alle schnell unsere Strandtaschen, gingen von Bord und holten uns ein Taxi, das uns zum Seven Mile Beach fuhr. Der Eingang ging hier durch ein Hotel. Dort durften wir uns auch an der Bar bei den Getränken bedienen. Wir durchquerten das Hotel und kamen einmal mehr im Paradies an.

Der Strand war schneeweiß, fein und einfach nur traumhaft schön. Sogar noch schöner als auf Jamaika. Es war also kein Wunder, dass dieser Strand der bekannteste der Insel war. Hier war eine Menge los und es wurde auch viel an Wasseraktivitäten angeboten. Das Wasser selbst war kristallklar und total warm. Zur Abkühlung eignete es sich nicht sonderlich gut, aber es reichte aus. Wir legten unsere Handtücher unter eine Palme, die ziemlich nah am Wasser wuchs und sprangen sofort alle hinein. Alle? Natürlich nicht, Callum musste notgedrungen immer noch am Strand ausharren. Aber er freute sich, überhaupt mitgekommen zu sein und beobachtete uns, wie wir uns gegenseitig nass spritzten, schwammen und uns auch hin und wieder untertauchten. Weiter draußen fuhren Boote, die eine Banane hinter sich herzogen und man konnte entfernt das Gejohle der Fahrgäste hören. Es wurde auch Parasailing sowie Jetski fahren angeboten. Die Leute waren ausgelassen, fröhlich und freundlich. Ich knipste ein paar Fotos von dieser Postkartenidylle und von den Jungs, die ausgelassen im Wasser planschten und gesellte mich dann zu Callum.

„Soll ich dich stützen, damit du zumindest mal den einen Fuß ins Wasser strecken kannst?", fragte ich und lächelte ihn an.

„Würdest du das tun? Das wäre toll", gestand er. „Die anderen sind ja leider zu sehr mit sich selbst beschäftigt, aber ich verstehe es ja. Nur ..."

„Schon klar. Komm, ich helf dir hoch." Ich half Callum beim Aufstehen und zusammen gingen wir zum Meer. Wir standen im nassen Sand, die Wellen umspülten unsere Füße und Callum stützte sich auf mich, damit er seinen verletzten Fuß anwinkeln konnte und er nicht nass wurde. Wir schauten beide selig aufs Meer und für eine Sekunde blieb die Welt stehen. Es war allerdings tatsächlich nur eine Sekunde, denn dann wurden wir von Patrick mit Wasser bespritzt. Ich quietschte auf und Callum lachte.

„Hey, Alter! Pass bloß auf meinen Fuß auf!", rief er ihm gespielt böse zu.

„Mach dir nicht gleich ins Hemd! Jeder weiß, dass man dich gerade wie ein rohes Ei anfassen muss, aber etwas Wasser hat noch keinem geschadet!", rief Patrick uns zu und gleich darauf folgte noch mal eine Ladung Wasser.

Callum und ich flüchteten wieder in den Schatten und er sah mich dankbar an.

„Das war toll von dir, vielen Dank! Ich weiß, warum Finn pausenlos von dir redet, wenn wir mal alleine sind. Ich hoffe, dass ihr zwei noch lange zusammenbleibt." Er lächelte mich verlegen an, während mir meine Gesichtszüge für einen kurzen Moment entglitten.

„Was sagst du da? Weißt du, wir haben noch nicht wirklich darüber geredet. Immer wenn ich darüber sprechen wollte, hat er das Thema gewechselt. Ich habe keine Ahnung, was nach morgen passiert, aber ich wünsche mir sehr, dass ich mehr als nur ein Urlaubsflirt für ihn bin." Ich schaute zu Boden, aus Angst, in Callums Blick etwas anderes zu sehen.

„Was? Er hat dir noch nicht gesagt, dass er total verschossen in dich ist? Das sieht doch ein Blinder mit Krückstock!" Callum rieb sich nachdenklich über das Kinn. „Das versteh ich jetzt nicht, aber vielleicht denkt er, er wäre nur ein Urlaubsflirt? Was empfindest du denn für ihn?" Jetzt sah er mir fest in die Augen. Ich lief rot an und ein dümmliches Grinsen legte sich auf mein Gesicht. Sein Blick wurde weich und er verstand bereits, bevor ich überhaupt einen Ton gesagt hatte.

„Er ist einfach wunderbar. Das Beste, was mir jemals passieren konnte. Ich bin so froh, diese Kreuzfahrt gemacht zu haben. Ich glaube wirklich, ich habe mich in ihn verliebt! Nein, ich glaube es nicht, ich weiß es!" Verträumt schaute ich zum Himmel und dann zum Meer, wo Finn sich gerade eine gespielte Schlägerei mit Ian lieferte.

„Das sieht man dir an. Hast du es ihm denn gesagt?" Callum klang plötzlich total erwachsen und ich begann, den Geschäftsmann in ihm zu erkennen.

„Natürlich nicht! Und du sagst es ihm auch nicht! Ich will erst sehen, ob es nach dem Urlaub eine Zukunft für uns gibt. Versprich mir, dass du nichts zu ihm sagst!" Ich streckte ihm die Hand hin, damit er es versprechen konnte. Callum schlug ein.

„Okay, aber nur, weil du es bist, und wir dich alle wirklich gern haben. Und ich meine alle! Auch Ian und Patrick finden dich super. Du passt so gut in unsere Gruppe wie bisher keine andere." Wieder wurde ich rot, dabei war ich einfach nur ich. Ich hatte mich nicht verstellt und wollte auch nicht zwingend dazugehören. Es hatte sich einfach so ergeben.

Als die Jungs tropfend aus dem Wasser kamen, stellte Finn sich über mich und wrang seine langen, nassen Haare direkt über mir aus. Wieder kreischte ich auf und schlug lachend seine Haare weg.

„Wollen wir ein bisschen spazieren gehen und den Strand erkunden?" Er schaute mich mit diesem zauberhaften, kleinen Jungenlächeln an und mein Herz schmolz dahin.

„Gern", hauchte ich ihm zu. Er zog mich hoch und Hand in Hand schlenderten wir los. Ich legte meinen Kopf an seine Schulter. Wir redeten nicht, sondern genossen einfach nur die Nähe des anderen und diesen traumhaft schönen Strand. Beobachteten die Leute um uns herum und begutachteten Fische und Muscheln, ab und zu auch kleine Krebse. Wir suchten uns eine kleine, ruhige Ecke und legten uns in den Sand unter die Palmen. Finn lag seitlich neben beziehungsweise über mir, streichelte mein Gesicht und sah mir tief in die Augen.

„Wenn hier nicht so viele Leute wären, würde ich dich jetzt auf der Stelle vernaschen. Du siehst einfach zum Anbeißen aus." Er küsste mich sanft, seine Hand lag immer noch an meiner Wange. Ich streichelte ihm über seinen starken Oberarm und in meinem Bauch breitete sich das bekannte Kribbeln aus.

„Leider sind wir nicht alleine, und ich glaube nicht, dass die anderen sehr erfreut wären, wenn sie lautes Gestöhne hören. Zumal hier auch sehr viele Kinder herumlaufen." Ich schmunzelte und fuhr mit den Fingern über seinen Bart, der bereits wieder stark nachgewachsen war. Die Stoppeln kratzten leicht über meine Finger, was ich als sehr angenehm empfand. Eine Zeit lang lagen wir noch eng umschlugen im warmen Sand, küssten und streichelten uns und genossen die Umgebung, dass wir zusammen waren und die Zweisamkeit.

„Wir müssen langsam wieder zu den anderen. Der Nachmittag ist fast vorbei und wir wollen doch nicht das Schiff verpassen ..." Finn blickte auf seine Uhr und ich seufzte.

„Wollen wir nicht? Och, ich weiß nicht. Ich hätte nichts dagegen, wenn wir hierbleiben könnten." Ich zwinkerte ihm zu.

„Ich weiß, leider geht das nicht, denn am Strand darf man nicht ‚wohnen'. Und woher sollten wir Strom, Kleidung und Essen bekommen?", gab Finn zu bedenken.

„Hm, na gut. Hast mich überzeugt. Ich will ja nicht stranden wie im Film *Die blaue Lagune*!" Wir lachten beide, standen auf, gingen kurz ins Meer, um den Sand abzuwaschen, der in jeder Ritze war und begaben uns wieder zu den anderen. Der Nachmittag war mal wieder viel zu schnell vorbei und alle ließen die Köpfe hängen.

Auf dem Rückweg zum Schiff sagte keiner ein Wort. Alle schauten wir nur aus dem Fenster und hingen unseren eigenen Gedanken nach. Finn hatte seinen Arm um meine Schultern gelegt und ich kuschelte mich an ihn. Aus den Augenwinkeln sah ich hin und wieder Callums verschmitzten, wissenden Blick und musste innerlich grinsen.

„Also ich werde jetzt schon mal Koffer packen gehen. Wir sehen uns beim Abendessen", rief ich den Jungs zu und verabschiedete mich. Finn ging noch mit zum Pool, wo sie sich einen Drink an der Bar genehmigen wollten und ich ließ ihnen gern die Zeit, die sie noch für sich sein wollten. Ich ging also in unsere Kabine und betrachtete das leichte Chaos, das sich vor mir auftat.

„Puh ... Wo kommen nur all diese Klamotten her? Ich hatte doch gar nicht so viel eingepackt! Okay, ich glaub, ich geh erstmal duschen." Ich redete mit mir selbst, während ich mich im Zimmer umschaute und mir eine vorwitzige Strähne aus dem Gesicht pustete.

Nach einer herrlichen Dusche ging es mir schon etwas besser und ich holte meinen Koffer, legte ihn aufs Bett und begann langsam, meine Sachen hineinzulegen. Meine Gedanken wanderten unwillkürlich wieder zu Angus. Ich wollte ihn nicht wirklich zurück, aber er war nun mal meine erste große Liebe gewesen und ich hatte mir ein so schönes Leben vorgestellt. *Das ist alles längst vorbei*, das wusste ich, *aber gibt es vielleicht doch einen kleinen Funken Hoffnung für uns?* Was dachte ich denn da? Natürlich gab es keine Hoffnung für uns! Angus war ein Idiot, der nicht verstand, wie man eine Frau richtig behandelte!

Ich wurde wieder wütend. Meine Klamotten landeten nicht mehr fein säuberlich zusammengelegt im Koffer, sondern zu kleinen Häufchen zusammengeknüllt. *Wie kann er es überhaupt wagen, am Flughafen aufzutauchen?! Na ja, noch bin ich nicht zu Hause, vielleicht kommt er ja doch nicht*, überlegte ich.

Ich war so in Gedanken versunken, dass ich gar nicht mitbekam, wie Finn in unser Zimmer kam.

„Gibt es etwa am letzten Tag noch Ärger im Paradies?" Er nickte in Richtung meines Koffers, der mittlerweile wie ein Schlachtfeld aussah. Betroffen schaute ich meine Klamotten an, an denen ich meine Wut ausgelassen hatte und räumte alles wieder heraus.

„Nein. Es ist nur ... ach, auch egal!"

„Ich hab hier etwas, das deine Stimmung vielleicht etwas hebt?!" Er hielt mir eine kleine Schachtel hin. Ich schaute ihn verblüfft an.

„Was ist das?", fragte ich erstaunt.

„Gwen. Ich mag dich! Ich mag dich wirklich sehr und ich hoffe, dass wir ein weiteres Date haben werden, wenn wir wieder zu Hause sind! Das ist ein kleines Geschenk, das dich an mich erinnern soll, und hoffentlich zu einem weiteren Treffen führt." Er schaute mich an und hatte ein hoffnungsvolles Glitzern in den Augen. Er meinte es also doch ernst.

„Ich hatte gehofft, dass ich nicht nur ein Urlaubsflirt war und wir uns weiterhin treffen könnten!" Ich öffnete die Schachtel und fand einen kleinen Anhänger für mein Handy. Er hatte einen kleinen Seestern dran, der wunderschön aussah und funkelte. „Oh, Finn! Der ist ja toll!", quietschte ich vor Freude. „Der wird mich nicht nur an dich, sondern auch an unseren Urlaub erinnern!" Ich fiel ihm um den Hals und küsste ihn liebevoll.

„Steck ihn doch gleich mal an dein Handy." Aufmunternd nickte er mir zu und sein Grinsen wurde noch breiter. Ich hatte mein Handy ja die ganze Zeit über im Nachttisch gebunkert und als ich es herausnahm, sah ich, dass ich eine neue Mitteilung hatte.

„Was ist das? Eine neue Nachricht?" Ich las sie kurz und schaute verwirrt zu Finn.

„Was? Aber wie? Wann? Ich hatte dir doch meine Nummer noch gar nicht gegeben!"

„Verzeih mir, normalerweise gehe ich nicht an anderer Leute Handys, aber ich wollte dich ein weiteres Mal überraschen. Ich habe meine Nummer bei dir eingespeichert und mir damit eine Nachricht geschickt, so hatte ich ja deine Nummer und konnte dir diese kleinen, netten Worte schreiben. Es kommt auch nicht mehr vor. Versprochen und ich habe auch nicht darin herumgeschnüffelt, falls dir das als Nächstes einfallen sollte. Dein Handy ist deine Privatsphäre und da gehe ich nicht ran." Da mein Handy nicht passwortgeschützt war, sondern sich durch Hochwischen aktivieren ließ, verwunderte es mich nicht, dass er seine Chance genutzt hatte. Er hatte wieder sein Kleinjungenlächeln aufgesetzt und ich musste vor Freude lachen. Ich konnte nicht anders. Ich bedeutete ihm mit dem Finger, zu mir zu kommen und schmiegte meinen Körper eng an seinen, als ich ihn diesmal leidenschaftlicher küsste.

„Ich würde ja jetzt sehr gern deinen Koffer vom Bett fegen, aber ich befürchte, das macht zu viel Lärm", flüsterte Finn mit rauer Stimme an meinem Mund. Ich musste kichern, da ein Großteil meiner Klamotten sowieso schon auf dem Boden verstreut lag.

„Vermutlich würde es nicht mal klappen, da mein Koffer relativ groß ist und vor dem Bett nicht sonderlich viel Platz herrscht!", gab ich zu bedenken. Finn nickte, nahm den Koffer hoch und stellte ihn auf dem kleinen Sofa ab. Dann schnappte er mich und legte mich behutsam auf dem Bett ab. Im fast gleichen Augenblick war er schon über mir, rieb seinen Unterkörper an mir und ich stand unvermittelt in Flammen. Mein Körper sehnte sich nach seinen Berührungen, seinen Küssen und natürlich nach etwas Großem, Hartem, das ich ganz genau an meiner Hüfte spüren konnte. Seine Hand fuhr unter mein Top und unter mein Bikinioberteil. Meine Brüste reckten sich ihm nur allzu gern entgegen und ich stöhnte in voller Erwartung auf.

Nach unserem kleinen Schäferstündchen lagen wir Seite an Seite und atmeten beide schwer.

„Ich glaube, wir verspäten uns etwas zum Abendessen", gluckste Finn.

„Und wer wird mal wieder schuld daran sein? Natürlich ich!" Ich feixte zurück. Wir kicherten beide.

„Okay, dann geh ich rasch duschen und ziehe mich an. Gibt es heute eben kein Make-up, dann bin ich auch schneller fertig." Finn ließ meine Hand erst los, als ich fast schon im Bad stand. Er lag selig lächelnd auf dem Bett und schaute mir nach. Im Bad verschwunden, musste ich mir auf die Lippe beißen, um nicht in lautes Jubelge-schrei auszubrechen. Endlich war es so weit, dass ich wusste, ich war nicht nur ein Urlaubsflirt. Ich sprühte vor Freude und war voller Energie. Als ich das Bad wieder verließ, hatte Finn bereits ein paar meiner Klamotten ordentlich aufs Bett gelegt, sodass ich sie nur noch in den Koffer packen musste. Er schaute mich an und stieß einen gespielten, kleinen Aufschrei aus.

„Oh Gott! Wer sind Sie und was haben Sie mit meiner Freundin gemacht?"

„Haha!" Ich stemmte meine Hände in die Hüften und schaute ihn belustigt an.

„Sorry, aber als du gesagt hast, heute kein Make-up, konnte ich mir den Witz nicht verkneifen! Du siehst hinreißend aus. Eine Naturschönheit, du benötigst überhaupt keinen Kleister im Gesicht." Er gab mir ein Küsschen auf dem Weg ins Bad und einen Klapps auf den Hintern, der mich aufschrecken ließ.

„Mister O'Donnell!", schimpfte ich streng und musste dabei selbst lachen. Aus dem Bad hörte ich nur ein Glucksen, bevor der Wasserhahn aufgedreht wurde. Ich zog mich an, seufzte laut auf und packte die Klamotten, die ich in die Finger bekam, in den Koffer. Den Rest würde ich entweder später oder morgen früh einpacken müssen. Mir wurde ganz schwer ums Herz. Der Urlaub war fantastisch gewesen und ich schwor mir, zu Hause gleich wieder mit dem Sparen für die nächste Kreuzfahrt anzufangen.

Das Abendessen verlief trotz erheblicher Verspätung unsererseits sehr harmonisch. Die Jungs beteuerten noch mal, wie sehr ihnen der Urlaub mit mir gefallen hatte und dass sie sich freuten, wenn sie mich wiedersehen würden. Callum machte Witze darüber, dass Finn mich ja auf einen Kaffee einladen könnte, im Hinblick auf seine Herkunft, was Finn allerdings mit einem finsteren Blick quittierte. Ich schlug vor, dass wir doch alle zusammen mal mit meinen Freundinnen weggehen sollten. Ava war zwar vergeben, aber Freya wäre frei und auch nicht von schlechten Eltern. Ian und Patrick wurden hellhörig und fanden meine Idee toll. Callum fragte nach, in welchem Reisebüro Ava arbeitete, um sich eventuell für den nächsten Urlaub von ihr beraten zu lassen.

„Wir müssen uns doch alle gegenseitig in der heutigen Wirtschaft unterstützen, oder nicht?!", meinte er mit einem schelmischen Grinsen. In Wahrheit war er nur auf einen Rabatt aus, was ich ihm irgendwie nicht verübeln konnte. Wollten wir das nicht alle, wenn es ging?

Das Schiff hatte bereits abgelegt, als wir mit dem Essen fertig waren und noch einen letzten Spaziergang rund ums Deck auf dem Joggingpfad gehen wollten. Wir holten uns alle noch ein Getränk und spazierten los. Den Wind in den Haaren, die Meeresbrise in der Nase, melancholisch auf das Meer schauend, sagte die ersten Minuten keiner etwas.

Patrick und Callum begannen eine Unterhaltung, indem sie, ganz die Geschäftsmänner, über die nächsten Tage in ihren Unternehmen und die anstehenden Termine redeten.

„Und? Was machst du, wenn du zu Hause bist?", wollte Finn von mir wissen.

„Ich? Ich schreibe dir, dass ich zu Hause angekommen bin!" Ich zwinkerte ihm zu. „Und dann muss ich mich die nächsten Tage wohl von dem Jetlag erholen. Ich hab ja zum Glück noch eine Woche frei und kann in Ruhe auspacken, waschen und mich auf die Arbeit vorbereiten. Und dann sind da ja auch noch Ava und Freya, die sicherlich alles über den Urlaub und dich wissen wollen und auch Fotos sehen möchten. Mir wird also ganz sicher nicht langweilig." Ich gab ihm einen liebevollen Stupser in die Seite.

„Ich würde mich freuen, wenn du mich in Howth besuchen kommen würdest. Es ist jetzt zwar nicht gut mit Wandern, aber zum Leuchtturm können wir allemal.

„Howth?", fragte ich verwirrt. „Ich dachte, du wohnst auch in Dublin?"

„Gezwungenermaßen, da ich unter der Woche zu meinem Unterricht nicht immer eine halbe Stunde Bahn fahren möchte, denn wenn dann etwas schiefläuft, wäre das nicht gut. Ich habe in Howth ein Haus, in dem ich am Wochenende und den Ferien wohne und in Dublin eine Wohnung, die ich unter der Woche nutze. Die Wohnung finanziere ich mir selbst und das Haus bekam ich damals von meinen Eltern zur Volljährigkeit. Da dachten sie noch, sie könnten mich überzeugen, ins Familienunternehmen einzusteigen."

Ich schaute ihn sprachlos an.

„Du hast ein Haus? Und eine Wohnung? Das ist ja Wahnsinn! Ich kann mir gerade mal eine kleine Wohnung am Stadtrand leisten ..." Verlegen klappte ich meinen Mund wieder zu, der mir bis gerade eben noch offen stand.

„Es gibt noch so viel, das wir nicht voneinander wissen. Und ich freue mich schon sehr darauf, alles herauszufinden!" Er drückte mich an sich und gab mir einen Kuss auf die Stirn. Ich schmolz geradezu in seinen Armen bei diesen Worten und kuschelte mich so eng an ihn, wie es mir während des Spazierganges möglich war.

Kapitel 12

Der Abreisetag war alles andere als ruhig. Erstens verschliefen wir. Ich wollte früh aufstehen, damit ich in Ruhe alles fertig packen konnte und keine Hektik aufkam, aber wie sollte es auch anders sein – es geschah genau das Gegenteil.

„Wir haben jede Menge Zeit, Liebes. Stress doch hier jetzt nicht so rum." Finn wollte mich von hinten umarmen, aber dafür hatte ich keine Nerven.

„Ich werde nicht fertig und das nur, weil dieser dumme Wecker nicht geklingelt hat! Oder hat er geklingelt und ich hab ihn nur ausgeschaltet und bin wieder eingeschlafen? Ich weiß es nicht, ich weiß nur, dass jetzt alles im Eimer ist! Meine schöne Tagesplanung, alles für den A.!"

Finn amüsierte sich königlich über meine Panikanwandlungen. Er war die Lässigkeit in Person. Er hatte seine Haare heute offen und sie fielen ihm in sanften Wellen bis auf die Schultern. Er sah einfach göttlich aus. Schnell schüttelte ich meinen Kopf. Ich musste mich jetzt konzentrieren!

„Okay, wir gehen jetzt zum Frühstücken, dann packe ich meinen Koffer fertig, kontrolliere, ob auch alles drin ist und dann ..." Ich überlegte. „Haben wir dann noch Zeit, oder werden wir dann schon abgeholt?"

„Ich hab keine Ahnung. Und wenn du etwas ruhiger werden würdest, würde sich auch der

Rest viel schneller packen lassen! In der Ruhe liegt die Kraft, weißt du."

„Ich bin nicht eine deiner Schülerinnen!", zischte ich leicht genervt. Denn genauso hörte er sich im Moment an. Finn hob beschwichtigend die Hände, schien aber nicht beleidigt zu sein.

„Komm schon, lass uns frühstücken. Ich hab einen Mordshunger und solch ein Frühstück bekomme ich so schnell nicht mehr."

Er schob mich zur Tür, ohne auf meine Proteste einzugehen, legte seinen Arm um meine Taille, hob mit seinem Zeigefinger mein Kinn und gab mir einen Kuss, der mich etwas runterbringen sollte. Es wirkte in der Tat und ich wurde wieder etwas gelassener. Beim Buffet schaufelten wir noch mal alles in uns hinein, was ging. Es war nicht wirklich ladylike oder gentlemanhaft, aber es war einfach zu lecker und sowieso viel zu viel.

Die Jungs staunten nicht schlecht, als sie unsere gehäuften Teller sahen und fragten mich, wohin ich denn das alles stecken würde. Ich errötete leicht, genoss mein Essen aber trotzdem.

In den Gängen herrschte bereits reger Verkehr. Die Passagiere, die an Bord blieben, gesellten sich zu ihren Ausflugstreffpunkten und alle anderen liefen geschäftig zum Teil bereits mit Koffern, zum Teil ohne herum und bezahlten an der Rezeption die letzten offenen Rechnungen. Stimmt, das musste ich ja auch noch erledigen. Ich schlug mir mit der flachen Hand gegen die Stirn.

„Was ist los?" Finn schaute mich misstrauisch von der Seite an.

„Ich muss ja auch noch die Rechnung an der Rezeption bezahlen. Das passt jetzt wieder überhaupt nicht!" Ich seufzte laut auf.

„Kein Problem, ich kann gerne auch deine Rechnung zahlen und du gibst mir das Geld zu Hause wieder. Oder du überweist es mir. Das macht mir nichts aus." Er lächelte mich an und ich war fast geneigt, dem zuzustimmen, aber mein Stolz hinderte mich daran.

„Nein danke. Das dauert ja nicht lange. Und ich glaube nicht, dass sie mich von Bord lassen würden, wenn ich nicht bezahlt hätte, oder?!" Es sollte wie ein Witz klingen, aber im Hinterkopf fühlte es sich nicht so an.

„Ich denke, sie würden dir eine Rechnung zuschicken", überlegte Finn und kratzte sich an seinem Bart, der bereits wieder länger war und ihn sehr männlich aussehen ließ.

„Oder so, aber mir ist es doch lieber, wenn ich gleich alles vor Ort noch erledigen kann. Also sperr bitte die Tür auf, dann packe ich fertig und gehe zur Rezeption." Finn tat wie ihm geheißen und ich wirbelte durchs Zimmer, um möglichst schnell alles in den Koffer zu bekommen, während er sich auf das Bett legte und den Fernseher einschaltete. Er suchte einen Sender, der uns auf den neuesten Nachrichten- und Wetterstand brachte, danach stellte er einen Musiksender ein.

„Geht es mit Musik besser?"

„Oh ja! Viel besser!" Ich zeigte ihm zwei Daumen nach oben, summte zu den Liedern mit und bewegte mich rhythmisch zum Takt der Musik, während der Koffer sich wie von selbst packte. Probleme hatte ich allerdings beim Schließen.

„Verdammt! Ich hab doch gar nicht so viel ein-
gekauft. Wieso geht denn jetzt mein Koffer nicht
mehr zu?" Ich war kurz vorm Ausflippen, als
Finn mich zur Seite schob und einen auf Macho
machen wollte. Er hatte sichtlich Probleme, ihn
zuzubekommen und stöhnte leise auf.

„Gut, wenn es so nicht geht, dann setz dich auf
den Koffer, das wird schon helfen."

Gesagt, getan, ich warf mich auf den Koffer.
Finn schloss, so schnell er konnte, den Reißverschluss. Mein Koffer sah aus, als würde er jeden
Moment platzen und ich befürchtete, dass er das
auch tat, sobald ich ihn anfasste. Gott sei Dank
tat er das nicht!

Als wir unser Zimmer verließen, schaute ich ein
letztes Mal wehmütig zurück. Es war einfach
grandios gewesen. Das tolle Upgrade, sodass man
eine Kabine mit Fenster hatte – besser hätte es
nicht laufen können.

Wir checkten an der Rezeption aus und zahlten
unsere Rechnungen. Ich hatte ja mit einer etwas
höheren gerechnet, und doch blieb mir fast das
Herz stehen, als ich den Betrag auf dem Blatt las,
das mir die Rezeptionistin ausgedruckt hatte.

„Stimmt etwas nicht, Miss Glamour?" Die Dame von der Rezeption schaute mich besorgt an.

„Oh doch, danke. Alles in Ordnung. Das ist
eben das Problem, wenn man die Beträge nicht
so wirklich im Blick hat. Aber soweit ich die
Rechnung überflogen habe, stimmt alles. Ich zah-
le natürlich mit Karte, wie wahrscheinlich 99
Prozent der Passagiere", versuchte ich, zu witzeln
und lief rot an.

„Aber natürlich. Sehr gern", bekam ich nur als Antwort zurück. „Die Koffer können Sie bis zur Abreise hier in das Gepäckzimmer stellen. Bitte holen Sie diese dann spätestens eine halbe Stunde, bevor Sie das Schiff verlassen, wieder ab. Wir hoffen, Sie hatten einen angenehmen Aufenthalt. Ich gebe Ihnen noch einen Bewertungsbogen, den Sie ausfüllen und dann hier in den dafür vorgesehenen Kasten werfen können. Wir versuchen, uns immer weiter zu verbessern und nur Anregungen und Kritik helfen uns dabei." Sie lächelte Finn und mich an und händigte uns die Bögen aus. „Ansonsten wünsche ich Ihnen eine gute Heimreise und beehren Sie uns bald wieder auf der Starfish-Asteroidea."

Wir bedankten uns höflich, schauten den Bewertungsbogen an und stellten erst einmal unsere Koffer in den dafür vorgesehenen Raum. Dann schlenderten wir ein letztes Mal die Shoppingmeile entlang, da wir nicht mehr viel Zeit hatten.

Die Menschenmenge, die das Schiff verließ, war sagenhaft! Wir wurden noch am Hafen aufgeteilt auf Ankunftsflughäfen und je nachdem dann in die entsprechenden Busse gesteckt. Wir fuhren zwar alle zum gleichen Flughafen, mussten aber am Flughafengelände zum Teil andere Eingänge nehmen. Am Check-In-Schalter versuchte Finn, mich noch in die erste Klasse umzubuchen, leider war die Maschine ausgebucht und keiner der Gäste würde freiwillig seinen Platz dort räumen, nur damit ich mit Finn zusammen sein konnte. Auch die Jungs waren von Finns Vorschlag, zu tauschen, nicht sonderlich erfreut. Es lag weniger an mir als daran, dass sie schließlich alle dafür gezahlt hatten und ich verstand das vollkommen. Ich hätte auch nie von einem erwartet, dass er für mich den Platz räumte.

„Sei bitte nicht sauer, Gwen", bat Callum mich.

„Wie könnte ich das denn sein? Ihr habt dafür bezahlt! Und ich werde schon nicht gleich sterben, wenn ich den Flug ohne Finn auskommen muss! Es ist ein Nachtflug, insofern versuche ich, zu schlafen und alles vergeht im wahrsten Sinne wie im Flug." Ich lachte und streichelte Callum beruhigend und freundschaftlich über den Arm. Er drückte mich kurz, bevor er den anderen hinterherhumpelte und sich in die Schlange für den Sicherheits-Check stellte.

„Ich habs versucht, das hast du ja gesehen." Finn ließ bedauernd seine Schultern hängen.

„Hey, hätte ich gewusst, dass du das vorhast, hätte ich dich davon abgehalten. Es ist doch klar, dass keiner freiwillig seinen Platz hergibt, für den er bereits bezahlt hat! Und mal ehrlich, ich würde das auch nicht tun!" Ich lächelte ihn verständnisvoll und aufmunternd an.

Die Zeit bis zum Check-In nutzten wir noch zum Bummeln und Shoppen im Flughafengebäude. Endlich wurde unser Flug aufgerufen. Die Passagiere der ersten Klasse durften zuerst einsteigen. Finn schaute mich traurig an und ich unterdrückte den Drang, seine Hand einfach festzuhalten und ihn so zu zwingen, bei mir zu bleiben.

„Wir sehen uns in Dublin!" Ich gab ihm einen Kuss auf die Wange und ließ zögerlich seine Hand los.

„Versprochen?!" Finn schenkte mir sein schiefes Lächeln und ich musste grinsen.

„Ich hab nicht vor, aus dem Flugzeug zu springen! Du etwa?"

„Ich hab meinen Fallschirm leider zu Hause vergessen. Beim nächsten Mal vielleicht." Er streichelte mir über die Haare und die Wange und dann ging er den Jungs hinterher. Ich schaute ihm zu, wie er gekonnt lässig seine Tasche über die linke Schulter warf, sodass sie auf seinem breiten Rücken zum Liegen kam. Sein Schritt war leicht o-beinig und sein Hintern wackelte sanft bei jedem Schritt hin und her. Ich seufzte leise. Wie gern wäre ich diesem Hintern gefolgt.

Als alle Passagiere der ersten Klasse im Flugzeug verschwunden waren, wurde die Gangway für den Rest, also auch für mich, freigegeben. Diesmal hatte ich einen Platz am Ende des Flugzeuges erhalten. Noch weiter weg von der ersten Klasse konnte ich schlecht sein. Wieder rutschte mir ein Seufzer aus der Kehle. Zumindest hatte ich einen Platz am Gang, so konnte ich jederzeit aufstehen und die Toiletten aufsuchen, ohne die anderen Fluggäste belästigen zu müssen.

Stunden später, ich musste wohl tatsächlich eingeschlafen sein, rumste es heftig und ich erschrak. Die Anschnallzeichen über uns leuchteten auf und ich kam mir vor wie auf einer Achterbahn.

Die Durchsage des Kapitäns, wenige Minuten darauf, verbesserte die Situation nicht im Geringsten.

„Meine Damen und Herren, hier spricht Ihr Kapitän. Ich möchte Sie bitten, sich vorübergehend anzuschnallen und Ruhe zu bewahren. Wir durchqueren gerade ein Gebiet, das sehr viele Luftlöcher aufweist. Man könnte auch sagen, die Strecke gleicht gerade einer Buckelpiste oder hat sehr viele Schlaglöcher. Nichtsdestotrotz wird es noch ein paar Minuten dauern, bis wir diesen Bereich wieder verlassen haben. Bleiben Sie bitte so lange auf Ihren Plätzen. Wir werden Sie informieren, wenn die Toiletten wieder aufgesucht werden können."

Na großartig, dachte ich mir. Mein Magen fing bereits an, zu rebellieren, aber ich hatte bisher noch nichts zu mir genommen, was seinen Weg nach draußen hätte suchen können. Die paar Minuten, von denen der Kapitän gesprochen hatte, zogen sich in die Länge und dauerten letztendlich zwanzig Minuten. An jeder Ecke stöhnte jemand, dem so übel geworden war, dass die Flugbegleiterinnen bereits Extraspucktüten austeilten. Auch manche von ihnen waren leicht blass, aber trotzdem sehr professionell und freundlich wie immer.

Mittlerweile dauerte es nur noch eine gute Stunde bis zur Landung und so beschloss ich, meine Kopfhörer zu suchen und die Serie zu gucken, die auf dem Bordfernseher gezeigt wurde. Sie sollte mich noch etwas von Angus ablenken, an den ich jetzt wieder denken musste. Sollte ich ihm Finn gleich vorstellen? Aber was ging ihn Finn an?! Wie würde ich reagieren, wenn ich ihn sah? Fragen über Fragen, die leider sehr bald beantwortet werden würden.

Beim Aussteigen war ich eine der Letzten, die das Flugzeug verließen. Finn wartete vor der Tür auf mich.

„Ich dachte schon, du wärst doch noch während des Fluges gesprungen", scherzte er, als er mir den Arm um die Schulter legte und sich mein Handgepäck zusammen mit seiner Tasche über seine Schulter warf. Ich steckte meine Hand in seine hintere Hosentasche und schmiegte meine Wange an seine Brust.

„Nicht ohne dich, mein Großer!"

Nach der Passkontrolle fanden wir die Jungs am Gepäckband wieder.

„Sagt mal, wo wart ihr denn so lange? Hattet ihr noch einen Zwischenstopp auf der Toilette?" Patrick hatte ein schelmisches Grinsen bis zu den Ohren im Gesicht.

„Alter! Natürlich nicht! Gwen saß nur fast am anderen Ende des Fliegers und dementsprechend hat es eben gedauert, bis sie an der Reihe war."

Patrick hob die Hände in einer leichten Abwehrhaltung.

„War ja nur eine Frage. War ja nur eine Frage!" Trotzdem konnte er sich einen anzüglichen Blick in meine Richtung nicht verkneifen. Ich knufte ihn gegen die Rippen, was ihn nur noch mehr anstachelte. Letztendlich ergab ich mich meinem Schicksal und lachte mit.

Finn half mir, meinen Koffer vom Band zu nehmen. Ich hatte das Gefühl, dass er während des Fluges noch mal schwerer geworden war und ächzte unter dem Gewicht.

„Soll ich dich nach Hause begleiten? Dann müsstest du dich nicht so mit dem Koffer abmühen." Finn schaute mich mit großen, erwartungsvollen Augen an.

„Danke, aber ich muss leider ablehnen. Ava holt mich ab und wahrscheinlich ist ihr Freund auch dabei. Außerdem musst du doch auch völlig fertig sein. Fahr ruhig nach Hause. Ich melde mich morgen bei dir!"

„Bist du sicher? Ich meine ..."

„Ich bin sicher! Danke dir!" Ich gab ihm einen langen, sehr langen Abschiedskuss, bevor ich es schaffte, mich von ihm loszureißen. Ian wartete noch vergebens auf seinen Koffer und geriet schon in Panik, ob er vielleicht verloren gegangen sein könnte. Ich verabschiedete mich von den anderen, während sie noch mit Ian warteten und begab mich dann zum Ausgang. Meine Wangen waren leicht gerötet von dem Kuss und verträumt strich ich mir mit dem Finger über meine Lippen. Dort, wo vor ein paar Sekunden noch Finns weicher Mund auf meinem gelegen und mich hingebungsvoll liebkost hatte, kribbelte es.

Und dann hatte ich plötzlich einen Strauß Blumen im Gesicht!

„Was zum ...?" Ich blieb abrupt stehen, und hätte fast einen kleinen Menschencrash verursacht.

„Gwenny, Liebling! Da bist du ja endlich! Hattest du einen guten Flug? Komm, lass dir den Koffer abnehmen, ich bringe dich nach Hause." Ich blickte von den Blumen auf und sah direkt in Angus' Gesicht.

„Angus!", rief ich erstaunt aus und blickte mich suchend nach Ava um. Finn hatte es mit seinem Kuss tatsächlich geschafft, dass ich ihn total vergessen hatte. Meine Stimme wurde härter und ich funkelte Angus aus argwöhnischen Augen an.

„Angus, was tust du hier? Und lass die Finger von meinem Koffer." Er zog die Hand vom Koffergriff zurück und wollte mich stattdessen umarmen. Ich wich ihm geschickt aus und taxierte ihn mit einem finsteren Blick.

„Gwenny, Schatz. Lass uns reden. Vielleicht nicht gerade hier und jetzt, wenn es geht, aber wir müssen dringend reden!"

„Ich wüsste nicht, worüber wir reden müssten. Und da es nichts gibt, kannst du das, was du loswerden möchtest, auch genauso gut hier und jetzt sagen." Ich ließ mein Handgepäck auf den Boden sinken und verschränkte die Arme vor der Brust.

„Gwenny. Ich habe einen fürchterlichen Fehler gemacht. Dich zu verlassen, war das Dümmste, was ich je verbrochen habe. Das weiß ich jetzt! Gwen, ich liebe dich. Bitte lasse es uns noch einmal versuchen!" Angus hatte einen flehenden Blick aufgesetzt und da ich seine Blumen immer noch nicht angenommen hatte, streckte er mir diese wieder entgegen.

„Angus, das war vor über sechs Monaten! Du hast mich eiskalt abserviert und das, als ich dachte, ich bekomme endlich einen Antrag von dir! Ava sagte, du hattest sogar meine Nummer bereits aus dem Handy gelöscht! Also warum, im Namen der Götter, sollte ich dich zurücknehmen? Du änderst nie deine Meinung, wenn du dich mal entschieden hast, also was ist passiert,

dass dieses heilige Wunder doch eingetreten ist?"
Ich hatte einen schnippischen Tonfall aufgelegt,
der selbst mir fremd vorkam, aber diese Situation
war einfach zu grotesk.

„Ja, ich weiß, ich weiß! Es war vielleicht nicht
ganz durchdacht damals. Ich sagte ja bereits, ich
habe einen großen Fehler gemacht. Gwen, keiner
kennt dich so gut wie ich. Ich durchschaue all
deine Macken und weiß, damit umzugehen. Und
trotz einiger sehr nerviger Angewohnheiten liebe
ich dich noch immer. Und seien wir doch mal
ehrlich, du bist nicht mehr die Jüngste. Jetzt stell
dir mal vor, bis du jemand Neues kennenlernst,
die ersten Monate sind natürlich toll, ganz klar,
aber der Alltag stellt sich genauso schnell ein,
und vielleicht verschwindet er dann schon wieder. Bis du also jemanden findest und mit ihm
zusammenziehst und dann letztendlich heiratest,
wird es wohl vor deinem dreißigsten Geburtstag
nichts mehr. Zudem kommt noch dazu, dass du
nun mal keine Modelmaße wie Ava hast und je
älter man wird, umso schwieriger wird es, seinen
Körper in eine gute Form zu bekommen. Ich
meine, klar, du bist nicht hässlich, ganz im Gegenteil ... Aber ich weiß und kenne das alles und
es ist mir egal! Wir haben das alles schon durch,
du wirst also keinen Besseren als mich finden! Es
fällt mir nicht leicht, aber", er machte eine theat-
ralische Pause, „ich war ein totaler Idiot. Gwenny, bitte, kannst du mir verzeihen?!"

Mir klappte die Kinnlade runter, für einen winzigen Augenblick vernebelte sich mein Gehirn,
mein Herz klopfte wie wild und ich spürte Hoffnung, dass doch noch alles gut werden könnte.

Doch dann sagte er die Worte, die wohl jeder Mann mindestens zehn Mal in seinem Leben zu einer Frau sagte: „Ich habe mich geändert! Wirklich!"

Ich stemmte meine Hände in die Hüften. Meine Augen sprühten Funken, als ich in einem ruhigen und gesitteten Ton versuchte, zu sprechen und mich suchend umblickte.

„Wo hast du die Kameras versteckt, ich glaube nämlich, ich bin im falschen Film! Hattest du nicht vor, mich zurückzugewinnen? Deine Worte sind alles andere als schmeichelhaft! Und, ja, ich passe vielleicht nicht in Größe vierunddreißig, so wie Ava! Und weißt du noch was? So langsam, aber sicher kommt es mir so vor, als hättest DU hier ein Problem damit, eventuell vor dreißig noch nicht verheiratet zu sein! Du bist immerhin älter als ich! Und wenn du es genau wissen möchtest, ich habe bereits einen neuen Freund!" Das hatte gesessen. Ich knallte ihm meine Worte nur so um die Ohren, doch leider blieb meine erhoffte Reaktion aus. Ganz lässig winkte Angus ab.

„Ach ja, diesen Möchtegern-Flirt aus dem Urlaub. Ava hatte es am Rande erwähnt. Gwenny, mach die Augen auf. Er ist oder war nur ein Urlaubsflirt. Vielleicht seht ihr euch noch ein oder zwei Mal, aber danach wird er weg sein! Im Urlaub herrscht eine andere Stimmung, das Wetter passt, die Hormone spielen verrückt, aber zu Hause holt einen das normale Leben wieder ein. Das wird auch bei euch passieren! Aber gut, wenn du das erst herausfinden musst ... ich bin bereit, das abzuwarten, wenn du dann zugibst, dass ich recht hatte." Angus setzte ein gönnerhaftes Lächeln auf, das ich noch nie hatte ausstehen können. Ich ballte meine Hände zu Fäusten und hätte ihm am liebsten eine geballert.

„Ich sag es nur ein einziges Mal, Angus. Es wird nie, und ich meine NIE, wieder ein Uns geben! Hast du verstanden?" Ich presste meine Lippen aufeinander, so fest ich konnte, um nicht eine Tirade an Schimpfwörtern loszulassen. In diesem Moment tauchte Finn neben mir auf, legte besitzergreifend einen Arm um meine Taille, hauchte mir ein Küsschen auf die Wange und betrachtete abschätzend Angus.

„Ist hier alles okay, mein Liebling?"

„Finn? Was machst du noch hier? Ich dachte, ihr wärt schon längst weg? Äh, ja, hier ist alles klar. Angus wollte mich gerade alleine lassen. Im Übrigen, Angus, das ist Finn. Finn – Angus", stellte ich sie einander vor. Angus' Lächeln verschwand und er blickte Finn mit einer Mischung aus Neugier, Hass und Abschätzung an.

„Aha. Du bist also dieser Urlaubsflirt. Na gut, wenn ihr meint ... Gwenny, mein Angebot gilt nach wie vor. Ich warte auf dich, bis diese Romanze vorbei ist und das wird nicht lange dauern, glaub mir." Angus verschränkte die Arme vor der Brust, soweit es der Blumenstrauß, den er immer noch in der Hand hielt, zuließ.

Finn ließ sich von Angus' Geschwätz nicht beeindrucken, er drehte sich zu mir, hob mit seinem Finger mein Gesicht an und schaute mir tief in die Augen.

„Ich werde dich nie mehr verlassen, Gwendolyn. Egal, wohin der Wind dich bringt, ich werde an deiner Seite sein und dich begleiten, für den Rest meines Lebens. Gwen, ich habe mich in dich verliebt und nicht nur, weil wir im Urlaub waren. Es sind deine ganze Art, deine strahlenden Augen, dein süßes Lächeln am Morgen, die Kurven deines Körpers und deine hübschen, leicht violetten Haare." Er legte eine Hand an meine Wange und ich vergas die Welt um mich herum.

„Aubergine, die Farbe meiner Haare", flüsterte ich ihm verlegen zu. „Ich habe mich auch in dich verliebt! Ich habe mich nur nicht getraut, es dir zu sagen, da ich nicht wusste, ob du das Gleiche für mich empfindest." Meine Wangen fingen an, zu glühen und ich wollte Finn meinen Kopf entgegenstrecken, damit er mich küssen konnte, als dieser mich mit einer weichen Bewegung von sich stieß und um seine eigene Achse wirbelte. Vor meinen Augen spielte sich plötzlich alles wie in Zeitlupe ab.

Angus war so wütend geworden, dass er versuchte, Finn anzugreifen. Die Blumen fielen zu Boden und ich sah, wie Angus seine rechte Hand zu einer Faust ballte, ausholte und auf Finns Gesicht zielte. . Finn hatte die Faust kommen sehen, mich weggestoßen, wirbelte herum und trat mit einer geschmeidigen Bewegung Angus den Fuß in den Magen. Angus blieb die Luft weg und er klappte in sich zusammen. Finn drehte sich wieder zu mir.

„Geht es dir gut? Ist alles in Ordnung?" Er schaute mich besorgt an.

„Mir fehlt nichts, aber ... aber, was war das?" Ich sah ihn mit staunenden, weit aufgerissenen

Augen an. Dann schaute ich zu Angus, der auf dem Boden lag, sich den Bauch hielt und keuchend versuchte, die Situation zu begreifen.

Finn fuhr sich verlegen durch die offenen Haare.

„Ich hab den schwarzen Gürtel in Taekwondo. Ich wollte ihn nicht verletzen." Er ging zu Angus, hockte sich neben ihn und wollte ihm aufhelfen.

„Geht es wieder? Sorry, Mann. Das war einfach nur mein Verteidigungsmechanismus, so eine Art Reflex. Komm, ich helfe dir auf." Finn streckte ihm seine Hand entgegen, aber ganz Angus, schlug dieser Finns Hand einfach weg. Er hustete noch ein paarmal, bis er zwischen zusammengebissenen Zähnen herausbrachte: „Finger weg! Ihr passt ja super zusammen. Meinetwegen könnt ihr zur Hölle fahren!"

„Oh, da waren wir schon!" Ich lachte sarkastisch. Angus erhob sich schwankend und humpelte an Ava und ihrem Freund vorbei, die genau in diesem Moment auftauchten. Ava schaute Angus mit hochgezogenen Augenbrauen hinterher.

„Was war hier denn los? Wieso hält sich Angus den Bauch und taumelt hier so rum? Hab ich eine Schlägerei verpasst?"

Ich war bereits wieder an Finns Seite, in seinen Armen und schaute ihn mit verliebtem Blick an.

„Du hast so einiges verpasst! Und wo zum Geier warst du so lange?" Lachend fiel ich ihr um den Hals, dann stellte ich ihnen Finn vor und wir quatschten noch fünf Minuten.

„Also ... da du ja gestern gesagt hast, dass du dich morgen meldest, ist das dann ja eigentlich heute, oder?" Finn schenkte mir ein schiefes Lächeln, als wir am Ausgang des Flughafens waren. Ich umarmte ihn fest, küsste ihn zum Abschied und meinte mit einem aufreizenden Augenaufschlag: „Hm ... also wenn du das so sagst, könnte das womöglich stimmen. Lass dich einfach überraschen!"

Wir verabschiedeten uns alle voneinander und gingen zu unseren Autos. Die Jungs hatten ihres im Parkhaus in der Dauerparkzone abgestellt. Ich schmunzelte vor mich hin, während Ava mich mit Fragen zu der Auseinandersetzung löcherte. Ich konnte ihr nur noch nicht viel erzählen, ich musste das selbst erstmal alles verdauen.

Ich setzte mich hinten ins Auto und wollte etwas meine Augen schließen, denn obwohl es ein Nachtflug gewesen war und ich doch etwas geschlafen hatte, spürte ich den Flug in jedem einzelnen Knochen und ich war total kaputt.

Ich lehnte meinen Kopf gegen das Fenster, starrte eine Weile hinaus und wollte gerade die Augen schließen, als just in dem Moment mein Handy klingelte.

Ich vermutete, dass es meine Eltern waren, die sich fragten, ob ich sicher gelandet war, doch ich starrte auf die Nummer und den Namen von Finn!

„Hey, du, hast du etwas vergessen?", begrüßte ich ihn und schon gingen meine Mundwinkel wieder weit nach oben.

„Nein. Ich konnte nur nicht abwarten, bis du anrufen würdest. Ich wollte noch einmal deine Stimme hören, bevor ich zu Hause ankomme. Außerdem ... ", er druckste etwas herum, „wollte ich fragen, ob ich dich morgen zum Essen einladen darf? Du sagtest ja, du hättest den Rest der Woche noch frei."

Ich kicherte leise.

„Das ist so süß von dir. Mit Freuden nehme ich deine Einladung an. Wollen wir zu Mittag oder Abend essen?"

„Wie wäre es mit beidem? Und vielleicht auch noch ein Frühstück im Anschluss?" Seine Stimme wurde etwas rauer und ich wusste, dass er erregt war. Bei dem Gedanken wurde mir ganz heiß und ein Pochen setzte zwischen meinen Beinen ein.

„Das klingt toll! Holst du mich ab? Ich schicke dir gleich meine Adresse. Sagen wir so gegen 11:30 Uhr?"

„Ich werde auf die Sekunde genau da sein. Ich wünsch dir noch einen schönen Tag und nicht vor 20:00 Uhr ins Bett gehen, dann kann sich der Jetlag nicht so bemerkbar machen."

„Ist gut, werde ich machen. Dann bis morgen!", hauchte ich ins Telefon. „Ach, und Finn?"

„Ja?

„Ich liebe dich."

„Ich liebe dich auch."

Dann legten wir auf und ich drückte mein Telefon glücklich an mich. Schnell schickte ich Finn noch meine Adresse und dann war die Fahrt auch schon vorbei und wir bogen in meine Straße ein.

Epilog

Der Wäscheberg war gigantisch! Gestern hatte ich noch den gesamten Koffer geleert, weggeräumt, angefangen, die Wäsche zu waschen und war natürlich einkaufen. Ava wollte mir zwar helfen, aber natürlich nur, um mich ausfragen zu können. Zum Glück war ihr Freund nicht ganz so sensationslustig und verstand sehr schnell, dass ich eigentlich viel lieber meine Ruhe haben wollte.

Irgendwann schaffte er es, sie hinauszubefördern und ich war endlich alleine. Ich schrieb mir eine Einkaufsliste und zog mich wieder an, auch wenn ich keine Lust darauf hatte, aber ich musste ja schließlich auch etwas essen.

Auf dem Weg zum Supermarkt bekam ich eine Nachricht von Finn und ich schaute vermutlich aus wie ein Honigkuchenpferd, das gerade seine Lieblingsspeise erhalten hatte.

Dieser Gesichtsausdruck änderte sich auch nicht am nächsten Tag, als Finn mich zum Mittagessen abholte oder wir zum Abendessen gingen. Auch nicht, als ich am nächsten Morgen etwas zerzaust neben ihm im Bett aufwachte. Ich hätte nicht glücklicher sein können. Endlich hatte ich den Traummann für mich gefunden und ich war fest entschlossen, ihn nicht mehr gehen zu lassen.

Nach zwei Monaten hatte ich eine Nachricht von Angus auf meinem Handy, der es tatsächlich noch einmal wagte, anzufragen, ob ich Finn denn bereits in den Wind geschossen hätte. Da ich seine Nummer nicht mehr gespeichert hatte, dauerte es einen kleinen Moment, bis ich begriff, von wem die Nachricht war. Ich schrieb ihm eine Antwort zurück, die sich gewaschen hatte und das war das letzte Mal, dass ich etwas von Angus gehört hatte.

Finn und ich verbrachten so viel Zeit miteinander wie möglich, vergaßen dabei aber auch unsere Freunde nicht. Callum, Ian und Patrick lernten Freya sowie Ava und ihren Freund recht schnell kennen und so wurden wir zu einer großen Clique, die viel Zeit miteinander verbrachte und sich gut verstand. Zwischen Freya und Ian schien sich etwas zu entwickeln und wir verfolgten das Ganze gespannt.

Nach einem halben Jahr fragte Finn, ob ich nicht mit ihm zusammenziehen wollte. Ich willigte nur zu gern ein. Wir überlegten, ob wir uns eine Stadtwohnung nehmen oder ganz nach Howth ziehen sollten, wo Finn ja ein eigenes Haus hatte. Wir entschieden uns tatsächlich für Howth, was die beste Entscheidung aller Zeiten war. Auf dieser Halbinsel blühte ich richtig auf. Wir genossen die Natur, besorgten uns zwei Autos, damit wir nicht mehr zwingend auf die Bahn angewiesen waren und holten uns sogar ein kleines Hündchen, das Finn mit in die Musikschule nehmen durfte.

Wir waren das perfekte Paar für circa drei Jahre und dann passierte es.

Ich wurde schwanger! Wie genau das passieren konnte, kann ich mir bis heute nicht so recht erklären, und im ersten Moment hatte ich fürchterliche Angst, es Finn zu sagen, denn über Kinder hatten wir noch nicht wirklich geredet. Wir waren zwar seit drei Jahren zusammen, aber hatten so viel erlebt und einfach nur die gemeinsame Zeit genossen, dass es zu diesem Thema einfach noch nicht gekommen war. Ich bekam Panik und dachte schon, er würde mich verlassen. Doch an dem Abend, als ich es ihm sagte, sank er auf ein Knie, holte eine kleine Schatulle aus seiner Hosentasche und schaute mich mit leuchtenden Augen an.

„Gwen, wenn das keine Neuigkeiten sind, die wir feiern sollten, weiß ich auch nicht. Ich könnte mir keine bessere Partnerin vorstellen. Wir ergänzen uns wie Yin und Yang, wenn du mal aus der Haut fährst, dann hole ich dich wieder auf den Boden und umgekehrt. Wir gehören zusammen und dieses kleine Wesen in deinem Bauch beweist es!
Gwendolyn Glamour, willst du meine Frau werden?"

Ich schlug die Hände vor den Mund, meine Augen wurden feucht und ich bekam nur ein ersticktes „Ja, natürlich" heraus.

Finn steckte mir den Ring an den Finger, umarmte mich und küsste mich leidenschaftlich, bevor er mich hochhob und wir uns freudig drehten, bis mir fast übel wurde.

Die Hochzeit fand im Sommer auf Howth oben an der Klippe statt, kurz vor der Geburt unserer Prinzessin, die unser Glück bis heute rundum vollendet und deren Spitzname „Starfish" ist.

Ende

Über die Autorin:

Susan Murphy ist 1981 in Süddeutschland geboren und lebt auch heute noch dort zusammen mit ihrem Mann und dem gemeinsamen Sohn.
2015 setzte sich eine Idee in ihrem Kopf fest, die sie nicht mehr losließ. Inspiriert von vielen anderen Selfpublishern fing sie an, „Stalker" zu schreiben, das 2016 als Taschenbuch und E-Book erschien und von der Twentysix-Jury zum TopTitel im Mai 2016 gekürt wurde.
Susan Murphy schreibt rein hobbymäßig, was dazu führt, dass es nicht regelmäßig vorkommt, sondern nur, wenn es ihre Zeit und die Familie zulassen. Daher muss man bei ihr etwas länger auf ein neues Buch warten. ;-)

Weitere Werke der Autorin:

Stalker – Wenn aus Liebe Besessenheit wird

Die junge Aurelie Buffay ist gerade mit dem College fertig
geworden und nicht auf der Suche nach der großen Liebe,
sondern nach einem guten Job im Musikbusiness.
Als sie den äußerst attraktiven Benjamin Bing kennenlernt,
der noch dazu bei ihrem Lieblings-Plattenlabel als Songwri-
ter arbeitet, scheint es, als wären Liebe und Zukunft gesi-
chert.
Doch Benjamin ist nicht der, für den er sich ausgibt.
Er verbirgt ein Geheimnis, dass letztendlich nicht nur Aure-
lie in Gefahr bringt, sondern auch ihren besten Freund
George.
Schaffen sie es, Benjamin aufzuhalten, oder stürzen alle ins
Verderben?
Ein spannender Erotikthriller über Liebe, Freundschaft und
Gefahr.

ISBN-13: 978-3740708948

Titel ist noch in Bearbeitung und soll 2018 erscheinen:

Stalker II – Wenn aus Besessenheit Hass wird

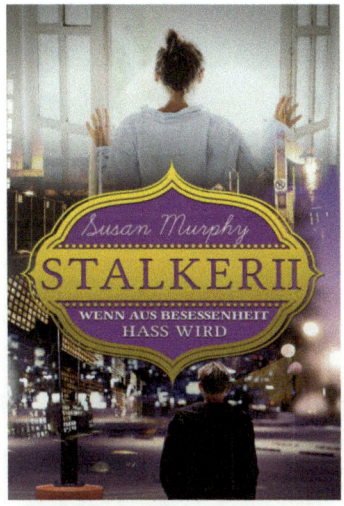

Fünf Jahre ist es her, seit Regina ihre wahre Identität und somit ihr komplettes Leben aufgeben musste.
Fünf Jahre in denen sie mühevoll versucht hat, ihr neues Leben durch Therapien wieder auf die Reihe zu bekommen. Jetzt ist sie wieder glücklich und aus der Freundschaft zu Officer Devenport entstand Liebe.
Doch das Böse schläft nicht! Auch Benjamin hatte fünf Jahre Zeit seine Rache zu planen.
„Ich werde dich immer finden! Egal wo du dich versteckst! Hörst du? Du gehörst MIR!"
Schafft Ben es tatsächlich sein altes Versprechen einzulösen und sie nach seiner Entlassung aus dem Gefängnis aufzuspüren? Und falls ja, was hat er dann mit ihr vor?
Könnte sie ihm ein zweites Mal entkommen? Oder wäre sie für immer in seiner Gewalt?
Das Bangen geht weiter ...